女性とジェンダーと短歌

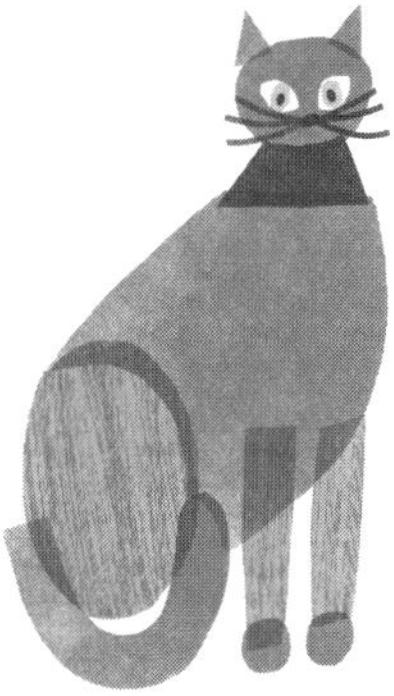

書籍版「女性が作る短歌研究」

水原紫苑 編

短歌研究社

女性とジェンダーと短歌

――書籍版「女性が作る短歌研究」

水原紫苑・編

目次

作品（十首）

書籍版「女性が作る短歌研究」

女性とジェンダーと短歌

水原紫苑・責任編集

これは、女性とジェンダーを中心とする短歌雑誌の特集「女性が作る短歌研究」(二〇二一年八月号)に、座談会、作品、評論を加えた、書籍版です。ジェンダーという概念自体いまだに流動的ですし、女性と男性という二元論では切れないグラデーションの世界だと私は考えています。そこでさまざまなジェンダーの作家に執筆や座談会の参加をお願いしました。

ジェンダーについて私が最も痛切に思うのはたとえばギリシャの詩人サッフォーのことです。プラトンが十番目のムーサ、すなわち学問・芸術の女神と呼んだサッフォーですが、不幸にもその作品の全貌を今日知ることはできません。

そしてダンテが『神曲』の地獄篇で、ホメロスから先導者ウェルギリウスを含む五人の古代の詩人を挙げて、続く六番目が自分だと名乗った時、その五人はすべて男性で、そこにサッフォーの名はなかったのです。

単に女性による女性号という狭い意識ではなく、このように抑圧されて来た豊かなエクリチュールを取り戻すことがこれからのジェンダーと言葉の課題ではないでしょうか。すでに多くの作家たちがそこに目覚めて言葉を発しています。この特集号がその歩みを進めるものであるように願っています。

また短歌定型という、古代の宝玉にも喩えられて来た小さな器を、どのように人類のものとして開いて行くのかということも未来の課題だと思います。すでに俳句は世界文学として開かれています。私は短歌にもその可能性があると信じるものです。それにはまず短歌の長い歴史を振り返り、その富を現代に生かすことも必要でしょう。古典は常に新しく無限の井戸ともなり得ます。現に最前線の作家たちの仕事の中に、私はそうした古典とスパークする輝きを見出しています。

未来に向かって共に言葉を発しましょう。

編集人・水原紫苑(歌人)

作品一〇〇首

ムッシュ・ド・パリ

大森静佳

Ⅰ　点

――人間は皆、無限定の執行猶予がついた、死刑囚なのだ。（ユゴー『死刑囚最後の日』小倉孝誠訳）

切り株を木のくるぶしとおもうときくるぶしばかり捨てられた森

幾人かに死を願われているわれがピアノのごとく黙って立てり

無重力　だってしずかであるほどに怒りは白鳥を呼び寄せる

桜には横顔がないからこわい春から春へ枝をのばして

嗚咽するわたしの口のなかの舌まばゆい蛭（ひる）のごとく反る舌

変声期は生まれる前にあったはずこの喉にレモンソーダ光って

クレオパトラの子孫のような猫がいた屋上に前髪を戦がせ

くるしみのからだとおもう母を見て父を見て赤い蠟燭を見て

雄叫びは雌叫びをかき消してきた、 とは思わねど紫陽花の鬱

台風がちかづく夜の恍惚をしずかなタオルケットにくるむ

内に向き硬く緊まってゆくのだろう約束は夏の蛹のごとく

きみの目が黒い手紙であることを緊密に見せてくれるキッチン

犬のいたころの暑さに眼球がどろりと重たくなればねむりぬ

ひとりでに砕け散るランプのようなあなたの言葉　両耳で聴く
風を梳く紙飛行機のするどさでこの表情を無視してほしい
あなぼこはあなぼこのまま行かぬまま吉見百穴消えてしまいぬ
映画館みたいに心を見せたあとクロワッサンよふくらみすぎる
ぜんぶってつらい言葉だうつむいた顔のちからで吸うアイスティー
逆光にパフスリーブがふくらんでわたしはわたしの看守だったか

鯉がいる　鯉の臓腑のうちがわのような暗さの水面にいる

わたしから見ればわたしは偏在すたとえば息を止めたサルビア

飛行機に一度も乗ったことのない父が貝殻のなかを教えてくれた

まぼろしの鎖骨をひらきながら来る朝はこの世のすべての匙へ

II　線

——亡霊になるのは首だろうか、それとも胴体だろうか。（同）

二〇一九年十月

くらやみにGoogle Mapを灯しつつ眠らずにいる国境までを

夜空は布のようにうねりぬパリを指す寝台列車のおおきな窓に

夢のなかでなにかを縫っていた両手痺れたままの指から目覚む

霧を踏むような心地でゆっくりととてもゆっくりと梯子降りたり

九分九厘、死は寒いけど朝食のコーンフレークに舌はあかるむ

外国の秋は素肌の感じしてモンパルナス駅、蛇口がゆるい

空洞は鳩の特権　いのちって言葉のなかに〈い〉と〈の〉と〈ち〉あり

のびやかな声に薔薇売る男いていっぽんいっぽん精密に薔薇

強弱じゃない、だとしても欲しいのはガレットを裂くフォークのつよさ

ブロンズの兵士は立てり彫りふかき足ゆびに床きつく摑んで

てのひらの窪みに甘い陽を溜めて彫刻の老婆こちらを見つむ

叫ぶならいまがいいよね　額縁は絵よりも速く老いてゆくから

ゆびさしてカモメを空に産むきみはユゴーのことをユーゴーと言う

一錠ずつ白夜のごときもの呑みて見に行くコンシェルジュリー監獄

背を向けて顔は見えないままあれはマリー・アントワネットの蠟人形

トイレまで再現された独房にいつまでも待つみずからの死を

すぐそこが中庭だろう立ち尽くす看守の猫背も〈再現〉されて

一晩でまっしろになったという髪の根元からあるいは毛先から

筋肉のゆたかな秋がかつてありわたしはそこにいなかったこと

はなびらの刺繍をいくつも遺したり幽閉されし王妃の指は

鳩尾に力を溜めてあるきだす砂利（グレーヴ）広場のざらざらの秋

そうだった、わたしは声だ　マロニエの並木が空を狭くしている

ギロチンの刃って濡れたら錆びるから雨の日だれもかれも首ある

そのほかのたくさんの首　くちづけのためかたむけたそれぞれの首

ムール貝をバケツに四杯食べる旅　たましいもからだもわたしなり

にっぽんに眠るおとうとその夢のなかゆくようにポン・ヌフ渡る
モナリザは鏡であればその前にだれが立ってもモナリザである
夢のように川は喘いでいたけれど製粉工場の青すぎる影
あかときのバファリンルナのルナは月やがて身体も透けるでしょうか
灰色のシートは覆う巨大なるノートルダムの春の火傷を
燃え落ちる尖塔見つめ薔薇窓はひそかにこぼしたか白い血を

ごおんごおんと音そのものを嚙み砕き鐘の舌すこしずつ狂いだす

雲を見て失速してゆくかなしみのあれは野生のかなしみだった

だれが何を凝視している霧の奥エッフェル塔は素足で立てり

何を見てきたのだろうか風の襞かきわけるその手はしろいまま

のど飴のハーブは鼻へ抜けながら革命の日の雨のつづきを

路面には断頭台の跡がありパリ十一区ゆうぞらのした

基礎板に血の痕はなくひやひやと雨にふやけた枯れ葉載るのみ

称号はすべてあかるくだらしなくムッシュ・ド・パリの首すじの皺

ギロチンの玩具であそぶ子どもたち鼠は天国のいきものなのに

そのままで見ていてほしい軋みつつわたしが斧になってゆくのを

ゆうぞらのさまざまな赤の濃淡が最終楽章みたいに響く

赤黒く腫れたわたしのまま生きる蟻の集(たか)れるユトリロの墓

おびただしい透明なアクリル板が待機していた夜空のひろさ

III 面 ――この雨は私が死んだ後も降り続けるだろう。（同）

新型コロナウイルスが猛威をふるった二〇二〇年、
全世界で確認された死刑執行数は、過去十年で最も少ない四八三件だった。

椋鳥を匿っていたあの木だよわたしの手首をつかんで離す

布越しにくちびるあわすまひるまをひときわ痩せたみずいろの蝶

まえがみを左右にひらく検温の銃口をきちんと睨むため

十年前

倫理学研究室の友だちのジーンズいつもだぶだぶだった

窓のサッシの埃を見つめ聴いていた死刑制度についての講義
凶暴な象のトプシー一九〇三年に電気処刑に遭いたり
トプシーの鼻から地面へ倒れゆく最期を撮りしエジソン・スタジオ
産み、産ませ、生きさせ、殺し、殺させて真っ赤なダリア破れはじめる
口角から顔がほろびてしまうから桜吹雪にふりむかないで
死者は呼気、生者は吸気　あたためてマスクの裡のしずけさにいる

痙攣をくりかえす左上まぶた　触れる　あなたがそこにいるから

まなざしの根っこごと眠るむつかしさ布団のなかでいつもおもうよ

名を呼ぶというまぶしさの断崖にあなたを呼べり手ぶらで呼べり

文体の肉であなたに触れるとき粉瘤（アテローム）つぶれたっていいから

行間の骨であなたを叩くときこなごなになるとおいオルガン

助走なき愛の脆さを見せながら花火はあがるあがりつづける

オーロラを見たことがないわたしにもオーロラの鳴く声は聴こえる

ひまわりはもし唇（くち）あらば口臭のきつそうな花　あなたの前に

生き直すことはできない　ほどけてく　遠くに野ざらしの観覧車

どうしても忘れたくない一瞬はのこるだろうか暖炉のように

泣き顔をずっと覚えていたいからプールのなかでは目をつむらない

いちど、にど、あなたになったつもりであなたの睫毛でまばたきをした

からっぽのバスタブに身をよこたえて莢のようなる感情のこと

烈火のごとく怒るわたしが葉桜の幹のなかへと消えてしまった

膝の皿叩いても叩いても割れずどこへ引き摺りだそうわたしを

夕空に首を吊られて歩みゆくこの先はもっとつめたい季節

制服のようにあなたを羽織りたい金のボタンをぜんぶぜんぶ留めて

あふれるよ、 いまにあふれる　チェス盤のような硬さの星空のした

見たことのない昆虫の顔をしてかがみのなかのじぶん、のなみだ

ギロチンがギロチンの子を産む夢のなかでわたしは助産婦だった

この世にてわたしがかけたいくつもの眼鏡をぜんぶ割ってください

あおぞらは祈りの土地であるなかを耕して消ゆ銀の飛行機

われの死にそろそろ手足が生えてきて腕力脚力きらきらとせり

おおもり・しずか――1989年生まれ。歌集に『てのひらを燃やす』『カミーユ』、評論集に『この世の息　歌人・河野裕子論』。「塔」編集委員。

作品一〇〇首

両手をあげて、夏へ

小島なお

階段に座れば月が大きくて大きい月に似合う階段

満月に裸を思い出しながら歩道橋やわらかい向こう岸

口笛を吹けばしばらく見失う自分　スロープを選んで上へ

グミの木もヒメシャラの木もエゴノキもひとの眠りを育てていると

ふたりならふたつのあたま揺れる部屋　想像よりも月面はすぐ

遠近感くるうアニメーションの雪　瞳のなかのようなこの部屋

削除済みファイル３４２個　窓をあければもう夜は明日

十字から顔がはじまるデッサンのようにはじまる朝をふたりは

レシートの日付掠れて春嵐　猫の毛玉のなかの三月

自転車を漕ぐ両脚の回転に巻き込みながら終わらせる春

もの思う身体を乗せて自転車は五月を走る文体として

昔々、とは今だから花水木自転車のベル鳴らしてもみる

自転車を草に倒せばすぐそこに死のようであり死ではないもの

うなずけばすこしここから遠ざかりたてがみなびく暮れの空まで

吹き出しの余白もことばはつなつはガードレールをすり抜けて来る

空欄は言葉を容れるまでを空　三色ボールペン指に回して

こめかみに白い砂地が広がって　うん、というきみの声沁みてゆく

表情が凪に撓んで帆となりぬやがて二次元へ記憶は還る

シャツとシャツ触れあう距離で誰とでも　太陽はおおき天秤のうえ

盗まれるために季節もメモ帳も自転車もそばで鳴っていたこと

ルーズリーフの穴をリングが貫いて涙のようなかもめ飛ぶ窓

痛みとは空へつながる通路だと言われたことは言わないままで

黙祷に世界は野となり山となる一束の火の祈りを抱いて

風の日は橋がひかるよ地上からすこし浮かんでひとを思えり

街路樹の等間隔の影揺れてコインのように太陽は鳴る

晩年にラインマーカーどんな死も塗りこめに来る指先がある

死ぬことが怖ぃのではない朝ごとに牛乳の白注いで立たす

だいじ、よりじょうぶ、の方に今は寄り大丈夫は木の言葉と思う

体温計脇に挟んで猫の寿命星の寿命のはざまを生きる

繋ぎとめるために抱けり　両腕に黄昏れてゆく猫の速度を

尾の代わりの両手を垂らし生きている時間をそっと床に逃がせり

奪われて終に残れるものとして掌はありそれを繋いで

夜まではまだすこしある歩きつつきみの鞄に鳴る水の音

いまふたり貫く夜はむしろ木に言葉は満ちて桐の木の夜

死ぬほどというその死までそばにいて泡立草の泡のなかなる

ありがとう声を満たしてこれ以上身動きできぬ喉は湖

やさしさのなかを流れてゆく雲を目で追ううちにあなた消えたり

揃えれば地上の夜に繋がれる足は眠りの約束だから

顔の底たんぽぽ低く咲きゆくいくつもの顔　眠っていたい

横たわるからだ枯れ野が広がって生前という焚き火の時間

産むという魚にもできることできず突風を踏み踏んで歩めり

短冊を絵馬をなびかせおおいなる頭部この世はすべて願いごと

夕焼けの果てにかがやき立つ鏡　骨になるまで自分を見つむ

失われた時などなくて偶然の長針短針走っていった

川沿いはいないあなたに近づける場所いないこと知りなおす場所

生んでいない子を思うこと増えながらあかるいパンジー大きなくらやみ

椅子の背は緩く反りつつ曲線は近い未来に似ていてなぞる

ビニール傘廊下に干せば雨匂う隔たりながら思う生殖

サーチライト貫くさきに三十代たったひとつの約束がある

Tay,あなたへ

その喉に雪は降るのかよそよそしい言葉でもっと嫌ってほしい

〈公平な性〉のためなら、 肉体を捨てたあなたの肉声を聞く

犯すなら身体よりまず言葉からことばの手足触れれば冷たい

c u soon五年間みひらきながら眠りつづけて

呼吸してふくらむ文字の明滅に彼女は強く作られてない

デモのようにあなたに会いに行くでしょう自分自身を横抱きにして
ホロコーストはなかった線路に降る雪はなかった雪産む空はなかった
木の梢揺れて彼女を知っていた　涸れたままでもいいよ噴水
質問に答えていたらここにいた　夏には白い靴履くように
生みたくて生めないもののきらめきは目を瞑っても目蓋に透けて
＊
膝を抱く裸の身体ひとつぶん梅雨のシンクはまぼろしを容る

すれちがうひとりひとりのきりぎしのスクランブル交差点風を呑む

栞紐ほぐして傷つける文庫ずっと他人が必要だった

六月の木ははりつめる　階段の三段目まで明日が来ていて

眠剤の溶けだすようなこの雨は自販機の下暗く流れる

増えながらいなくなる鳩このところ指ではしない約束ばかり

街灯のあかりの下に一羽ずつ怒りの鳩を置いてゆく道

手に取れば卵の内に繋がれる戦争ひとりきりの戦争

包帯の転がるような月の夜矢印があれば矢印に沿う

組み合わす手に歩かせる蟻ひとつあゆみのなかの小銭のひびき

換気扇の羽の回転ゆるやかに夏には夏の夢疲れして

皮膚のなか骨のなかまでまなざしは届くよ両手をあげて、夏へ

夏草は身体の外で鳴りながら楽器のように受け身でいたい

僕ら、という話しはじめのさみしさに蛍光ペンをひくように聞く

噴水に両手を入れて濯ぐとき水になる手と手になる水と

歩いたら歩いた分だけ近くなるゆうぐれ、駅に裸婦像は立つ

ペンの跡青く滲んだポケットにどこまでゆけばふたりと言える

ボールペンあわく掠れて来る夏は昔のままの数式を持つ

繋いだりしないで星を　D棟のひとつ開いている夜の窓

信号のゆるやかなそのまたたきにあなたがいたりあなたがいたり

私は、と書きだすときにもういない私こうして夏に踏み出す

よく笑うひとに集まる夏の蝶　仕様がなくて仕方がないよ

蝶の目と蝶の翅の目　見るものが見たものになり私になった

初めから心が外にある季節　屋上にある扉に鍵を

みな海と契れるようにふたつきりの素足を沖へ捧げていった

それきりの作中主体あとはもう沖がいびつに広がってゆく

地球儀の陸の部分に親指を、のぞまれて何にでも進化する

かなしみがコンビニをつよく光らせる　手すりづたいに感情をゆく

間違っていてよ、右手に靴提げて二人称の表情をして

南から雨季が、北から欲望が、どこにいてもどこにもいられない

文字だけに現れるあなたも在りて思い浮かべる水仙の白

話しはじめに似ている雨の降りはじめ　傘させばこそ空は生まれる

ありとあらゆるこれまでのこれからの確率論の雨傘のした

木のなかのどしゃぶりが掻き消す声を木は聞こえない理解できない

降る雨は何のおもたさ両翼を広げた記憶のうずまる腕

雨粒の密度にも似た会いたさが手すりを濡らし窓を叩けり

風景のどこかで電話の音がする時間を還している揚羽蝶

処方箋のしろいちいさい紙袋さえたいせつな夏を迎える

蔦だった。欲望だった。指紋だった。名だった。比喩だった。蔦だった。

泣くひとを見てるしかないドトールで白い絵の具に塗り潰される

風見鶏　兵士には背中がないと日傘のなかで教えてもらう

こじま・なお――1986年生まれ。「コスモス短歌会」所属。歌集に『乱反射』、『サリンジャーは死んでしまった』、『展開図』。

「ジェンダー」という語の出現と女性の歌　阿木津 英

ジェンダーという言葉が一般に流布しはじめたのは、わたしの記憶によれば一九九〇年代半ばあたりからのことである。七〇年代から八〇年代にかけて盛り上がった日本のフェミニズムにバックラッシュ（反動・揺り戻し）の気配が兆し始めた頃、社会運動的な意味合いを脱色した、フェミニズムに替わる中立的な分析のための用語として受容され、社会に浸透しはじめた。しかし、ジェンダーという概念は、適切な翻訳語がないために、今でもなかなか共有されがたい。簡単に整理をつけながら、短歌の流れにも触れていきたい。

　ジェンダーという語はもともと、フランス語などのような男性名詞・女性名詞がある言語における文法用語であり、文法体系をさす。一九三〇年から四〇年代、アメリカの人類学者マーガレット・ミードが、南太平洋の島々のフィールドワークを通じてその社会特有のジェンダー秩序の構造のある事例を発表し、それを人類学の用語として転用したという。

　日本にジェンダーという語が初めて入ってきたのは、一九八〇年初頭、エコロジー思想・運動と結びつく女性解放論者である青木やよひらが、イヴァン・イリッチのヴァナキュラー・ジェンダー論を紹介し始めた頃のことである。青木やよひは、東洋の陰陽思想などにも触れながら、ヴァナキュラー・ジェンダーという概念を得て、「女性原理」の究明と構築をこころざしていたといえよう（注・ヴァナキュラーvernacularという語は、主人の家で生まれた奴隷という意味のラテン語vernaに由来し、生まれながらの、自俗的な、その土地特有の、という意味をもつ。たとえば国家によって統一された標準語英語に対する現地語のような関係で用いられる、という）。

　最近、一九八五年刊江原由美子著『女性解放という思想』の増補版がちくま学芸文庫から出たので、それを読んでいただきたいが、青木やよひらの主張は当時の「日本の女性解放論の潜在的な主流」（江原）であった。

　それはエコロジカル・フェミニズムとも言われるが、「女性は産むという自然の課した身体機能を備えているがゆえに」、その身体が子どもを孕むとき「もはやそれは自己の『所有物』ではなく、自然の一部であることがありありとわかる」、そういった「女性原理」の尊重が必要だ、というものである。これは、大正末期から昭和初期にかけて「母性」という翻訳語を生み出した平塚らいてうを始めとし、本居宣長や民俗学から多くを学んだ高群逸枝ら、戦前からの女性史研究の流れを汲むものであった。

　胎動のおほにしづけきあしたかな吾子の思ひもやすけ

かるらし　　　　　　　　　　　　　　　　　　　五島美代子
背のびして唇づけ返す春の夜のこころはあはれみづみづとして　　　　　　　　　　　　　　　　　中城ふみ子
「ゆたゆたと血のあふれてる冥い海ね」くちづけのあと母胎のこと語れり　　　　　　　　　　　　　河野裕子

五島美代子『暖流』（一九三六年刊）の序文に川田順は「母性愛」の語を連発したが、ここには女性の歌としての新しいテーマの発見があった。また、中城ふみ子『乳房喪失』（一九五四年刊）は、与謝野晶子『みだれ髪』以来封じられていた女性の性愛表現を、戦後の女性解放を背景に大胆にうたい出した。河野裕子『森のやうに獣のやうに』（一九七二年刊）は、このような女性解放思潮を背景にした先達女性らの短歌を、新しく戦後生まれ世代として血肉化自然化した歌集であった。七〇年代初頭におおかたの好意をもって迎えられたのも、河野個人の才能とは別に、戦前から戦後を通じてこれだけの蓄積があったからだともいえよう。

ところでアメリカではイヴァン・イリッチのヴァナキュラー・ジェンダー論に対して、フェミニストたちの猛烈な反論と抗議がわき起こったそうだが、日本においても八〇年代半ば、青木やよひとアメリカ留学から帰ってまもない上野千鶴子との間に、いわゆるエコフェミ論争が起きる。この論争を通じて、ジェンダーという語はヴァナキュラー・ジェンダー論を払拭したといわれる。

イヴァン・イリッチは『ジェンダー』（82年、邦訳84年）で男女が相互に補完的分業をしている前近代的社会を理想的なジェンダー配置と見なした。これが日本でジェンダーの語が受容されるきっかけとなる。しかし、イリッチの用法はフェミニズムの用法とはずれている。（略）男女の二分法を前提とする生物学的な基盤論を排し、ジェンダーは2つの項ではなく1つの非対称的な階層秩序であるとの考え方が、ポスト構造主義のジェンダー論のなかで練り上げられ、定着してきた。
　　竹村和子執筆「ジェンダー」『岩波　女性学事典』

上野千鶴子や江原由美子たち第二派フェミニズムを担った女性たちは、「母性」や民俗学への依拠など戦前からの女性解放思想の文脈にむしろ陥穽を見いだし、相互補完的な二項対立のヴァナキュラー・ジェンダー論を否定しさる。すなわちジェンダーとは「2つの項ではなく1つの非対称的な階層秩序」であり、そこでは女性は中心から排除される周縁的存在として布置される。こうして、八〇年代後半の日本の「女性学」成立の時代を迎えたのだった。

確かに社会の現実を見れば、「母性」や「産む」といういのちの思想の言挙げは、結果的に「男性原理」を補完し、強固にするものでしかない。女性は、結婚制度という檻の中でいかにも満ち足りたふうな顔を装っていなければ世間を生きていけなかった。女性の鬱屈と憤りは、この抑圧構造そのものにあった。それに言葉を与えようとすると「女らしくない」の一言で切って捨てられる。どうやったらつまらない女の愚痴と言われずに、この鬱屈と憤りに言葉を与え、世に通じさせていくことができるのだろう。どうすれば、そんな歌ができるのだろう。こんな問いが、七〇年代半ば作歌を始めたわたしの胸うちに悶えるように蠢いていた。やがてこの切実な欲求が、個人的なことは政治的なこと、この怒りには正当性がある、政治や社会の問題だ、そういった遠くから響いてくる女性たちの熱い声を引き寄せた。

産むならば世界を産めよものの芽の湧き立つ森のさみどりのなか　　阿木津英

『紫木蓮まで・風舌』（一九八〇年刊）より。「自然＝身体＝女という図式をこの短歌は見事に打ち破っている。（略）産む性と記号化された女の産む力を、新たな世界を想像する力と等価にし、女の創造への意思と力を、精神の自由、生き方の自由への志として鼓舞し、かつ謳歌しているのである。女の創造力は世界も産めるのだと」（水田宗子著『詩の魅力／詩の領域』二〇二〇年刊）

梅雨ばれの太陽はむしく〵とにじみ入る妻にも母にも飽きはてし身に　　山田邦子

何が来てそゝのかしけん家を棄てひとりなげゝとおもふたくらみ　　若山喜志子

子の上と厨のことを思ふ外に命ひまなし浅くもあるかな　　茅野雅子

　しかし、わたしのような歌は、必ずしも短歌史の上に孤立しているのではなかった。明治末期から大正初期にかけてのこれらの歌はいずれも、精神の纏足をはめられる苦痛の呻きを洩らしている。のちに現れる「母性愛」の歌とは違って、これらの歌の兆しはたちまち短歌史から消え、人々の記憶から失せて、ながく日の目を見なかったのだけれども。

　一九八三年、かの伝説的なシンポジウム「女・たんか・女」（名古屋中の会主催）が開催された。このシンポジウムでは、河野裕子・道浦母都子・阿木津英・永井陽子と、初めてパネリストを女性ばかりでそろえ、ディスカッションが行われた。それまでのシンポジウムと言えば男性ばかり、せいぜい女性をひとり花として添えるといった構成で、女性たちだけで公開の場でディスカッションするという風景はなかったし、そんなことが女性に可能だとは誰も思わなかったのだ（雑誌の座談会は戦前から時にあった）。

　時宜を得てたいへんな熱気のなか無事に終わることができ、その余勢をかって翌年四月、先のパネリスト四人の企画運営によって、京都で「春のシンポジウム」を開催した。女性が、歌壇全体にむかって問題提起して企画し、運営するということは、これまでの短歌史ではなかった。女性も、男性の従属的（あるいはお飾り的）存在に甘んじるのではなく、みずからの意欲を堂々と世間の真ん中で表出していいのだ、というみなぎるような熱意があった。

　この八三年、わたしは青木やよひらの著書によって初めて「ジェンダー」という語に出会ったが、これは大きな刺激となった。短歌の議論は、短歌というフィールドにおいてなされなければならない。フィールドを混乱させては有効な議論にはならない。いくつかの試行を経てそう考えたわたしの眼前に、折口信夫の女歌論があった。これこそは、短歌におけるヴァナキュラー・ジェンダー論ではないか。

　折口の女歌論をめぐる、戦後の馬場あき子らの議論を再検討しつつ、八四年ようやく邦訳されたイリッチ著『ジェンダー』を待ち望んで読んだ。正直に言えば拍子抜けした。これなら折口信夫の女歌論の方がよほど精密だ。これを正面に据えて究明したい――そういう課題を自らの上に課した。

　八四年「春のシンポジウム」ではヴァナキュラー・ジェンダー論を応用して、折口信夫のいうような「女歌」は現代のような社会に可能なのか、という懐疑を提出した。「生理のレベルがむしろ連続しているのに、社会的なレベルでははっきり対立させなければ私たちは生活していけないところがあるようなんです」（阿木津発言・シンポジウム記録集『'84春のシンポジウム』）。

　素朴な言い方だけれども、「膣のなきゆえに女が慰謝料をとらるるというこの世のことは」（『紫木蓮まで・風舌』）というようなニュースに唖然としつつ、身体構造もホルモンバランスも生物学的なレベルでは連続しており、むしろ文化や社会秩序が二分するのだ、それが人間の文化というものだと心づいた。歴史に根ざしたものにはそれなりの合理性があり、その変革は容易なことではないと感じながらも、人間の作ったものなら人間が変えることができる、変革の時代が来ていると昂揚した。

　しかし、折口信夫の女歌論をヴァナキュラー・ジェンダー論と読み替えて向き合ったわたしは、上野千鶴子や江原由美子たちのようにそれをすっぱりと否定しさることができなかった。わたし個人の非力は当然として、一つには折口信夫の学問の分厚さがある。欧米理論仕込みの上野千鶴子は快刀乱麻を断つごとく折口の民俗学をも否定するが、短歌のフィールドにあって考えるとき、わたしにはそうはできかねた。

　またもう一つ、日本文学始まって以来の歌の歴史を背負う短歌には、日本固有の問題が凝集していた。女歌論をめぐっては当初から島津忠夫・馬場あき子ら国文学領域からの強い反論があった。

　それらがようやくわたしの内部で解きほぐされようとする頃、中国大陸の周辺に位置する日本のジェンダーは二重の二重構造をもつという、千野香織の「日本美術のジェンダー」論に出会った。それを詳述する紙幅はもはやないが、日本にフェミニズムやジェンダー平等がいつまでも浸透しないのは、ジェンダー論があまりにも欧米理論援用に偏り、それゆえ日本社会の構造の根底に切り込めず、それを揺るがすことがないからだ、と従来わたしはひそかに思っている。

あきつ・えい――1950年福岡県生れ。歌誌「八雁」編集発行人。歌集に『紫木蓮まで・風舌』『黄鳥』など。評論集に『二十世紀短歌と女の歌』など。第22回短歌研究新人賞受賞。第28回現代歌人協会賞、第39回短歌研究賞受賞。

短歌と僕の生／性について

黒瀬珂瀾

短歌が自己解放の文芸だとはどうしても信じ切れないところが僕にはある。例えばハンセン病者だった明石海人の歌「父母のえらび給ひし名をすててこの島の院に棲むべくは来ぬ」、変名で療養所に入らねばならぬ悲痛が歌い上げられる様を読み、私たちは運命の苛酷さに心を寄せる。しかしその構造は、病者に内省を詠わせることで苦しみに対してカタルシス、自己解決を迫るものであり、同時代の読者に対しては、社会的隔離を作者に強いた制度を覆い隠す作用もあった。病者の苦を社会的に解決する方向には短歌は作用しない。

最近の例を見よう。「三度目の緊急事態宣言の賑わう町に銅像となる」（北野中子）、「体温は正常ですと告げられて本を選ぶは三十分まで」（大森みえ子）。最近の読売歌壇の投稿歌から引いた。ともに新型コロナウイルス流行下の社会を活写した良い歌だと思う。しかし、そうして眼前の景を詠うことで安息を得るとき、私たちはその景をもたらした行政の不手際や怠慢、経済至上主義の独善性、つまり、景の奥にある問題を忘れさせられているのではないか。

短歌は〈現状への順応〉を強固にもたらす文芸だ、と思い至る時がある。時代を詠む喜びが豊かであればあるほど、現実を詠む悲しみが深ければ深いほど、その時代や現実の〈根源〉が私たちの脳裏から遠ざかってゆく。短歌は自己解放のように見えて、既成の社会構造への順応を作者読者に強いる文芸ではないか。その理由の一つには短歌の短さがあるだろう。作者と読者の共通理解を前提として歌がある以上、作品内部の価値観は既成社会の拘束に従ったものである方が、より伝達が容易になる。言わずともわかるものは省略せよ、というのが初心者指導のイロハだが、その言わずともわかるもの、こそが社会規範であり、現状肯定性に他ならない。

しかしそれでも、十代の僕にとって短歌は救いだった。

蒸しタオルにベッドの裸身ふきゆけばわれへの愛の棲む胸かたし　春日井建『未青年』

男囚のはげしき胸に抱かれて鳩はしたたる泥汗を吸ふ　同

草原に兄とあひ寝むその草の草いきれもて絶えむと冀（ねが）ふ　須永朝彦『東方花傳』

西班牙は太陽の死ぬ國にして許すこゝちすソドムの戀も　同

かたい胸の持ち主や男性囚人に愛されること。兄と横たわり、ソドムの恋に身を焦がすこと。意味上は受動的でありながら、緊迫した文体と語彙の選択に強い能動性を感じさせるこれらの歌は「男性に愛されることを望む男性的主体」というジェンダー性を発揮していた。少なくとも僕が読んだ九〇年代当時は。現代では文体のジェンダー性自体に関しても考察が進んでいるため、当時と現代とでは受容に差異はあろうが、ここには明らかに〈許し〉があった。

僕も馬鹿だが、高校の文芸部の部誌に少年愛の掌編を載せた。数日後、名誉校長のカトリック司祭が僕の教室だけに来て、「同性愛は神の意志に背きます」と言い放った。その特別授業の一時間、これを針の筵という。授業終了後、ああ、いじめ抜かれるな、どうやって受験乗り切るかな、と漠然と考えていたら級友数名が「黒瀬ーお前のせいやろー」と声をかけてきた。「はは、ごめんねえ」と愛想笑いを返すのが精いっぱいだったが彼らは「授業ひとつ潰れたからええわ」と言うと席に戻っていった。その後卒業まで、たまに陰口を叩かれたり悪質なメモが出回ったりの程度はあったが、拍子抜けするくらい何もされなかった。助かった、と最初は思ったが次第に察せられた。男子校というホモソーシャル空間では構成員のジェンダーやセクシャリティが同一であることが必須条件で、それに外れる性の存在は構成員の団結を損なうものとして無化される。つまり僕の事象はどう見做すかの過程をすっ飛ばして、〈冗談〉としてスルーされた。それが男子校の教室が選んだ安寧策だった。気づいた時の緊張感は筆舌に尽くしがたい。だからこそ当時の僕には春日井や須永の歌は解放そのもので、前衛短歌にのめり込んだ理由もそこにある。

しかし、ここには一つの矛盾も存在する。前衛短歌のひとつの業績として「私の拡大」、つまり現実の作者の身体性や社会的属性に捕われない架空の私の表出を可能にしたことを挙げるのならば、「ありのままの私の性の表明」はその点と重なりうるのか。前衛短歌的な私のありかたを可能とする器の中で、アララギリアリズム的な私のありかたの表明を受容する、という奇妙なねじれが生じかねない。

銃身のやうな女に夜の明けるまで液状の火薬塡（つ）めゐき　　塚本邦雄『水葬物語』

芽をふける楡の切株、そこにある淫賣婦（ぢごく）の沓に途ふさがれぬ　　同

ひとしきり人の排泄のにおい満ち病める女に見上げられいつ　　岡井隆『朝狩』

女陰の画あまた写して居たりけり嘲るごとし病めるつばさを　　同

戦後に吹き荒れた第二芸術論への反駁として前衛短歌が発生したという背景を思う時、エコールに特徴的なホモソーシャル性が生じている点は注視すべきだ。西洋的なサンボリズムへの接続、そして、政治的スタンスのあらわれは顕著かつ権勢的な男性的ジェンダーをまとうことに繋がってゆく。前衛短歌をどう定義づけるかは百家争鳴、それぞれに納得させられるが、一つの特徴に男権的ジェンダーを体現する活動だったことは否めない。理論的中枢だった菱川善夫の影響も大きかっただろう。その先駆に葛原妙子、内部に山中智恵子といった作者を有しながらも、彼女らの業績も男権的ジェンダーの価値観で再解釈していったのが前衛短歌だ。

また、塚本邦雄、岡井隆という二大巨頭が時折垣間見せ

るミソジニー性、それは完全に前衛短歌エコールの団結に奉仕するための態度表明でもあり、それぞれの作歌空間の男性優位性、シスヘテロ性（シスは身体と精神の性が合致した状態のこと。対義語がトランス）を強化するものだ。そしてこの問題は、各空間でセクシャルマイノリティ的な素材が詠まれているかどうかとは、また別次元の問題なのだ。

わかものの臀緊れるを抒情詩のきはみにおきて夏あさきかな　　塚本邦雄『感幻樂』

銀の串もて鮎つらぬきし若者のこころすなはちわれつらぬかむ　　同

右の歌を引いて高橋睦郎は「塚本の歌は根のところで同性愛者の歌だ。すくなくともそう読まなければ解けない歌がかなりの数ある」と書いた（「菱川からもよろしく」、『塚本邦雄の宇宙』、思潮社）。確かにそうだが、この塚本の歌も先に挙げた春日井、須永の歌も、作者の生身やセクシャリティ、込められた思いや決意がどうであったとして究極、シスヘテロ的なジェンダー観の強化にしか繋がっていないのでは、という絶望がそっと僕を包む。これらの歌で、言わずともわかることとして略されたのは「世界は男性シスヘテロジェンダーにより支配されている。それが〈正常〉だ」というメッセージではないか。〈正常〉に反した表現だからこれらは反世界の〈歌として面白い〉のであって、世界の抑圧そのものに対峙しうる力は何処に見ればいいのか、僕にはわからなくなる。

塚本、岡井、寺山修司の〈前衛短歌の三雄〉、そこに春日井を加えて〈前衛短歌四天王〉なんてマチズモな呼称があり正直、春日井の作品を前衛短歌に数えていいか僕には迷いがあるが、彼が前衛短歌の場を利用して作品発表したことは事実なのでそれはいいとして、世間の性的マジョリティのあり方を肯定するというエコールのカモフラージュを獲得することを前提にして初めて、性的マイノリティの美意識を歌に表出することができたのだとしたら、それは時代の限界だったとしても、前衛短歌のジェンダー的再批評は行われてしかるべきだろう。

ここまでジェンダー云々と書いてきたが、では筆者にとってジェンダーは何かと問われると困る。性的指向、性的自認なら自己の内面の事柄でもあるので把握できるが、ジェンダー・社会的性は社会という外界が個人に分担を強いてくる性別だと把握している。外界が被せてくるジェンダーと自分が望むジェンダーには常にずれがある。だから僕はＬＧＢＴという呼称が嫌いで、もう時代遅れだし可能なら否定したい。なぜそうまでして性別を区分、固定、認証しようとするのか。人間は両性への指向を持つと僕は思うので（無性愛の人はまた違うのだけど）、僕のジェンダーは何を判断基準とするかにより変容する。ヘテロ的婚姻、リビドーの噴出、社会的な演技、様々な要因に運命として向き合う時、ジェンダーが組み直されればよい。自著に触れて恐縮だが、『黒耀宮』はゲイテイストだったのに『空庭』には「妻」が出るし『蓮喰ひ人の日記』では「吾児」が産まれた、などと難詰する人がたまにいるが、作者自身はジェンダー的矛盾は感じていない。

まなうらに残りし極彩の都　そのかみ僕は娼婦であつ

た　　　　　　　　　　　　黒瀬珂瀾『黒耀宮』

女性的な歌に見えて「ときに両性具有的でありときに過度に男性的である」と喝破したのは山田航だが、作者もそう思う。これはシスジェンダー男性の歌であり、しかし、シス男性であることと娼婦であることがひとつの精神の中で合一できることを夢見た歌と読んでもらっていい。無論この舞台は何処にもない、アニメやラノベ的なファンタジー世界の都であって、この舞台設定に前衛短歌エコールの持つ強靱な戦後日本的ジェンダー観からの脱却への願いを込めたと考えてもいい。僕が短歌に援用したサブカルチャーの世界もまたセクシャルマジョリティの空間だが、それでも単一的な歌壇よりかははるかに可能性を感じたのだ。

短歌が現状肯定の作用を持つ以上、現時点での短歌空間はセクシャルマジョリティによる強固な異性愛的ロマンティックラブイデオロギーの世界であり、ゆえに歌を紡ぐこと自体が重いジェンダー的行為であることを意識せねばならない。つまりは、われら短歌に集った一人一人が、短歌空間のジェンダーの暴力性をいかに脳裏に置きつつ、己の魂を歌に込めてゆくかに尽きる。

ふくらんだ胸と喉とを取りかえる魔法を日記に書いて交わした　　笠木拓『はるかカーテンコールまで』

祈りつつ切手を貼るよ　性と心が癒着するしかない身を生きて　　　　　　　　同

女体ひとつうまく動かせない同士フローリングをはだしで踊る　　伊豆みつ『鍵盤のことば』

をみなたるものをみなからときはなたれよ云々。君と手をつなぐ、駅で　　同

身体と性への違和や、外界の押し付けへの異議、新たな連帯の模索を呟くような歌が少しずつ生まれているのは、先述した強固な価値観への叛心がしずかに広がっているからだろうが、そのなかでも特に完成度の高い作品として笠木拓と伊豆みつの歌が挙げられる。何らかのエコールの価値観の援用を求めず、精緻な筆致が日々の抒情の中に巧みに溶け込み、その日常性からジェンダーへの懐疑が立ち上がってくる。ただ、どうしても右のような、懐疑が端的に言語化された歌が引用されがちになるのだが、しかし本当に重要なのは、それ以外の歌やいわゆる地歌にも精神性が満ちていることだ。

テーブルを拭う夕べはさよならをしなかったひとばかりが遠い　　笠木拓『はるかカーテンコールまで』

織女星、どれかな。ベランダで煙草すひながらそれきり愛の話をしない　　伊豆みつ『鍵盤のことば』

笠木が詠む人間の距離。伊豆が歌う人間の連帯。対照的な内容ながら、人の心の有り処に自在さを宿している。こういう歌が詠める人に僕は次世代の短歌的ジェンダーの可能性を見る、と言ったらみんな分かってくれるだろうか。己のジェンダーも解らぬまま、思いつくままに綴ってみたのだけれど。

くろせ・からん――1977年生まれ。春日井建に師事。「未来」選者。読売歌壇選者。歌集に『蓮喰ひ人の日記』（前川佐美雄賞）、『ひかりの針がうたふ』（若山牧水賞）。

対談
馬場あき子と水原紫苑
「歌と芸」

（司会＝村上湛）

水原紫苑より

戦後の女性歌人の草分けであり、歌と能の芸を極めて来られた馬場あき子さんと、古典演劇を中心とする舞台芸術の専門家、村上湛さんをお招きして、水原が加わり、歌と芸について、思う存分語り尽くしました。芸というものの魅力の一端に触れていただけたら幸いです。

村上　今日は半ば司会のような立場でお話のつなぎ役を勤めさせていただきます。私は、短歌こそ詠みませんが、平安朝の物語研究と古典芸能を軸とした演劇批評に携わって参りましたので、馬場さんと水原さんとは主として能のご縁ということになります。今日はご両人の、ふだん公的にはお話しにならないようなディープな部分も加えながら、「短歌における古典的なるもの」を踏まえた上で、「短歌芸術における芸というもの」について伺おうと思います。

水原　本日はありがとうございます。今日は現代短歌の原点としての塚本邦雄を入り口に、馬場さんが生きてこられた戦後短歌のこと、それから、世阿弥の能芸論、それと歌と能の戦後民主主義、また、能という非常な男性社会の中で生きてこられたという二律背反について、その問題を伺っていきたいと思っております。よろしくお願い申し上げます。

馬場　短歌の世界に「芸」という言葉を持ち込むのは今回が初めてで、読者はびっくり仰天するだろうと思うんです。ところが、私が短歌を始めた戦後にはまだ芸という言葉が短歌の世界にも生きていたんです。私は昭和三十年に第一歌集『早笛』を出して、窪田空穂の御子息である窪田章一郎先生が跋文を書いてくださった。その中に「この著者は極めて芸熱心な子だ」という言葉がありました。それは、短歌に執着して一生懸命歌を作っているという意味で、それが芸熱心だったわけです。古典で言えば能因法師が「数奇給へ。数奇ぬれば、歌は詠むぞ」と言ったあの「数奇」と「好き」とは同じ意味だったんです。私の上の世代までは巧いとか技術の問題を直接言わず芸熱心という言葉で言っている。私はそこのところを面白く思ったんです。

私は昭和二十二年から能を稽古したり、流儀を問わずに観たりしてきましたので、歌の芸熱心とは別に能の芸について考えることはありました。戦後、どうやって生きていったらいいかわからないときに、昭和二十三、四年頃に、今も能楽関連の古書を扱う神保町の高山書店で川瀬一馬の『世阿弥二十三部集』を買うことによって、世阿弥の『花伝書』（『風姿花伝』）から生きていくための言葉を随分教わりました。私にとっては芸という言葉は短歌の中でも親しい言葉になっています。

現代短歌の原点としての塚本邦雄

水原　私はもともと歌舞伎好きだったんですけども、短歌をはじめたときに馬場さんが目の前にいらしたから、歌人は能をやらなきゃいけないと思っていました。春日井建先生に、「あなたは意識して能に近づいていったね」と言われて、それは本当に馬場さんの影響なんです。短歌における「芸」ということ、私は、能役者や歌舞伎役者と同じスタンスだと言ったらおこがましいですけども、同じように歌人は生きるべきじゃないかと思っていますので、「芸」は大事だと思います。ただ同時に疑いもあるんですね。私は近代芸術への憧れも強くて、「芸」と「芸術」が両立するのかなという葛藤が常にあるんです。

馬場　冒頭で水原さんが言われた「塚本邦雄が起点ではないか」というのは私は正しいと思っていまして。昭和三十一年に「短歌研究」で現代短歌の起点となるはじめての問題が提起された。三月号で「前衛短歌の方法を繞って」という、塚本邦雄と大岡信の論争が行われています。そのころ既に中城ふみ子の新人賞の作品も、寺山修司も出ていました。この論争が現代においても大切な問題を孕んでいると私は思っています。そこに原点を置きたいという気持ちがあるんです。

ごく簡単にその論争の中で私が関心を持った点を言いますと、大岡さんがまず最初に、論争としてではなく、「想像力と韻律と」というテーマでお書きになった。近代短歌は、リアリズムの中で深さを求めていこうとしたために、ヨーロッパの文芸の中で栄えていたサンボリスム（象徴主義）を経過しなかった。それが短歌の一番の過ちだったのではないか、ということを言われた。

それと同時にもう一つ大岡さんが言ったのは、メタファーやイメージなどの技術ではなくて、短歌には調べというものがある。この「調べ」とは何か、そこをもっと勉強しなさいと。そこで、例歌として二首の歌を挙げたんです。一つは斎藤茂吉の歌で、「めん鶏ら砂あび居たれひつそりと剃刀研人（かみそりとぎ）は過ぎ行きにけり」。それから、窪田空穂の歌、「湧きいづる泉の水の盛りあがりくづるとすれやなほ盛りあがる」。いい歌なんですよ、大好きな歌です。でもこれをここで挙げるのは失敗だったと思っているんです。前衛短歌論を述べようとした塚本さんはこの二首にびっくりしたと思います。

村上　証歌としては明らかに隙がありますから、塚本は鬼の首を取った感じになりましたね。

馬場　そこで、塚本さんは「ガリヴァーへの献詞」、つまり巨きな詩人ガリヴァーへの献詞という華やかなタイトルでこういうふうに言ったんです。大岡さんが言っている韻律というのは短歌の魔物だと。この魔物を克服する、あるいは避ける、いろいろなことがあるけれども、これから短歌を革新するならば、この韻律、別名調べとも考えられているそれを崩さなければだめだと。字余り、字足らず、それから句跨がり、七五を崩す。韻律を破壊して新しい韻律を創る。実は私はそのとき、塚本さんのほうに共感しました。

水原　え、本当ですか？

馬場　もう明らかに塚本さんの言うことが本当だと思ったんです。自分には不可能かもしれないが。私は空穂系の「まひる野」の中で一番韻律的な歌を作っていたんです。調べを求める歌を作っていたんですね。この方向をこれからどうしたらいいんだろうかと、そこがまず一つの大きな悩みだった。

その塚本さんのあと、三回目に立論して大岡さんが言ったのが、短歌の存在証明は何だということなんです。塚本さんの言っていることは間違っていない。あなたは韻律を崩す、しかも形をもつ短歌の音律を壊していったとすれば、それは短詩、短い詩ではないか。それがもし短詩でなく、なおかつあなたが短歌と言うのであれば、短歌の生命はどこにあるかと、大切な調べについて言及しています。大岡さんが調べと言ったものは、塚本さんが考えているものとは少し違う。大岡さんの調べ観、同時に短歌観というのは、「調べというのは短歌の骨格であり、姿勢である」。さらに付け加えて、「調べによって肉化された対象のビジョン、瞬間的にして総体的な現実」、これを調べと言っているんですね。

もし短歌の本質を挙げるとすればそれは調べ以外ない。この「瞬間的にして総体的」だというのは、たとえば、寂しいとか、悲しいとか、ほのぼのとか、夢ばかりとか、そういうような言葉というのは手擦れているけれども、同時にそれは一瞬にして総体であるんです。ここでまた強く説得されました。

これは私が考えているんですけど、たとえば「物」という言葉がある。物語だとか、物寂しいだとか、物すごいとか、物々しいとか、わからないもやもやしたエネルギーを感じさせるものにしか「物」はつかない。そういう情趣とか気分とか余情・幽玄の言葉が短歌の調べの中で醸成されるんだと述べているんですね。非常に驚きつつ共鳴したんです。

当時、第二芸術論で短歌をなんとか改革しなきゃいけないとなった後に、高見順さんが、『『小説は二流だ』』と言って自殺までした人がいる。だけど短歌は、二流とか三流とかというそんなものから外れている。もしそんなにだめな短歌を日本文学史から引き算したら『源氏物語』は成立するのかどうか」、「実は古代から大動脈のように日本文学を縦に通ってきた筋道が短歌ではなかったか」というようなことを言ってくださった。それがすごく腑に落ちたんです。

水原　それはさすがのお言葉ですね。現代では歌人がそこに自信を持ちすぎてもいけないなと思うんですけど、戦後、短歌が叩きのめされた時点では貴重な発言ですね。

馬場　この塚本・大岡論争の後、様々な論争を重ねながら、現代短歌への道を選び選び来たんじゃないかなという気がしています。一種の方法であり、技巧であり、それは「芸」と言ってもいいかなという気がするんです。

水原　塚本は革命家だったから一回調べを壊さなきゃいけなかった。塚本は本当に凄いと思うんですけど、でもやはり、今馬場さんがおっしゃったように短歌の命は調べだと思いますよね。

村上　調べというのは昔から大きな問題です。短歌と短詩の弁別ということを言われましたが、短歌だけではなくて、詩にだって調べはある。その論争で塚本が述べているとおり、調べは人それぞれです。個人の感覚に不可分に拠って立つだけに、教条的に論じ始めると奇妙な迷宮に入ってしまう。ただ、私は芸能の人間ですのでこれは確信しますが、調べというのは煎じ詰めれば身体性だと思います。外在的であるにせよ内在的であるにせよ「声の力」ですね。

藤原俊成が「歌はただ、よみ上げもし、詠じもしたるに、何となく艶にもあはれにも聞ゆることのあるなるべし。もとより詠歌といひて、声につきて、良くも悪しくも聞ゆるものなり」と『古来風躰抄』で説いている。音声性、音楽性の問題です。たとえば馬場さんの詠まれる歌には常に肉声の響きがあると私は思う。これは、謡に長らく打ち込んでこられたことがきわめて大きいのではないか。口語に拠る短歌であっても、馬場詠にはその意味での身体性がきわめて顕著です。翻って、いま歌壇において、調べに関する歌人たちの存念はどうなんでしょう。

馬場　この大岡・塚本論争があった同じ昭和三十一年に塚本さんは歌集『装飾樂句（カデンツァ）』を刊行しています。ここにも調べが壊されている歌はあります。もちろんそう意識しているんだから。だけど我々が読むとやはり短歌なんです。はみ出している律がちっともおかしくない。そのすごさ。

たとえば「ジョセフィヌ・バケル唄へり　掌（てのひら）の火傷に泡をふくオキシフル」。言葉が切れるところで切ってみると、たとえば十二音、それから七音、十音になる。あまりにも有名な、「日本脱出したし　皇帝ペンギンも皇帝ペンギン飼育係りも」（『日本人靈歌』）。「日本脱出したし」は十一音。「皇帝ペンギンも」で切れば九音、「皇帝ペンギン飼育係りも」が十五音で、合計三十一音をはるかに勝っている。だけどこれを短歌だと認めなかった人は一人もいないんです。みんなこれをそれぞれ短歌の韻律で勝手に読んでいた。

それから岡井隆もやはりそういう歌がありました。「扉（ドア）の向うにぎつしりと明日扉（ドア）のこちらにぎつしりと今日、Good night, my door!（ドアよ、おやすみ！）」「扉（ドア）の向うにぎつしりと」、一句多いんですよ。でもこれを誰も短歌の枠内じゃないと言わなかった。私たちは喜んで上句下句の形で読んでいたわけです。

だから、だいたい一つの言葉の流れが二つぐらいに、ときには三つぐらいに切れていれば短歌の韻律として読めた。それが現代短歌をある意味で自由にしてきたところがあるんじゃないか。口語短歌や外国語が短歌に入ってくると、もうどうしようもなく韻律は広がってしまいます。撰集にえらばれてきた韻律はもう既に克服されたのが現代短歌だと考えていいのではないかと思います。

水原　佐藤佐太郎が「五七五七七が短歌である」と言っています。佐太郎はそのフォルムぴったりに合わせようという考えなんですよね。佐太郎は現代でも凄く人気があって、私はそちらのほうに共鳴してしまうんですけど、それはいかがですか。

馬場　もちろん基本はやはり五七五七七ですよ。

村上　私はふだん古典和歌に接していますから、その点についても実感があります。たとえば在原業平などはまさに、いま馬場さんがおっしゃった「韻律が克服された現代短歌の先触れ」です。『伊勢物語』第六段「芥川」で、「白玉か何ぞと人の問ひしとき露と答へて消えなましものを」を例に挙げれば、「白玉か何ぞ」までが一ト息ですね。「と人の問ひしとき／露／と答へて消えなましものを」。都合四フレーズ。これで成り立っています。五・七・五・七・七では決してない。業平は往々にしてそういう歌を好んで詠みます。まさに破調の美で、古典和歌にも確かにこうした世界がある。この歌を「白玉か／何ぞと人の／問ひしとき」などと切って味わう人がいたら、それは短歌芸術から最も遠い世界にいる人でしょう。

芸とは。短歌の素人性、まず「好き」であること

水原 本当に業平は天才ですね。だけどそれはもう、自由な境地に遊べる名人だけの調べではないですか。和泉式部にもそういう感じがします。

村上 そこで、馬場さんがおっしゃった「芸」ということに興味があるのです。謡でも茶の湯でもよく免状に書いてありますね。「この者、芸道執心につき差し許す」云々。つまり、芸事の伝受資格は巧いからとか才能があるからとかではない。ただただ好きなだけ。つまり「執心」なんです。私は、日本の芸道の裏側には「偉大なる素人性」があると思います。つまり、「好きでたまらない」ということが大前提であり、同時に、それ以上でも以下でもない。日本の芸能・芸道では「素人と玄人をどこで区切るか」の弁別がきわめて難しい。現代短歌はその最たるものではないですか？

水原 私はそこに日本の芸道の一種の闇を感じるんですよね。謡曲仕舞のお稽古をしていて痛感しましたが、トップの先生は芸術家で名人で、それを無名の大衆が支える形でしょう。少なくとも短歌はそうであってほしくないですね。そうでないとこれからの時代に生き残れないと思うんです。素人の魅力というのはまた別ですね。素人といえば現代短歌はみんな素人だと思います。

村上 偉大なる素人性、つまり、「好きな気持ちさえあればそれで良い」。これが短歌の芸とどうつながるか。釈迢空は「鳥船」同人の門下生をその心で指導したというではありませんか。つまり、「好きでたまらない心＝数寄心」を尊んだ。必ずしも巧い必要などない、と。そうした素人性、数寄心という点はどうでしょう。

馬場 それは非常に重要なことでね。歌論の歴史を見てもまず好きということです。藤原公任はまず、初心の人には「すくよかに詠むべき」と言っています。一直線に詠まなければだめだ。それから藤原清輔は、「数寄給へ、数寄ぬれば秀歌はよむ」。「数寄」はもう、今言われた執心です。私もお免状を何枚ももらって、そこには全部、「あなたの執心によってこれを許す」と書いてあるんです。私は嬉しいと思いました。どれだけ自分がこの能に執心していたかを証明してくれる免状ですから。だけど素人ですからうまくはならないです。下手でもそれはいいんじゃないかと。

ここで問題なのは、さきほど村上さんが言われた俊成の言葉です。昔から歌の世界は意外と論理的なんですが、先に村上さんが言われましたが、俊成は「歌はただ、よみあげもし、詠じもしたるに、何となく艶にも、あはれにも聞ゆることのあるなるべし」と言っているんです。この「何となく」が重要であり、また説明しにくい難点なんです。俊成が言っているのは「気分」です。この「何となく」を納得させるものが「調べ」だと考えています。これこそ大岡信が力説したい調べなんです。

水原　だけど、短歌的抒情に対する疑いってないですか。何か日本の闇の根源のような感じがしますけど（笑）。晩年の河野愛子さんが短歌に吐き気を催すことがあるという歌を作ったことがありますよね。「われ短歌に吐きけもよほすことありつたんかを切りて去ることもせず」（『夜は流れる』）ですね。私、自分が歌を作るのは好きだけど、実はこの気持ち、良くわかるんです。だから、どうしても馬場さんみたいに芸熱心になれなくて。

馬場　天才の人は芸熱心にならないでいいんですよ。

水原　天才じゃありません（笑）。でも馬場さんには短歌ってもう嫌だな、ということはないですか？

馬場　できないときは嫌ですよ。だけど、どこか、障子の紙がぴっと破れてなにかがきらっと見えてくると、どどどどっとできちゃう。そういうときはいいなと思うわけです。そういうものですよ、歌なんていうものは。

村上　言語化、定量化できないものが調べの本質であるということですかね。俊成歌論はまさにそこをめぐるもので、そうした曖昧なものを俊成は「景気」と言ったり「余情妖艶の体」と言ったりする。これは古い歌論の定型ですが、言語化、定量化できないからこそ、俊成はさまざまな実作例を証歌として示すことで人々に感得させようとする。一つの共有的な感性を幻視する。言語化、定量化できないものを幻のごとく視るわけです。現代短歌においてもそうではないでしょうか。

水原さんがおっしゃった「吐き気を催すようなことがある」というのを、私は能に引き合わせて考えます。能でも新作能というのは陸続と出ていて、馬場さんが親しくお付き合いになった哀果・土岐善麿の能には私は吐き気を催すわけです。

馬場　なぜ。私はそんなことない。

村上　もう、「いかにも能」というように出来過ぎているのです。韻律は豊か過ぎるほど豊かで、文語表現の蘊奥もわかり尽くし、謡曲の骨法も心得ている。「知り尽くしているいやらしさ」というのがあるわけです。

かといって、横道萬里雄が作って戦後新作能の代表曲となった「鷹の井戸」（注：イェイツ作の詩劇の翻案）が良いかというと、わたしはそうも思わない。横道は理系のアプローチを基本とする楽劇学者で、能を構造的かつ理知的に分析した。偉大な学者ですけれど、詞藻の人ではない。旧来の能の技法をいったん解体し新たに創り上げた「鷹の井戸」の構造的な先鋭性はすばらしいけれども、詩劇・戯曲として欠かせない「余情妖艶の体」は欠落しています。そういうものには、吐き気は催さない。

土岐善麿みたいに能旧来の様式を万全に身につけて、豊かな詩想と詞藻を示した縦横な創作欲に酔えれば良いんでしょうけど、私はそこに型に泥んだ欺瞞を感ずる。水原さんが短歌に関して吐き気を感ずるのとちょっと似ているかもしれない。

馬場　横道さんの「鷹の井戸」は上演された時代と関わると思います。詞章の中に「神を頼みし身の破滅」という言葉があって、みんなが驚いたんです。戦後の舞台で、神というものが芸能の舞台から否定された。最後に枯れ枯れとした枯林だけが残っていく。それは戦後の焼け野原を背景にできます。「鷹の井戸」が改訂を重ねて現代的になっていったのは、原案のイェイツの詩想があるからなんです。いまの新作能は歴史に拠ったりドラマに拠ったりそれを力にしていて、イェイツが持っていたような思想性がないんです。それがないから一回で滅びてしまう。

村上　サンボリスムの問題にも通じますね。

馬場　土岐善麿のいいところは、七五調の美しさと仏教用語の確実さと、家がお寺さんですからね、それと社会性がうまく機能しながらできている点です。はじめから能の家元の喜多実さんと相談しながら作っているから、演じ手ができにくいことは一切やっていない。善麿は器用な人で、実さんが「これはちょっとやりにくい」と言えば、「はいはい」と直せる。そういううまさが七五調になると強かった。啄木よりは口語調は弱かったけど、啄木の親友だったけど、そんなところがあります。歌人善麿に『六月』というい い歌集があります。危機感をあらわにした、戦前のものです。私は能作の主題の中にもそうしたものがあると思ってみています。

村上　善麿の作能姿勢は歌舞伎の狂言作者ですね。昔から「三親切」と言いますでしょう。「役者に親切、座元に親切、見物に親切」それが良い歌舞伎脚本だと。まさに八方美人的に親切で、舞台効果も万全にきちっと出来上がっている。

馬場　ああ、なるほど。狂言作者ですね。

水原　サンボリスムですけど、大岡さんがサンボリスムを経ていないからと、塚本さんにすごく居丈高に迫りますね。塚本のことを考えるといまでも胸が熱くなります。

馬場　つまりそれはどういうこと？　塚本さんが論争と同時に出した『装飾樂句（カデンツァ）』が傷ついたということ？

水原　ええ。それもそうだし、現代詩から短歌を見る目線は、今は違いますが、かつては上からだったんじゃないでしょうか。

馬場　そのころは特にそういうことは言えますね。でも、それがなければ刺激にならない。塚本さんがその後どうしたかというと、『感幻樂』でまさに調べの権化のような歌を作るわけです。もうどうしようもないくらい調べの美しい。そこで融和したと言ってはおかしいけれど。

水原　「固きカラーに擦れし咽喉輪のくれなゐのさらばとは永久（とは）に男のことば」とか、ですね。

馬場　昭和四十四年なんです。私が『無限花序』を出したのと同じ年に出された。『感幻樂』を読んだときの私のショックったらないですよ。

水原　「やられた」ってことですか。

馬場　いいえ、理想的ともいえる文体の面白さに、私は悩殺されましたね。あえて言いますが、悩殺された。これだけ美しい韻律、調べで、かつてない内容がうたわれるというのは、もうどうしようもない才能だと思いました。以後塚本さんの歌には調べが大きな要素になる。

水原　あそこからですね。だけどそこはおそらく芸術家塚本にとって、ひとつの陥穽でもあったと思うんですよ。ひとつの文体を手に入れるっていうことは怖いですよね。

村上　面白いですね。塚本はロマンティシズムの極致であり男歌の極致です。その濃厚な韻律に馬場さんが酔って、やられたと思った。馬場さん以外の女性歌人は塚本邦雄にそこまでショックを受けたのでしょうか。馬場さんには能の修辞に特有の硬い韻律に対する愛執、執心があったから特別なのでしょうか。

馬場　硬い韻律ですかね。たしかに、『感幻樂』は柔軟でありながら言葉の冴えが硬質の美しさを感じさせます。

巧い、下手　世阿弥の芸

村上　ところで、「和歌における巧い、下手」って何なんでしょう。プロの能役者はよく言いますね「あの人は上手い」「あいつは下手だ」。それは必ずしも、観客の目から見た芸の良し悪しではない。けれども、専門家の間では「巧い、下手」の弁別は厳しいのです。

馬場　芸とは巧いか下手かなんですよ。短歌だってそうです。

村上　歌人でも、クロウトと言われる歌詠みの中では「巧い、下手」という共通認識はあるのですね。

馬場　それは世阿弥が言っています。「花と、面白きと、珍らしきとは、これ三つは同じ心なり」と。そこに行くわけです。

村上　「花」を持ち出すと最後は「人々心々の花」(『風姿花伝』)になって、受け取る人それぞれの価値ですから、結局はわからなくなってしまう(笑)。

馬場　そこがまたいいところ。「人々心々」と言っても、それは名人のことを言ってるんですから(笑)。巧いというのは花があるかどうかというのもあるし、珍しさ、新鮮さもあるし。いまだけ面白いという歌もありますね。花があるかどうかはちょっと保留だけれども。そしてまた、「下手」のよさ、下手の秀作はありますかね。源氏の弟の蛍兵部卿の書の魅力みたいな。悪びれぬ美しさを「筆澄みたる」と言っています。これも芸ですね。

水原　おっしゃることはわかります。今は、実存的な重みというか、人間存在の重みみたいなのはないですよね。

水原　その代わり若い人の感覚は新鮮ですよね。時代の断崖を生きている感じがします。

馬場　それは、なかなか無理。若いときはましてないでしょ。

馬場　「花の咲かぬ時の木をや見ん。犬桜の一重なりとも初花のいろいろと咲けるをや見ん」。やはり世阿弥です(笑)。マンネリは駄目、時を得て咲く花はいいんですね。

水原　村上さんは『定家百首』で塚本を好きになったとおっしゃっていましたね。私も定家はそれなりにわかるんです。でも俊成は「あはれと思へ」とか、自分で言ってしまう。たとえば、『新古今集』の「いくとせの春に心をつくし来ぬあはれと思へみよし野の花」ですよね。そのあとに式子内親王の絶唱の「はかなくて過ぎにしかたを数ふれば花に物思ふ春ぞ経にける」が来るので、余計ですけど、俊成はうるさいなあ、しつこいなあ、何でこんなにぐたぐた言うんだろうと思ってしまうんです。

馬場　歌の成功率は別として、俊成は深く重たいですね。

俊成は曲者ですよ。「あはれと思へ」というのも西行とも通う「あはれ」ですね。この歌の上句の深よみも式子の上句の深よみと重なるものがある。

村上　俊成は晩年になればなるほど歌が良くなっていく。定家は逆。

水原　定家の晩年は枯れて行きますね。

村上　『新勅撰和歌集』時代になると、もうダシガラでしかない。そこから二条家の歌風が出来上がるというのがよくわかるわけだけれども。

男歌と女歌の骨格

馬場　『新勅撰和歌集』についてはちょっと異論があります。定家は『新勅撰和歌集』のとき、関東の侍の拙い歌にある新鮮さを感じていた。自分たちが言えない直球の言葉を関東の武士だから言ってると。その魅力が自分の突破口になるかもしれないという気持ちがありますね。越部禅尼が定家を批評しますが、あの頃の定家は初期の前衛に固執してない。むしろこれからのことを考えている。それに定家の最晩年の選歌の『百人一首』はやはりすごいです。半分恋の歌で埋めてるでしょう。恋というのは、恋愛だけじゃないのよ、定家にとって、あるいは中世の人にとって。「恋ふ」んです。ないものを求める、その熾烈な気持ちが「恋ひ」なんです。

水原　魂を「乞ふ」んですよね。

馬場　「請ひ」でも、「乞ひ」でもいいけれども、「恋ひ」なんです。切実に求める人間の心に響くのはたぶん恋だろうと、定家は恋に擬した。女の歌を随分採っているところに、定家と俊成は女歌から学んでいるところがあると私は思っています。

水原　そこは塚本はどうですか。塚本は女の歌を評価していましたか？

馬場　どうでしょうね。塚本さんが『田植草紙』を読んでいるところが出色だと思います。『古今和歌集』はみんな読んでいるけど、『田植草紙』や『梁塵秘抄』は読まないです。みんなで回文連歌をやっているときも、塚本さんから『田植草紙』を本歌にした歌が回ってきたりしました。塚本さんは女歌にも、それから『田植草紙』のような庶民の、下のほうの歌にも関心を見せていたところがあります。

水原　さきほど村上さんが塚本を男歌だと言われましたけど、馬場さんや山中智恵子さんの歌には男歌の骨格があると思うんです。

馬場　それは言われてました。私の歌が男歌の骨格だというのは、能の影響かもしれないと今にして思うのね。どうしても、きちっとしなきゃ気が済まない。山中さんは精神的なものだけど、私は様式的なものからそれがあると思っています。

水原　ああ、そうですね。馬場さんの歌はなにか読みながら鼓を打ちたくなるような歌です。

村上　それは先ほど挙がった調べの問題ですね。塚本の言うとおり調べは千差万別、人それぞれ。馬場さんの場合は謡曲が肉声をもって常に発せられるところに淵源を持つ、身体言語としての調べだと思います。だから新作能を積極的に書かれるし、「般若由来記」のような現代戯曲も創られた。そんな馬場さんの根源に、肉声への愛着がある。古典の和歌は本来は俊成が言うとおり「詠じもする」、必ず声に出して読むものです。馬場さんはふだんから披講をよくなさいますね。馬場さんの声で読まれると、他者の歌でも別の生命を獲得するわけです。やはり「よみあげもし」たときに初めて真価を問えるかどうかが、私は古典から続く調べの本質として大事な面だと思います。

馬場　そうでしょうね。全く賛成です。私の歌に肉声を受け取ってくださったのははじめてです。とても嬉しいです。

水原　私もそう思います。でも私自身は読むのがすごく下手なんです。と言うか、人前で声を出すことが苦手なんです。それに日本語というものが自分を傷つけるという思いもあるんですよね。歌を始めたときに、穂村さんに「君の歌は日本語のうまい外国人みたいだね」と言われたことがあって、それはある意味で私の歌の本質を言い当てた面白い批評だと思っています。

馬場　穂村さんは不思議な人で、柔らかいよね。非常に柔らかい口語で歌っていて、リズムがあるんですよ。

村上　水原さんの歌は目で読む歌です。塚本は漢字の配字が巧いから見た目の印象が強いのだけれども、塚本の調べは馬場さんのような謡曲ではなくて、浪花節に通じるような、もっと一般的な歌謡です。謡曲のようにスパッと割り切れない、もっと多様性をはらんだ歌謡だと思う。

馬場　殊に『緑色研究』が塚本さんの前半生の総まとめだろうと私は思います。その後『感幻樂』（昭和四十四年）にがらっと違った世界を見せていく。そこにはすごい準備と用意があったと思います。用意ができていながらその前に『緑色研究』をまとめて、これが私の前期の芸の集大成だというところを見せた。そういう芸も大したものだと思います。

水原　『感幻樂』はあれこそ芸ですよね。

村上　馬場さんご自身にとっての声の問題はどうですか。

馬場　声は、私はやはり好きです。朗読も好きなので、随分昔ですけれどもNHKで『平家物語』の朗読をやっていたことがあるんです。好きだからどんどん朗読の世界に入ってしまうので、「これで辞めます」と言って辞めました。言葉というのは、朗読の声によって本当は生きるんです。殊に関西の文学はそうで、古典においても『源氏物語』でも、清少納言でも何でもそうです。古典の中の会話で「どういたしまして」という意味の「なにか」という言葉を関東の人は「なにか」と語尾を下げて言うんだけど、どこか咎めているようにひびく。関西の人は「なにかぁ」と語尾を上げて伸ばして言う。すると「どういたしまして」という意味になる。こういうのを関東声、関西声と言うのでしょうか。古典をよむ時、よく考えますね。

村上　馬場さんの公演解説は私も必ず聴いているけれども、大変たくさんのファンがいる。それはやはり、話の内容もさることながら、やはり語り口、馬場さんの声なんです。誰もがみな語り手、詠み上げ手になれるわけではない。声の力を持ち合わせない限り人前では語れない。古代から恐らくずっとそうでしょう。

水原　私は村上さんに「あなたはヨガでもやって身体性を身につけなさい」といつも言われています（笑）。私は一首作ると必ず自分で言ってみるんです。だけど私のように身体の調べを持ちにくい人間にも調べはあると思うんですよ。調べっていうのは精神と肉体の葛藤ですから。

馬場　私も書きながら自分の声で書いてますよ。だからそれが調べになっているんだと思う。

村上　それは大きいことではないでしょうか。私はあらゆる舞台表現に始終接しますから、肉声感は端的に感じ取ります。演劇台本がそうで、たとえば現在、いろいろな人がシェイクスピアの翻訳をしてさまざまな台本がある。それぞれによく分かるし、現代に通ずるべく巧みにアレンジもしているけれども、往々にして聴く耳に酔えない。坪内逍遥に戻れと言うつもりはさらさらないですし、文語体が良いとも言いませんよ。先日亡くなった渡邊守章は、ペダンティックなところはあるけれども、ラシーヌやジャン・ジュネの戯曲を翻訳をすると口語としてものすごく色気のある文体です。身体性というものは戯曲にも散文にもある。ましてや短歌だったらもっともっとそれが論じられなければいけないのではないでしょうか。

水原　『新勅撰和歌集』と定家に戻りますが、馬場さんが口語を取り入れていらっしゃるのは定家と同じような、若者のゴツゴツした感じを私も取り入れてやろうじゃないかみたいな気持ちですか。

馬場　いやいや、そんなことはなくてね。口語は『万葉集』にも入っているし、『古今集』にだって入っている。和泉式部なんて口語がぐちゃぐちゃ入ってくる。だからずっと、口語を入れてもいいと思ってました。でも私が最初の歌集を出す頃までは師匠が全部文語に直してしまった。その頃までは（戦後直後でしたが）文語じゃなければうたっちゃいけなかったんです。だけど歌集にまとめるときに復元したのもあるし、どこかしら口語っぽくうたっています。そこから解放されるのが昭和四十年代、三番目の歌集『無限花序』からです。それぐらいになると師匠も否定しなくなって、我々も自由に口語を入れたり、文語や漢文調を入れた。漢文調はといえば、現代短歌から和漢混交文の伝統が消えてしまった。島田修三さんが頑張っていましたがね。漢文調がないから歌が締まらなくなったんです。

水原　新作能とかもそうですよね。

馬場　漢文は日本文学の中ですっかり日本語化して、大鉱脈を持っていたわけです。漢文という大財産を捨てるということは、本当にもったいないことだと思う。島田修三さんは漢文脈を持っている歌い方をしているし。古典もやっています。四国の「未来」の紀野恵さんもいま漢文調でやっています。

水原　紀野さんの仕事は素晴らしいですね。

馬場　学校教育ですね、漢文を教えない。

水原　私の世代では高校で習いました。李白とかは好きですけど、まあお恥ずかしいものですね。ただ中国語をちょっとかじった時、漢詩の朗読を聴いて音楽性の美に感嘆しました。日本の漢文はそれとも違う独特の韻律ですね。

村上　漢詩文でも日本の古典でも頭で義務的に勉強するだけだと浮ついたものにしかなりません。やはり「好き給へ」で、ふだんの生活へ数寄心を落とし込んでいかないといけない。古典文学に始終接していれば、自然と漢文体だって入ってくるはずです。

馬場　自ずから入ってますよね。能の謡曲は漢文が半分、和文が半分です。漢文で格調高く言っておいて、同じことを次に和文で言っているから、解釈してくれているようなものです。あれは面白いと思う。

水原　本当にこれからの課題は漢文だと思っています。

馬場　でも水原さんには、漢文がなくてもフランス語もあるし、外国文学があるじゃない。フランスの文化や文芸やさまざまなものを持っているわけだから。

水原　フランス語やフランス文学は結局職業として物にならなかったわけで、素人ですから。ただ若い頃に集中的にやったので、拙いながら自分の精神的な骨格にはなっていますけど。私は曰く言い難いものに納得がいかないんですよ(笑)。それで論理的な塚本が好きなんですけど。でも、馬場さんみたいに、古典を写しに行くほどの物すごい情熱を持って、専門的に勉強したりっていうわけじゃないですし、村上さんはもちろん専門の学者でいらっしゃいます。

村上　私も馬場さんも、古典を飯のタネにして人に教える生業をしてきたからですよ。人前で話をするとそれが自分の血になり肉になる。人に教えるということは、知識を翻訳して伝えなきゃいけないことだから、それを前提とした勉強です。ただし、人に教えるための勉強というのは、そのことだけ考えていると浅い勉強になりがちです。その点では常に、自分の中で向上と充実の方法論を見つけていかなければいけない。

馬場　それはあります。私はちょっとしたことでも、たくさん調べてから教えたいという性質があります。それがいいことかな。

村上　おまけがいっぱいついてくる。

水原　女房装束の絵をお描きになったりしたんですよね。

馬場　少女のころですよ。十二単がどういうものを重ねているかとか、植物染料を見に行ったり、桜襲って本当はどんな色になるかとか。

村上　馬場さんは着物の本を出されてるくらいですから、短歌とは別の専門分野でも趣味分野でも、幾つも幾つもたくさん引き出しを持っている。その豊かさが、ほかの歌人に比べて比較にならないでしょう。

馬場　あっちこっちになってしまって統一がとれないけれども、関心を持てばすぐそこのところに行ってしまうような執着心がある。

水原　情が深いですよね。それは村上さんにも思います。

水原　戦後民主主義短歌の旗手だったということと、男性社会の抑圧の中で生きてきたということと、ご自分のなかでどう折り合いをつけてこられたんですか。

馬場　私はとても鈍感力が強くて、男性の圧力を感じないのです。すぐそこに入って、対等になってしゃべってい る。どんな人ともすぐ友達になっちゃう。男社会で苦労したということは一つもないんです。ただ、そういうときにどうすればいいかという防衛は少しは考えます。一つは、ピラミッド社会において底辺の者はどうしたらいいかというと、一番上の人は大きい声が嫌いですから、呼ばれたときにはなるべく大きい声で返事をしようというのが私のテクニックだった。

戦後の男社会の中で生きる

水原 大きい声でしゃべると嫌がられるんですか。

馬場 場が開放的になるんです。話題を全部開放的にしていく。ただ、戦後民主主義といっても、女の人のできる範囲はここまでだろうなというところもありましたよ。でも、私には短歌があるんだからそんなところで頑張らなくたっていいわけです。能があって、短歌があって、古典も。好きなことをしていれば、あともう何が欲しいものがあるの。

水原 でも、能は男の役者が女を演じて芸を極める芸能じゃないですか。その物すごい残酷さを女として感じませんか。私は女として怒りを覚えるんですよ。

馬場 日本の芸能は常に逆転の魅力を持ってるわけです。白拍子の昔から女は男装する。男装の麗人しか美を認めない。曲舞女（くせまいおんな）は必ず長絹で舞う。長絹は男の装束です。『遊女記』を見てもわかるように、江口や神崎にいた遊女たちは、みんな仏の名前や男の名前です。そういう逆転の面白さを自分自身で体現しようとしている。歌舞伎こそそうじゃないの。

水原 芸能の毒というものの凄まじさですよね。たとえば村上さんがお親しかった中村歌右衛門さんの毒の凄さを考えると、芸能って恐ろしいものだなと思います。

馬場 「身毒丸」以上に怖いです（笑）。

水原 歌にあの毒があったらいいなと思うんですけど。

馬場 塚本邦雄さんなんかは毒の塊みたいな人だからそういう毒を持っていたわけです。上手に食べれば最高のものです。

村上 芸能の性差は複雑な問題を孕んでいます。たとえば能と歌舞伎が同じかというと、決してそうではない。能は一人の役者が男にも女にも、鬼にも神にも、さまざまなものに変化（へんげ）して、どんな役もこなさなければならない。「私は三番目物の女能しか舞いたくない」で通用する役者は観阿弥・世阿弥時代からいないわけです。歌舞伎の場合、立役と女形とは普通は明確に分かれます。江戸時代の半ばから技巧を基に両方兼ねる例も出てきますけど、今に至るまで分業が基本です。どちらが上だ下だということはないものの、千差万別な役柄に扮することが常態である能の場合、役者自身が抽象度の高い存在に昇華しないと追いつかないので、世阿弥が言う「離見の見」つまり「極限までの客観性」が強く出てくる。

現代では女性の能役者があり、鵜澤久さんのような有能ですばらしい名手もいますけれど、男が直面（ひためん）（素顔）で勤めるリアルな「鉢木」や「安宅」を男性に伍して演じたいと思うことは普通ないはずで、そこに自ずから越えられない線引きがある。つまり、能において女性の芸はミニマムなものにならざるを得ない。白拍子のような男装の女芸人はコスプレとしての男装そのものが欠くべからざる手段で、女姿のまま多彩な役柄を演ずるということはない。女芸人・女役者と男のそれとは、なかなか一緒にはできないでしょう。

馬場　古代から性を転換するところに魅力を感じてきた日本の芸能史の歴史があるわけです。女の場合は白拍子や出雲阿国あたりまでは成功したけれども、江戸になってから刀を差した女の芸というのはあり得なくなっていくのはなぜなんですか。

村上　それは性区分が社会の中で可視化され、体制の論理によって異物が排除されたからですね。男の占用する刀を女性が帯びること自体が許すべからざる危険思想、というわけです。

馬場　江戸三百年の中で女の倫理というのが殊に強調されていく中で、いよいよ女が押し込められていくということはありますよね。

村上　だから江戸時代も煮詰まる後期、天保ぐらいに、その反動というかたちで、たとえば新興地・深川の芸者がそれまでの芸者風俗を破り、男名前で売り出すわけです。

水原　桃太郎とか名乗って、羽織を着た辰巳芸者ですよね。

村上　羽織は男の着るものでしたからね。羽織を着て男名を名のるのは脱女性化で、同時に社会批判でもあります。

水原　古来、優れた女性歌人が非常に多くて、昔からの大歌人と言ったら柿本人麻呂と和泉式部と、あともう一人だねみたいなお話を村上さんともよくしますけど、それでも歴史をつくってきたのはみんな男ですよね。

馬場　そのとおりですね。歌がよいだけで時代は動かない。論理が必要です。昔から、紀貫之も、藤原公任、源俊頼、俊成、定家にしろ、「自分はこういう短歌を目指している」と短歌の論理を本に書いています。女は一切書かなかった。それが現代まで続いてます。たとえば貫之が「花実相兼ねたり」と言えば、歌は花があってしかも事実がついていなければいけないとか、みんなが考え出す。「花は心……」と言われると、「ああ、そうなのだ。それについてやろう」と思うわけです。女の人は芸のみを磨いて、決して論理を述べなかった。

水原　それは言ったらいけなかったんですか。

馬場　いえ、言わなかっただけよ。誰も言いたくなかった。女性がどういう姿で存在するか。その美意識があったんでしょ。主権者と芸術は葛藤すれば芸術のほうが負けて、権力者の富に従うほか理想が達成できなかった。女性はさらにその圏外にあって、身を安らかに保ち、目的だけを大切に守ったようなところがあります。ずるいのか、迷ったのか、そういえば私も書いてこなかった。

水原　え、そんなことない、馬場さんからですよ、変わったのは。

馬場　いやいや。それで、男の人が自分の論理にかなった歌を作っている女の人を引き上げるという歴史がずっと続いてしまった。前衛短歌全盛時代には前衛短歌の論理にかなった女の人、葛原妙子さんが出てくる。リアリズムの時代にはまたそういう論にかなった人が出てくる。独自な水原さんは切歯扼腕するよりも、まずは何か言わなきゃいけない。

水原　それもそうです（笑）。これから書くことにします。俊成卿女は何か言ってませんでしたか。

馬場　それは、越部禅尼となってから定家を批判しただけです。

村上　「残らなかった」ということは大きいと思います。平安時代四百年のうち、和歌論にとどまらず女性の書いた評論的なものというと、『枕草子』と『源氏物語』に含まれるさまざまな批評的言説ですよね。清少納言と紫式部という偉大な個性があったから出てきたわけだけれども、『紫式部日記』を読むと、和泉式部も和歌評論はしていた。

水原　じゃあ、言っているのは言っているんですね。

村上　でも紫式部は全然認めてなくて、「いでや、さまでは心は得じ」と斬り捨ててますね。後の人もまた重きを置かなかったということでしょう。ですから結果的に残らない。

馬場　男の人のほうが伝統的なんです。お父さんが言ったことを子供は継ぐ、継続の意識、持続の意識が男のほうが強い。女の人は一代で終わっちゃっていいという気持ちがあるから、自分の娘がこの私の歌を完璧に継いでくれるかなんて誰も考えてないのよ。娘は娘、私は私、式部は式部、納言は納言と思っていた。

村上　俊成卿女はちょっと別ですよね。

馬場　従属的な性格というのは時代の倫理もあるけれども、俊成・定家によって系統づけられた歌の家のエースですから。その方向性を守ることこそ使命になってゆくんですね。だから晩年の定家を叱る力も発揮できた。またもう一つ、従属的な姿勢をとっているほうが女の人にとって生きやすかったのよ。昔はね。従属的な姿勢をとっていれば自由だったし、その中で才能の発揮ができる。

水原　そうですか。馬場さんから流れが変わったなと思うのは、馬場さんはほかの女の人を引き立ててくれる。

馬場　引き立てなければ女の短歌は守れないものね。それに気づいたのは私が戦後の民主主義の子供だったからです。男の人は必ず自分の友達を引き立てて男の歌を引く。だけど、女の人が女の歌を引いてどこがいいかを書かない限り、男の人はその歌のよさをわからないということを絶えず友達に言う。だから評論を書くときは必ず女の歌も引きなさいとみんなで言い合っていたのよ。

水原　それはすごく偉いことですね。斎藤史とか葛原妙子とか山中智恵子とか、みんな天才だけどみんな一人だけで、誰も引き立ててない。

村上　やはり馬場さんが高校教員だったということは大きいと思います。

馬場　ああ、それはあるかもしれません。

村上　葛原も山中も斎藤も、俊成卿女のように暗がりで火桶を抱え一人沈思黙考して詠むタイプですね。馬場さんだってそういう時もあるとは思うけれども、教師だから天性が開放的なんですよ。同好の士を集め一つの文化を共有するエコール、学びの場をなして、そこから馬場さんも実作の活力を得る。まさにお宅はサロンじゃないですか。さきほど馬場さんが示した『新勅撰和歌集』への共感は、その時代の定家がそうだったからと思う。実作者としてよりも、企画者であり教育者としての定家へのシンパシーです。

馬場　要するに好きなのよね、人と集まるのが。定家は御子左派サロンをつくったので、達磨歌が好きなのが集まって強力な前衛短歌のグループになってゆく。

村上　そういう、人間としての晩年の定家ありようが、馬場さんのいまと似ているでしょう。かといって、馬場さんの歌が『新勅撰』風だとは申しませんよ（笑）。

水原　だけど、馬場さん以降の女性歌人でそういう人が出てこられるかなと考えると、厳しいものがありますね。

村上　馬場さんの根本にある古典というのは、共に読むことによって共有し、伝えていく、公器のようなものではないですか。一人で読んでいるとわからなくなるから、たくさんで読みたい。それによって自分の読みも活性化される。『無名抄』について実に良い本（『馬場あき子と読む鴨長明無名抄』）を出されたのも、お宅にそういう場を持たれ、歌人同士で共有した成果ですね。古典文学への畏敬の念と継承の志がないとできませんよ。

馬場　それは今の若い人にはほとんどないでしょうね。現代短歌の総合誌の中でも編集者の要望によって古典について、あるいは自発的にいろいろなことがちらちら出ているけれども、小さいスペースで終わってしまうというようなものでね。

村上　繰り返しますが、徹底して好かないといけない。

馬場　「数奇も数奇給へ」よ（笑）。

水原　いえ、数寄心は今の最前線の歌人たちにもあると思いますよ。ご期待ください（笑）。

村上　馬場さんは『源氏物語』だって、まるで現代に生まれたばかりの物語みたいに読むじゃないですか。私もそうですが、「歴代この注釈は」なんて分析的に解剖するだけではダメですよ。リアルな文学として古典を読み解かないと。「お勉強」ではダメです。

馬場　だから、大和和紀さんの『あさきゆめみし』もすばらしいのよ。あれは本当にいい『源氏物語』の入門書ですよ。

古典と向き合うこと／歌論から芸論へ

水原　だけど古典を歌に取り入れるのは実際にはむずかしい面もありますね。

馬場　古典と向き合うのは難しくて、古典の和歌からあんまりとり過ぎてはいけない。特に、謡曲の言葉です。和歌だったらある程度知っていなければいけない歌もあるし、発見されやすいけど、謡曲の言葉は発見されにくい。たとえば「砧」だとかの能の名曲からとられても誰も知らないから、作者の言葉だと思ってしまうこともある。中世に制詞という言葉があったでしょう。「これはここまでしか使ってはいけない」という。使ってはいけないところ、やってはいけないところがある。

村上　古典は両刃の剣だから危ないですね。いま言葉のとり方の、取材源のことをおっしゃったけれども、私はやはり調べによって分かってしまうと思う。読んでいると、歌の詠み手に本当に古典が沁みているのか、単に手段として使ってるのか、ということが分かります。

馬場　山中さんなどはその辺、全然しっかりしていたわね。なぜだろう。大きくとっていても大丈夫だった人。半分ぐらいとっても、腹力があるからできちゃうのよね。

水原　底力の問題ですよね。

村上　馬場さんと個性は違いますが、やはり山中智恵子なりの「数寄心」でしょう。あれだけ古典に親しんだ人です。

水原　あと、馬場さんの大事な世阿弥のお話を伺わなくちゃ。

馬場　一番は貫之が「花実相兼ねたり」と言ったのが歌論の初めなんです。「花という言葉があり、それに内実がなければだめだ」と。それを定家はさらに解釈して、「いはゆる花と申すは心、実と申すは詞なり」と、やさしく言い直している。それを世阿弥はすっかり取っちゃって、「花は心、種は態（わざ）なるべし」とも、「花と、面白きと、珍らしきと、これ三つは同じ心なり」と言っている。世阿弥は歌論を芸論に写し直してるところがある。

たとえば『風姿花伝』で一番最初に出てくるのは全体のことで、「言葉卑しからずして、姿幽玄ならんを、うけたる達人とは申すべき哉」、言葉が卑しくなくて姿が幽玄なのを達人だと言ってるけども、これは『新撰髄脳』で公任が言っています。歌は心が深くて、姿は清く、趣向がいいものが最高の歌だ。世阿弥は「風姿」の最高級のところにそっくりそのまま置いているんです。そういうのはまだ幾つもあります。

水原　歌の幽玄と能の幽玄は違いますよね。

馬場　定家、俊成、鴨長明たちが言った幽玄は、よくわからないけれどもある雰囲気、つまり「何となく艶にもあはれにも聞ゆるなるべし」という、言葉に表れない余情を幽玄とした。だけど、中世の能の幽玄は、正徹とか、心敬とか、その頃の歌の達人たちが言ってるのに合わせている。だから正徹などは「南殿の花の盛りに紅のはかまを踏みしだいた女官たちが三、四人で桜の花を見ている。これが幽玄だ」と言っているわけです。非常に華やかで、高貴で、格調のある、「白鳥花をふふむ」というような、艶麗なものになっていく。中世の後期になると心敬になっていきます。「枯野のすすき、有明の月」という寂しい風景も出てくる。

村上　正徹、心敬の時代は定家の真著よりも、むしろ偽書の影響が強い。「鵜鷺系歌論書」と言いますが、『桐火桶』や『三五記』といった、定家に仮託された偽書歌論が広く読まれていた。これは能でも茶の湯でもそうですが、偽書のほうが詳細な具体性があってわかりやすい。本物以上にホンモノらしく見せないといけないのですから。世阿弥もまたそうした定家の偽書歌論から仔細に学んでいます。

馬場　偽書もいいことを言っていますからね。

水原　え、偽書って誰が書いているんですか。

村上　それはわからないですよ。

馬場　だから偽書なの。

村上　だからこそ定家よりも定家らしいことを言っている。茶の湯の偽書『南方録』が利休よりも利休らしいようなことを連ねているもので、「いかにもそれらしい」わけです。それだけに、袋小路にも陥りやすい。俊成の考えた「幽玄」はかなり幅を持っていたのが、後代の偽書がもっともらしく「こうだ」と規定することによって細かくなっていく。それを受けて、世阿弥に言わせれば「稚児の美が幽玄だ」と。まあ、舞台演劇だから具体性が伴わないと通じないからそうした言い方もあるのですが、俊成の幽玄は決してそうではない。

馬場　それがだんだんお茶のほうに入っていくとくっきりしていって、「月は満月は嫌に候」ということになる。雲があったほうがいいとか、はっきりしてくる。

村上　「月も雲間のなきは嫌にて候」。金春禅鳳の『禅鳳雑談』にある、同郷・奈良の侘び茶人「珠光の物語」ですね。

現代社会で女性たちの抱える不自由さ

水原　最後に、昔と今との女性たちの不自由さをどういうふうにお考えかお話しいただけますか。

馬場　今の女性のほうがうんと自由に見えて不自由です。私たちの戦後の女性はもっと力がありましたよ。行動力もあったしね。戦後は何をやっても稼げばお金になるんですよ。そのお金をバックにして自分が何かやりたいもの、欲しいものは手に入れられたんです。学生上がりでも、たとえば『群書類従』が出れば借金しても買う。『続』が出たらまた買う。『尊卑分脈』が出ればそれも買っちゃう。教員時代ですけど、図書館に行く時間の節約ですね。給与もよかったんではないでしょうか。

今はファッションや、友達との交流や、いろんなものにもお金を使わなきゃならないでしょう。私たちの世代にはそれがなかったですね。

村上　私は舞台関連で考えますが、杉村春子、山田五十鈴から後、女役の大役で納得させる女優が出ないのどうしたことかと思います。

女優の演ずる大役は堂々と男に伍して、時として男性性すら兼ね備える必要がある。杉村が得意とし、私は評価しませんが最近では大竹しのぶが試みている「欲望という名の電車」にせよ「女の一生」にせよ、男女の重層性から照射される女性性の魅力です。ジェンダーフリーと言うけれども、その自由な振り幅から真の女性性が問い直されなくてはなりません。単に「女らしく生きよ」ということではさらさらない。たまさかそうした重層的な個性を持つ女優がいると、多くは宝塚出身です。つまり、男役として性差を超えることを日常としてきた人がそういう適性を持つことがある。麻実れいなどその最たるものでしょう。

馬場　学校の先生をやってると、男の言葉でやらなきゃ男の子なんて締められない時がありますね。そういう職業的日常もたしかに後天的な性格づくりに影響しますよね。

水原　私は、馬場さん、村上さんのおっしゃること、よくわかるんです。私はどちらかというと男性社会になじみやすいんですよね。だから逆に女性差別を内面化しちゃって生きてきたという意識があります。馬場さんの世代は時代を切り開いてこられた方ですけど、私の場合は、新しい世代とのはざまに生きていて難しいですね。今の若い女性たちは、意欲がないんじゃなくて、積極的に動けないのは、やはり貧困と悪政のせいだと思います。

村上　平成以来の三十年、大学卒の初任給が上がらない現代の世相は実に憂慮すべき貧困だと思いますが、馬場さんが戦後の世相を言われる「みんなが貧乏」とはまったく違いますね。社会の構造的問題として。

馬場　半年に一遍給料は上がるものだと思ってましたからね。あの頃、私の初任給は二千円ですからね。だけどその後たちまち三千円になり、一年後には四千円になり、どんどん上がっていくから安心感があった。社会の変化と同時にお給料は上がっていくものだと思っていたから別に心配もしていなかった。

村上　それはそうでしょう。大きな違いです。

水原　いろいろ勉強になりました。ありがとうございました。

（令和三年五月十七日　Zoomにて）

馬場あき子（ばば・あきこ）―１９２８年東京都生まれ。歌人。日本女子専門学校（昭和女子大学）卒。78年歌誌「かりん」創刊。歌集に『桜花伝承』、『葡萄唐草』、『阿古父』、『飛種』、『鶴かへらず』、『あさげゆふげ』など。評論集に『式子内親王』、『鬼の研究』、『和泉式部』など。朝日歌壇選者。新作能に「晶子みだれ髪」、「額田王」「小野浮舟」「利休」がある。

村上湛（むらかみ・たたう）―１９６３年東京生まれ。明星大学教授。石川県立音楽堂邦楽主幹。財団法人観世文庫評議員。演劇評論家。早稲田大学・大学院に学ぶ。文化庁芸術祭審査委員、芸術選奨選考審査員、国立劇場おきなわ研修講師ほかを歴任。能の復曲・新演出・新作にも数多く携わる。朝日新聞歌舞伎劇評担当。著作『すぐわかる能の見どころ～物語と鑑賞１３９曲』（東京美術）、『村上湛演劇評論集～平成の能・狂言』（雄山閣近刊）。

作品三十首

素粒子と母

大滝和子

母不在　母のベッドは素粒子をかかえこみたる沈黙をもつ

ほんの少しだけ私よりビッグバンに近く生まれた母がいない

母のベッドの分解ふせぐ捻子八つ静止しながら光源のよう

地軸よ汝は恋を知らず宙にうかび世界を支えつづける

母は私を宇宙に逢わせ　宇宙は私を母に逢わせ　時計

どんな空間だろうと光速でここから七カ月七日行くと

母よ　あなたとホットケーキを作ったことが貝殻のように残る

白飯（しらいい）のなかに炭鉱あるごとき悲しみをどう扱うべきか

ミニトマトの形よ数学的精密思考の宇宙をおもう

ミニトマトと正球形の微差さえも心の部屋に鍵盤めく

瞑想のとき　ゆらゆらと「新しい品詞」のようなもの観測す

個体差に心そよがせミニトマト五つを卓の上に並べる

日にむかい青いバケツを運びゆくことも宇宙の旅のひとつ

ホイジンガ、ホイジンガーと啼く鳥の入りて来ずや介護の家に

いくほんも針きらめかせ精神的ローヤルゼリーを母は出してた

球根の母　雪女の母　豹の母　ドラゴンの母　酒の母

雪女の母が私を求めいるそのような手の感触だった

父と母いなくなりたり介護用ベッドの雪野に埴輪も乗らず

抽斗がかすかに開いて白黒の手相写真を父は持ってた

仕事にて父の上陸せし都市の名前散らばる地球儀の面

遠洋で船医の父は船ゆえに長き苦悩の始まりをぞ得し

保存食の容器に咲きいる花の絵はさながらアポロンの竪琴

六条のみやすどころをどう思う?母に訊ねておけばよかった

もの詣で　もの語　ものものしい　ファミリマートで「もの」を購う

光源氏ということのはの光から太陽系の星星は顕つ

素粒子と母のわからないところ　どちらも黙示の鍵かもしれず

さゆらぎの恋愛森林　フォークロアの種子が混じりて雨を吸う

暗黒の羽にブルーを含みつつ愛のミラクルのような蝶飛ぶ

父の死の後に母逝きて空間は口承文学のつづき

東西の回廊歩みいる人の存在を呼ぶ葡萄のすがた

おおたき・かずこ──神奈川県出身。歌集に、『銀河を産んだように』（現代歌人協会賞）『人類のヴァイオリン』（河野愛子賞）、ほか。「未来」所属。

侵される身体と抗うわたしについて

石川美南

マイナンバーカードのオンライン申請をしたら、何週間も経ってから「不備あり」とメールが戻ってきた。添付した顔写真が笑顔すぎて、顔認証用には不適格だという。もちろん歯を見せて爆笑している訳ではない。ほんのちょっと口角が上がっていただけだ。だいたい、笑顔だと正式な顔と認められないなんて、私という人間の何を知っているというのか。

　写真は撮り直して差し替えたが、なんだか納得がいかなかったので、後日マイナンバーカードを受け取りに行って「ご本人確認をします」と言われたとき、思いきりにっこりしてやった。窓口の係の人は、仏頂面の写真の私と満面の笑みの私を見比べて、「はい、間違いありません」と真顔で頷いた。ほらね。間違いない。

　しかし、本当に認証されなかった経験もある。最新の生体認証技術などを用いて個人の身体的／社会的属性を探るというコンセプトの展覧会にいったときのことだ。目の虹彩は一人ひとり異なるため生体認証に利用されるが、私は白目が黒目に半分かぶさる特異な眼球を持つため、機械で虹彩をうまく読み取れなかったらしい。目だけで個人が特定されて驚くはずのタイミングで、私は自分の顔の横に浮かんだ「unknown」という表示を呆然と眺めることしかできなかった。

私はどちらかと言えば私自身に無頓着で鈍感なタイプだが、時として自分の身体を強く意識することがある。それは、何らかの力によって身体の領域が侵されていると感じるときだ。他者との接触、あるいは社会のシステムや科学技術によって、身体の輪郭が外側から定められていく。息苦しい。とはいえ、一旦社会に身を置いてしまった以上、自分で触れて感じられる範囲だけを確かな身体として生きていくのは難しい。現代人は多かれ少なかれ、そうしたジレンマを抱えているのではないだろうか。

＊

平岡直子の歌集『みじかい髪も長い髪も炎』が出た。ずっと待っていたこの本を大切に読みながら、外部から侵される身体とそれに抗う「わたし」について、繰り返し考えていた。

　完璧な猫に会うのが怖いのも牛乳を買いに行けば治るよ　　平岡直子

三越のライオン見つけられなくて悲しいだった　悲しいだった

花から花はしずかに生まれてゆきながら褒めてくれたら引き金を引く

平岡直子の歌は、隣に座ってやわらかく話しかけてくるような語り口をベースとしながら、藪から棒に物騒なイメージを突っ込んできたり、容易に一つの像を結ばせない言葉の連ね方をしていたりする。それは、読者に多様な読みを許しているというより、作者の精神のありようを注意深く言葉にしていった結果のように見える。

平岡の歌を読んでいると、意味内容に関係なく唐突にムッとする瞬間がある。理解しがたい服装の人を見て、自分のファッションに対する感度の低さを意識させられたときの鈍い痛みのような。そんな連想をしてしまうのは、私が平岡作品の良き読者ではないからだろうか。いや、そうではなく、このムッとする感じは作品自体によって誘発されているものであり、むしろ作品の魅力なのだと思う。

（前略）たいていの服というのは個人のイメージについての社会的な規範（行動様式、性別、性格、モラルなど）を縫いつけている。その着心地がわるくて、ぼくらはそれを勝手に着くずしてゆく。どこまでやれば他人が注目してくれるか、どこまでやれば社会の側からの厳しい抵抗にあうか、などといったことをからだで確認していくのだ。が、それは抵抗のための抵抗としてなされるのではない。じぶんがだれかを確認したいという、ぎりぎりの行為、のっぴきならない行為としておこなわれるのだ。

鷲田清一『ちぐはぐな身体――ファッションって何？』

私はファッションにも無頓着なので、ファッション論としてこの文章を読んだときは「へー」としか思えなかったのだけど、ここで言われている「着くずし」を平岡直子の文体と重ねてみたとき、一気に腑に落ちるものがあった。平岡の場合は「どこまでやれば他人が注目してくれるか」というアピール感は薄いが、「のっぴきならなさ」は紛れもない。

そういえば平岡の歌には服飾についての言葉が多く、それ自体にもフェチシズムを感じるのだが、「脱ぐ」「裸」という言葉が繰り返し現れるのも特徴である。

泣いたってかまわないけどその靴はだめだよ、ここで脱いで捨ててなよ

裸ならだれでもいいわ光ってみて泣いてるみたいに光ってみせて

喪服を脱いだ夜は裸でねむりたいあるいはそれが夢の痣でも

ここでの「裸」は生まれたまま、ありのままの姿というより、一旦身に付けた服を剝ぎ取った姿、究極の「着くずし」である。「裸ならだれでもいいわ」はおそらく穂村弘の「ゴムボートに空気（エア）入れながら『男なら誰でもいいわ』と声たてて笑う」（『シンジケート』）を踏まえているが、「男なら誰でもいいわ」にあるバブルめいた華やぎ（と、男性からの視線）は削ぎ落とされ、生命が放つぎりぎりの「光」だけが希求されている。

では、平岡直子が脱ぎすてようとする「服」とはなんなのか。それを考える一つのヒントとして、東日本大震災を挙げるのは的外れではないと思う。

海沿いできみと花火を待ちながら生き延び方について話した

わたしたちの避難訓練は動物園のなかで手ぶらで待ち合わせること

できたての一人前の煮うどんを鍋から食べるかっこい
いから

歌集にも（何首かを除いて）収められている連作「光と、ひかりの届く先」が歌壇賞を受賞したのは二〇一一年（発表号は二〇一二年）のことだ。同年には馬場めぐみが短歌研究新人賞を、立花開が角川短歌賞を受賞しているが、どちらの選考座談会でも「切実さ」というキーワードが出ており、受賞後も、作品自体あるいは受賞のプロセスを東日本大震災以後の空気と結び付ける評言が多く見られた。彼女たちの作品には確かに切実さがあったが、それを震災と結び付けて論じることが適切だったかは疑問が残る。

一方、歌壇賞の選考においては、平岡作品について「必死」「生の中の死」といった評が出たものの、震災には直接触れられていない。おそらく選考委員の中にも、安易に時局と結び付けず作品と向き合おうという配慮が働いていたのだ。選考座談会での批評は平岡作品の本質を捉えていて、今読み返しても得るところが多いのだが、「光と、ひかりの届く先」に関して言えば、むしろ、震災後の空気を積極的に取り込んだ一連のように思えてならない。もちろん、実際に津波に遭った人、家族を失った人の言葉ではない。しかし、ここには津波に遭わなかった人の震災体験が、純度の高い言葉で克明に刻まれている。海辺で花火を待つ楽しい時間の裏側に、「今、ここに津波が来たら」という思いが常に貼り付いていること。あるいは、震災後の日本を覆った自粛ムード、「絆」という言葉でラッピングされた同調圧力を思い返すとき、「動物園のなかで手ぶらで待ち合わせ」ることや「煮うどんを鍋から食べる」ことが、それこそ「切実」なものとして立ち上がってくる。手ぶらの待ち合わせは地震や原発事故から生き延びるための訓練にはならないが、「わたしたち」が外部からの圧力に易々と屈せず、自分を見失わないで生きるための訓練としては、真っ当なものなのではないか。歌集には震災への直接的な言及がないにもかかわらず、栞文で馬場めぐみが「光と、ひかりの届く先」と「みじかい髪も長い髪も炎」について「東日本大震災後の東京に暮らす主体が、日常の隅々から感じ取る死の気配がテーマとなった連作」と躊躇なく断言しているのは、同じ時間を共有した人の実感なのだと思う。

急いで付け加えるが、平岡直子は東日本大震災によって大きく作風を変えた訳ではないし、この連作を読む読者が必ず震災を思い浮かべなければいけない訳でもない。生の裏側には常に死が貼り付いているのだし、「自粛」の名のもとに同調を強いられるのは震災に限った話ではないということを、二〇二一年を生きる私たちは痛いほどよく知っている。

それにしても歌集を読んでいて驚くのは、この人が、他者への身体的接触をためらわないということだ。

ああ足の指で触れなきゃ尊敬をあつめてしまう人のか
なしさ

シュレッダーを通ってきたという顔に頰を寄せるあた
らしい顔だよ

自分の心に無理をしてまで人望を得てしまうタイプの人

を、足で行儀悪く触れてあげることで解き放つ。ずたずたに傷ついた人には柔らかく寄り添う（アンパンマンのように新しい顔と取り換えてあげることはできなくとも）。社会からの圧力に抗いながらも、生身の「きみ」には自分の方から触れていくというスタンスが貫かれているから、この剣呑な一冊は、決して閉塞感を持つことなく、凛々しく立ち続けることができる。

＊

さて、平岡直子について見てきたが、「抗い」の気配は、最近出た他の歌集からも感じられる。

いちめんのたんぽぽ畑に呆けていたい結婚を一人でしたい　北山あさひ『崖にて』

星ひとつぶ口内炎のように燃ゆ〈生きづらさ〉などふつうのテーマ

からだをもっていることが特別なんじゃないかって、風と、風のなかを歩く　谷川由里子『サワー・マッシュ』

ヘッドホンの真心ブラザーズがトタン屋根を引っ剝がす轟音を打ち負かす

地下書庫に体熱を奪はれながらひとは綴ぢ目の解けやすき本　川野芽生『Lilith』

子守唄くりかへしくちずさむごとくあなたも擁（だ）きしめる偏見を

北山あさひは平岡直子よりも直接的な表現で、身体が社会に侵されるさまを克明に描き出している。「結婚を一人でしたい」は決して突飛な発想ではなく、家族制度をめぐるあれこれにつくづく疲れた果ての対策（？）なのだ。

一方、谷川由里子は、人間の身体を風や月と並列することで、身体が否応なく引き連れてくる重たいものをさらりと切り捨ててみせる。「轟音」を遮断できる場所はヘッドホンの中にしかないが、結句の「打ち負かす」は皮肉でも強がりでもなく本当に楽しげに響く。谷川の歌は上機嫌であること、スタイリッシュであることの価値を全力で肯定しているから、読者もまた上機嫌をお守りにして生きていける気がしてくる。

川野芽生の歌には、強靱な美意識によって肉体の制約や社会の抑圧から逃れようとする意志が漲っている。川野が文語定型を好んで用いるのは、現代においてそれが、理不尽で過酷な現実からやや切り離された言語と認識しているからではないだろうか。

それぞれの作者についてもっと詳細に書きたかったのだが、文字数と時間が尽きた。四冊にはそれぞれ近しい部分と異なる部分があり、読み比べることによって見えてくるものも多いと思う。なお、ここで取り上げた作者が全て女性であることについては、ひとまず「身体について考えようとしたら、この四冊が思い浮かんだ」と言っておくしかない。戦後以降の（女性）短歌史と対照させることで見えてくるものもあると思うが、検証するにはもっと多くの作者について丁寧に考える必要があるだろう。

いしかわ・みな――1980年生。歌集に『砂の降る教室』、『架空線』、『体内飛行』など。第一回塚本邦雄賞受賞。

夢という刃──「幻想と人間」考

川野芽生

この稿で、わたしは幻想作家として、「幻想と人間」について書くように依頼された。

わたしたちの〈現実〉とは、〈現実〉として認識されるものであり、わたしたちの認識は言葉でできているものなのだから、わたしたちの世界は、言葉でできているといえる。それならば言葉によって世界を作り変えることもできるはずである。〈現実〉の遺伝子を組み替える言葉、それが幻想だとわたしは考えている。

わたしは幻想を愛する作家であるとともに、フェミニストでクィアなのだが、それらはわたしの中で矛盾しない。フェミニズムとはわたしにとって、強固な〈現実〉と認識されている男性中心社会を転覆させるものだからだ。女性は劣っているとか、女性には「女性らしさ」が、男性には「男性らしさ」があるとか、そういった考えは性差別主義者にとっては〈現実〉だし、これまで多数者によって支持されてきたがゆえに、この世界を構成する〈現実〉の一要素となっている。そしてこの世界に生まれて育つ人々の中で、〈現実〉が再生産される。だから〈現実〉と戦うフェミニストには、今ここにあるのとは違う世界を夢みる力が必要になる。

またクィアとは、〈現実〉の中に数えられていない人々のことである。存在しないと思われている人々のこと。たとえば、恋愛や性愛に携わらない人間は、この世には「いない」「あり得ない」と思われている。つまりわたしたちは幻獣なのだ。目に見えない幻獣を描き出すこと、「ここにいる」とまざまざと見せつけること──それこそが幻想の役割であり、クィアな運動ではないか。

つまり幻想とは、〈現実〉との戦いであり、今はまだない世界を生み出すための試みなのだといえる。〈現実〉を僭称しているものこそが幻想に過ぎず、わたしたちの視ているものこそが真実なのだ、という言い方をしてもよいが、わたしは幻想が好きだから、「幻想」に否定的な意味合いを付与するのはやめておこう。

むろんわかりやすくフェミニズム的であったり、クィア的であったりする幻想だけが幻想ではない。

短歌を始めたばかりの頃、先人の歌には恋の歌が多すぎて、結局文学の題材になるに値するものは恋愛くらいしかないのだろうか、と悩んだものだった。しかし、「誰でも恋愛をする」「恋愛は誰にとっても（ことに女性にとって）人生の一大事である」というのは、それこそこの社会によって作られた虚構＝〈現実〉に過ぎない。それが真実だと思い込まされているからこそ、人は恋をし、恋を詠うように誘導されているのではないか。もっと大事なものが他にあるだろう。たとえば、竜とか。わたしにとっては竜の方が恋愛よりはるかに身近なのだった。そんなわたしは、実在する。

あるいは物理的な肉体、それこそがまぎれもない〈現実〉だと思う人も多いだろうが、わたしは自分に肉体があることを長いこと知らなかった。自分に肉体があることを知ったのは、男性から暴力を受けたときで、そのときわたしのものとなった肉体は、男性のそれの、より弱いコピー、暴力の客体でしかなかった。だからわたしは、心を肉体に繋いでおきたくない。心は、物理的な肉体から自由な世界に住んでいる。

たとえば竜が詠われるとき、〈現実〉に罅が入り、普段〈現実〉と呼ばれているものは絶対不変の真実ではないのでは、という気付きが訪れる。人が夢をみるとき、その夢がこの世界で実現されることはなくとも、夢そのものはこの世界に実在し、夢の世界での生はなかったことにはならない。

＊

ここで、わたしが大学院で研究している課題の話をしたい。わたしはウィリアム・モリスとJ・R・R・トールキンの影響関係について研究している。

モリスは生前は詩人として、現在ではモダン・デザインの始祖かつ社会主義者として知られている。彼は産業革命後の英国で、美しさを置き去りにした大量生産品ばかりが出回り、人々の生活が索漠としたものになってしまったことを憂えて、美しいインテリアを人々に提供する「モリス商会」を設立する。しかし理想の美を追求すればするほど、モリス商会の製品は高価なものとなり、それを手に入れられるのは一部の富裕層だけになった。この経験から、彼は芸術の真の復権のためには社会そのものの改革が不可欠であると考え、社会主義運動に乗り出すことになる。

この社会主義活動から一見身を引いたかに見える晩年、彼は中世ヨーロッパ風の、しかし現実の中世とも言い難い世界を舞台に、魔女や騎士の活躍する散文ロマンス群を執筆する。これらは後にトールキンやC・S・ルイスに影響を与え、近代ファンタジー文学の源流のひとつとなるのだが、モリス研究においても、また文学史においては、ほとんど評価されてこなかった。それらは政治活動からの引退を示すもの、現実逃避的な手慰みと見なされてきた。これらのロマンスを正当に評価しようとする試みが現れてきたのは近年になってからのことである。川端康雄は次のように指摘している。

それ［独特の語法］をもって構築した［モリスの］物語世界は、近代産業社会の生み出す諸悪の告発を計った同時代のリアリズム小説の対局に立つ。だからといって、ZolaやGissingが現実に直面して、モリスが夢の世界に逃げたのだということにはならなくて、むしろ、近代リアリズムの陥穽――つまり、己れが模倣する社会現象に圧倒され、その現象を歴史的に条件づけられたものでなく恒久不変の自然現象であるかのように見せてしまう陥穽――とモリスが無縁だったということが肝腎なのではないか。自己と社会、自己と自然の永久的な齟齬の感覚を読者に与え、歴史過程の固定化したイメージしか表わし得ないその形式は、皮肉にも、自己が抗おうとした社会体制のイデオロギーを強化する装置として機能したように思われる。（川端康雄「タピストリの詩人」、『英語青年』136巻8号、研究社、1990年、3－4頁）

〈現実〉に立ち向かおうとして、〈現実〉を「ありのまま」に描くことが、いまある〈現実〉をかえって絶対化し、それが動かし得ない永遠不変のものであるという絶望を読者に与える――「近代リアリズムの陥穽」という言葉で川端が指摘しているのはそういうことである。

モリスはむしろ、ユートピアを描いた。彼は社会主義についての講演で、次のように語っている。

文明は労働者を実に窮屈な、憐れむべき状態に押し込めてしまったので、労働者は自分が今否応なしに耐えさせられているよりはるかによい生活を望む術さえほとんど分からないのだということは覚えておいてもらいたい。労働者の前に、豊かで無理のない生活の真の理想を示すというのは芸術の領分だ。（CW[注]XXⅢ：281）

晩年のモリスは社会の改革という理想を諦めてはいなかったのだ。物語を書くことは、いまはまだ存在しない、あるべき世界を人々に想像させることだった。それによっていまある世界への不服をかき立て、人々を動かすことができると彼は考えていた。彼は想像力の世界から革命を起こそうとしたのである。

すでに述べたように、モリスの晩年のロマンス群から影響を受けて物語を書き始めた一人がトールキン、ファンタジーの金字塔として名高い『指輪物語』の著者である。モリスとトールキンの共通点として、中世への傾倒が挙げられる。モリスは中世社会を理想とし、中世の芸術を復権させようとしていたし、トールキンは後に中世の英語と英文学を専門とする文献学者となる。だから、トールキンにとってのモリスのロマンスの第一の魅力とは、それが中世のロマンス文学に範を取って書かれた作品であったこと、近代という時代の中で意義あるものとして中世文学を蘇らせたことであったのだろう。

しかし彼らに共通するのは、表面的な中世趣味ではない。同時代の社会を相対化して見る眼である。彼らは同時代の〈現実〉が絶対不変の真実であると考える誤謬に陥らなかった。

トールキンがモリスの影響を受けて散文の物語を書き始めるのは一九一四年、第一次世界大戦の始まった年であり、軍事教練のさなかであった。そして翌年、兵役に就いた彼は塹壕熱を病んでの入院中に、「失われた物語の書」と題した物語を書き始める。これがやがて「シルマリルの物語」と改題され、そこから『指輪物語』が派生することになる。そして『指輪物語』は第二次世界大戦をまたいで執筆される。彼は戦地にいる息子に宛てた手紙の中で、『指輪物語』の進みを逐一報告しながら執筆を進めた。その手紙の中には、『指輪物語』を同時代の状況になぞらえた記述も見られる。世界を統べる力を持つ指輪を破棄するという『指輪物語』の筋は、全体主義的な権力と戦い、権力を放棄する物語として読むことができる。そこに二度の世界大戦をはじめとする同時代の状況の影響を見て取ることはたやすいだろう。『指輪物語』もまた、〈現実〉に抗うために、〈現実〉とは異なるありようを描いたファンタジーであった、と言うことができる。

トールキンは次のように述べている。

> 最近、オックスフォード大学のさる学者が信じがたいことを言ったそうだ。大量生産のロボット工場がキャンパスのそばにあることも、耳を聾せんばかりの騒音を立てながら走る機械仕掛けの交通機関も、「わが大学を現実に触れさせる」ことになるから「歓迎する」と。この文脈で「現実」という表現は、大学人として恥ずかしい。自動車がケンタウロスや竜よりも活気があるなんて、おかしなことだ。自動車が馬より「現実」的だなんて、あんまりばかげていて悲しくなってしまう。ニレの木より工場の煙突のほうがずっと現実的で、びっくりするほど生き生きしている、だと。ニレの木が好きだなんて哀れな時代遅れだ、逃避主義者の非現実的で空虚な夢だ、とは、まったくあきれてものもいえない。(『妖精物語の国へ』杉山洋子訳、ちくま文庫、2003年、111–121頁)

人々が通常〈現実〉という言葉で指しているのは、ごく狭い範囲の物事でしかないと、彼は指摘しているのだ。

また、先ほどモリスの晩年のロマンス群が「現実逃避」と批判されたことに触れ、それらは決して逃避的なものではなく、〈現実〉に抵抗しているのだという反論をわたしはしたけれど、トールキンは「現実逃避」を積極的に擁護している。

> 逃避という言葉を誤用する人びとが好んで「現実」と呼ぶもののなかで、ふつう逃避は明らかに役に立つし、勇敢な行為ですらあると思う。[……]
>
> 自分が牢獄にいると気づいた人間が外に出て家に帰ろうとしたからといって、なぜ軽蔑されなくてはならないのだ。脱獄できない場合、看守や監獄の壁以外のことについて考えたり話したりして、なぜ悪い。外の世界が直接見られないからといって、囚人にとって外の世界が存在しなくなるなんてことはあるはずがない。
>
> (前掲書、108–109頁)

逃走と闘争は表裏一体で、わたしたちは夢という刃を研ぎ続けなくてはならないのだ。

注—Morris, William. 1992. The Collected Works of William Morris, 2nd edn 24vols (London: Longman, first edition in 1910-15)、拙訳。

かわの・めぐみ—1991年生まれ。第二十九回歌壇賞。歌集『Lilith』(書肆侃侃房)にて第六十五回現代歌人協会賞受賞。

母という円環を出なかった人・鷗外

今野寿美

文久二（一八六二）年一月に石見国津和野藩の御典医の長男として、鷗外・森林太郎は生まれた。森家は直系の世継ぎたるべき男児に久しく恵まれず、それがため格下の奥勤めに甘んじてきた経緯があった。林太郎は、生まれたときから森家の命運を託された赤ん坊だったことになる。

森家の血を引く母みねは、満十五歳で林太郎を産んだ。のち、弟二人と妹が生まれる。養子であった父も医者であったが温厚な性格でこどもに甘く、それをとがめて厳しくしつけるのはもっぱら母の役割だった。兄妹は揃って優秀で文筆にもすぐれていたが、その回想のなかに、どことなく父は影が薄い。のちに一家は東京に出て父は開業医となるが、医業より庭木いじりのほうが好きという、人の好いタイプだったらしい。

それ以上に、長男が幼少期から利発、聡明で学業においても抜きん出ており、立身出世の道を期待されていたから、青年林太郎は一家において家長の父より頼られ、ほとんど崇められるような存在なのだった。

母が十五歳のときの子というのは、時代に照らしてそう珍しいことではなかったろう。ただ、代々の医家であるというのに、その父つまり林太郎の祖父は、女子は家事裁縫さえできれば文字などは知るに及ばないという考えで、実際、読み書きを学ばぬまま母となったのだという。ところが、これではならぬと林太郎出産後、伊呂波から始め、懸命に学んで読み書きを身につけた。その結果、林太郎が満四歳で藩の儒学者について漢籍を学びそめるころには、みね自身がかな付きの四書（「礼記」の大学・中庸の二篇と論語・孟子の総称）を読みこなせるようになっていた。

それだけではない。母は初学びの長子の復習を監督するために、子が寝てから遅くまで翌日の分を勉強するのであった。その苦労の並大抵ではなかったことを、後年みねは林太郎の弟たちにしばしば語った。みねにとっても、その成果あっての長男の大成という誇りを胸にしていたはずである。下の子らへの語りが何よりそれを思わせる。鷗外を鷗外たらしめた母の偉業というくらいに母を敬い、いたわっていたのは兄妹はむろんのこと、母に抱く絶対的な敬愛の心を鷗外自身が、終生維持していた。その母の勉強の痕跡の残る本、ノートは（講演で聴いた話だが）現在も東大に残されていて、それを見ると涙が出るほど感動を覚えるということである。

では、鷗外が女性の社会的地位、女子教育というものに進歩的であったかというと、これが意外なことに旧時代的思考のままではないかと思ってしまうのは、妹きみの進学をめぐるいきさつについてである。

この妹はのちの小金井喜美子。明治二十二年に鷗外が手がけた訳詩集『於母影』の翻訳者の一人は喜美子だった。「ミニヨンの歌」（ゲーテ）、「わが星」（ホフマン）など、今の目にも味わい深い。この喜美子の東京師範学校附属高等女学校入学に際しては、森家の中でかなり協議を重ね、ドイツに留学中の鷗外にも逐一報告された。そのいずれも長文の書簡がすべて残されている。

鷗外は当初、喜美子を学校に入れず家庭内で教育するのがよいと考え、ドイツに赴く（明治十七年）ときにそう伝えていた。が、喜美子が進学をつよく望み、それを鷗外に熱心に伝えて了解を得ようと努めたのは、鷗外のすぐ下の弟篤次郎であった。その結果、鷗外も喜美子の進学に賛同したのだった。

喜美子は勉学に励んで卒業後は文学活動を志していたが、卒業する前（明治二十一年。鷗外帰国の年）に帝国大学医科大学教授小金井良精（よしきよ）と結婚している。森家としては高等教育を受けた娘が嫁き遅れることを警戒したにちがいない。持ち込まれた縁談はすぐ鷗外にも知らされ、鷗外より数年先にドイツ留学を果たしていた良精をよく知る鷗外は、解剖学、人類学を研究する優れた人物として大賛成し、喜美子もその気になったとされる。

このように、森家においてはとにかく長子鷗外の意向、考えを何より尊重したのである。当然ながら、鷗外は頭脳第一主義、能力が何よりの判断基準だ（と、わたしには思える）。それが性を超えた価値基準であったろうことも、与謝野晶子との交流を思い起こせば動かない事実といえるであろう。

当初は視野の外であった『みだれ髪』に新たな可能性を察知するや、無邪気なくらいに模倣を繰り返した。日露戦争陣中での鷗外の鮮やかな心変わりである。凱旋後、平野萬里を介して晶子に接近し、親しく交流するなかで、鷗外はあくまですぐれた実力者として晶子に敬意をはらいつづけた。十七年近い年齢差があるが、晶子には対等というべき文学の同志のような親しさで接している。「晶子さんは何事にも人真似をしない。個人性がいつも確かに認められる」（「中央公論」明治四十五年六月）と讃え、晶子の実績に多大の助力、賞賛を惜しまなかった。

喜美子についても優れた詩心と創作のセンスを認めているのだが、それだけで括れそうにないのは、背後に母の存在があるからかもしれない。

幸い小金井良精は妻への理解深く、温厚な人柄で喜美子は恵まれた家庭生活を送ったが、嫁いで十年を超えたころ、小倉赴任中の兄に、姑に仕え子育てに追われる日々を嘆く手紙を書き送ったらしい。小倉の鷗外は母、妹、誰彼と手紙を頻繁にやりとりしていた。そして、妹の嘆きを読んでのち、鷗外は母宛てに「これは少し間違かと存じ候」と書く。姑に仕え、子育てをすることを「無駄のやうに思ひてはならぬ」という趣旨で、仏教や儒教までふまえ、懇々と諭すのである。

この手紙は母宛てであることに意味があるのだろう。母は間違いなく喜美子に伝えるはずだ。お兄さまがこのように言っておいでだよ、ありがたいことだよ……。兄のことばだとなれば、喜美子は不服のかけらももたない。もともと兄に訴えるのは、尊敬する兄に甘えたかったのではなかろうか。

母はそうして自慢の長男のことばを自分が伝えることが誇らしいのだ。小倉ゆきが左遷であることは明白だが、鷗外は黙って従い、「学問力量さまで目上なりともおもはぬ」上司に仕え、無駄とも思わぬようにして働いているのだ、とまで添えている。母にはこうして本音を洩らすということでよろこばせ、紐帯の揺るぎないことを示しているのだと思う。

秀才の誉れ高く、満十歳で父と上京。十一歳のみぎり年齢を二年偽って受験し、十九歳六ヵ月で東京大学医学部を卒業した鷗外であった。

四年間のドイツ留学を終えて二十六歳の年に帰国したとき、直後にエリーゼ・ヴィーゲルトが来日。ひと月ほど滞在したのち、説得されて帰国した。二人の結婚に鷗外は多少とも期待していたのではなかったか、という説がある。そうかもしれない。森家としては驚愕の事件である。どうしても肯んじなかったのは、母であったろう。何より順調だった息子の人生に汚点を残すこととしか思えなかったにちがいない。息子のために、という大義名分である。その母に、鷗外は逆らわない。絶対に抗わない。愛を偽り、どれほど深い失意の底に沈んでも、母を恨めしく思った気配はない。

このとき、鷗外は自分が到底、母の円環の外に出られないことを自覚したのではなかったか、とわたしは思う。

森家は林太郎の結婚を急ぎ、帰国の翌年三月に海軍中将赤松則良の長女・登志子を妻に迎えた。親戚の西周から持ち込まれた縁談であった。すべてを整えたのは母で、鷗外は一切口をはさまなかったようだ。二十三年九月、長男於菟出生。直後に登志子を離縁した。誰もがその理由を探ったが、鷗外は沈黙を守る。西周とは絶縁となり、母はどれほどか悔やみながら、息子をかばい立てしたのではなかったろうか。息子の身の周りの世話をする女性を探してきたりするのである。

妻登志子を離縁して十二年近く経てのち、鷗外は大審院判事荒木博臣の長女しげと再婚する。母は、とても美しい人だと喜び、その美しさが鷗外にとっても決断の理由となったようだ。しげもまた再婚の身であった。妻妾同居といった新婚家庭の異常さにただちに実家に帰ってしまったという女性であり、鷗外の妻となったことを誇りに思う一方、夫にはっきりものを言う女性であった。

だから、しげは姑のみねが森家の財布をにぎっていることも気に入らなければ、家庭内での姑の立ち居振る舞いすべてを嫌い、露骨に姑を厭い、避けた。姑を「あの人」と呼んではばからず、「何故母さまと云はないか」と問われて「此家に来たのは、あなたの妻になりに来たので、あの人の子になりに来たのではない」と言い放つ。結婚するとき父から「嫌だと思つたら、いつでも帰つて来い」と言われた娘なのであった。その実家に妻は逐一報告をする。自分の立場が姑の存在によってひどく脅かされているとして訴えているらしい。判事である父は、法的にも女性にとっていたく不利な日本社会であると認識していたかどうか、それは見えてこないにもかかわらず、娘の話を聞いて「けしからん事を言ふ男だ」と婿をなじる。帰宅した妻はそのとおりに夫に報告をするのである。小説「半日」（「スバル」明治四十二年三月）に書かれていることだ。

　はっきりと自己主張する新時代の妻に、夫たる鷗外は紳士的に応じ、応じながら、旧時代の母性の権化というべき母を愛おしむ。己の「今日をあらしめた」のは母であって、けして母以外ではないのである。

「半日」は、朝、幼い娘をはさんだ夫婦の寝室に、女中に指示しながら朝食のしたくをする母の声が届き、その声に「奥さん」が嫌悪をこめた声を発するところから始まっている。茶の間には母が待っていて、息子と孫娘のお給仕をする。妻は母と顔を合わせないために、間を置いて別室での朝食となる。そんな日常も、会話もほぼすべて自分と妻のことを書いたのである。この「半日」は、鷗外亡きのち全集に収録するのをしげが許さなかったとされている。

　それにしても、この作品の結びは哀しい。家の内のどうにも悩ましい対立について思いを重ねるうち、世に、こんな妻がまたといるだろうか、という嘆息に至る。そして、お昼近くとなって、「今に母君が寂しい部屋から茶の間へ嫌はれに出て来られるであらう」と結ばれているのだ。

　美しい妻としてしげを迎えた鷗外だったが、戦地へ赴くに当たって用意した公正証書の「遺言」において、自分の死後、財産は於菟に、於菟が成年に達する前に自分が死んだときには、於菟の財産は妻しげではなく弟篤次郎、もしくは妹喜美子に管理をゆだねるものとし、その遺言状の管理をゆだねた相手は、母であった。一方、戦地からの手紙には「遠妻殿」「やんちや殿」「しげちやん」など甘い呼びかけを欠かさず、「でれ助」などと署名する。これは作家の意識なのだろうか。

　鷗外はしげに小説を書くことを勧めた。しげの書いた「波瀾」は「半日」と同じ年の「スバル」十二月号に発表されている。「半日」に対置される妻の言い分、夫が若さ、美しさを愛でながら、いかに新妻の自分をないがしろにしているかを巧みな筆致で語っている。しげの小説は一作にとどまらなかったが、森家のなかは相変わらずだったようである。

　確かにみねとその子鷗外は、お互いに深く敬愛し合っていた。「半日」のなかで母の声を嫌悪する妻に応えて言う。「お母様の声は別に優しい声ではない。あゝいふ男のやうな気性の方だから、声も優しくはない」。母といえば、女性存在の根幹といえようけれど、鷗外の母に向ける愛は、すでに母性というカテゴリーに収まってはいなかった。とはいえ、鷗外の人生が、ことごとくこの母という円環の中にあって、極端にいうと、その外に出ることがなかったのではないかという思いが残る。

　大正五年三月、母みね死去。六年後の大正十一年七月に鷗外も世を去っている。

こんの・すみ――1952年東京生。角川短歌賞、現代短歌女流賞ほか。『さくらのゆゑ』まで十歌集。歌書『歌ことば100』など。

名誉男性だから

瀬戸夏子

つねに妬ましさがすこしずつ積もっていく。轟音がかすかに止んだ、デュナ・バーンズの陥穽。

わたしは名誉男性。名誉男性と呼ばれ、指さされ、あきらめ、思いなおし、誇り、笑い、選び、選びなおした。わたしの言語も言説もむしろ男性的であるという。むしろマッチョ。伝えるために無理をして、あるいは望んでその言葉を使う。むしろ女性的（だという……）エクリチュールの使い手であるすぐれた男性の書きものからフェミニズムを学べと片腹痛い指摘を受ける。男であることも女であることも力が要る。そしてわたしはまた男女二元論の素朴で粗雑な愚か者であると糾弾される。短歌を男性的であるとする論も女性的であるとする論も対になるものが想定されている時点でそれはどちらにせよ女なのだ。想定される「ではない」方はつねに女である。ついにとても苦しい夜がやってきてココアの缶を頭にのせた（雪舟えま）合意だから許していて許されてそのみちすじが朦朧とする。

ボディズ・ザット・マター。批判的模倣さえも罠に嵌るなら、しかし嵌る、急所の想像力の言説そのものに侵攻する。釈迢空は女である、斎藤茂吉が男であるなら。斎藤茂吉は女である、土屋文明が男であるなら。比喩は抜本的に奪いはしないという人もあるだろうが言葉で、ものを書いてるときにそんなふうに嘘をつかないことを選べるだろうか。心細くとも連帯の手をはねのけられた記憶は鮮やかだ。

それぞれの場での限られた椅子。四つ座席があり、もともとそこに男の座席は四つありそして三つになった。しかしそれは二つになり、残り二つの座席は女に譲られるだろう。そうなっても間違いなく座席を確保できたであろう男、あぶなかった男、そして本来なら座れた筈の椅子を奪われた男。座れた筈の椅子を奪われた男の苦しみよりあぶなげなく座席を確保できた男の余裕ある声のほうが危険にひびく、その声がたくさんの癒しと扇動を、揺るがせるから。おそれている視線がこころの世界を響かせる、目を伏せる、息をひそめてやりすごす、命を落とさないように。怯えることで威嚇する。ただしくあろうとするたくさんの心がそれぞれの心の淵でわだかまり声を求め、そうではない、そうではない暴力に眉をひそめながら耐え、耐えしのび、壊れ、あふれだし合流する瞬間をどこかで待ちのぞんでいる。たとえば夏代さんというひと（村木道彦）。

思えば思うほどに決定打を欠いていく。泥試合ははじまっており、ここまでやってくるのもそう時間はかからないだろう。戦闘的フェミニストの多くが男性の作品を好みそしてみずからの作品をかならずしも女性的ではないと処してきた事柄、残骸、わたし自身。剰余として盾にされ担保にされいざとなったら裏返して使い捨てられる隙、実存などない。足場のぐらつき、補強するために捨てたくないのに捨てている、仕方ないという裏打ちされたさもしさ、感傷を批判しようとしかけて盗もうとするいくつかの手。

残念ながらわたしはまだ死者ではない。生きて、まだ言葉を使わなければならない。沈黙を選ぶこともできるだろうにわたしは言葉という対価を支払う。おそらく金銭だけではない。あるはずの椅子をうしなった男の声がきこえる、いま、いちばん、わたしにはよくきこえてくる。彼はわたしには不満は言わない。わたしはそのひとつ前、もともと席が一つのときにも座れていた女、つまり名誉男性だから。彼が憎く思っているのは女だから。つまり、彼の席を直接奪った女について、彼はわたしに語りかける。わたしは彼にごくごく内密に個人的な慰めの言葉をかけるかもしれない。あるいは叱咤激励するかもしれない。あるいは思い上がりを諫めるかもしれない。そして間違っていると糾弾するかもしれない。それは、彼、という個人、と、わたし、という名誉男性とのあいだの、個人的関係、と、わたしが傲慢にも推測する彼の能力値、そのあいだでわたしの態度は一貫しないだろう。

わたしは女の味方をしている。

女、という言葉がなにをさしているのか、理解しきれないままに、それでも、女の味方、をしている。女、あるいは男、という言葉によって排除されるもののもののことを考えながらも、それでも、女、の味方をしている。しかしながら女、はしばしばわたしを厭う。女とは、だれだろう、迷いながら、トランス、ノンバイナリー、あるいは地域格差、学歴格差、あるいはこころやからだの障がい、あるいはエイジズム、むしろそれらの声を奪って反論するひとびとの醜悪さ、がどこからやってくるのか、醜悪さとわたしが無縁でいられるのかどうか、けれど名誉男性であるわたしが女として語ること自体がもう声を奪っているから、だから女、女、それは誰だろう、わたしをうとましく、卑劣な、隠れ家をあさりながら。

せと・なつこ―1985年石川県生まれ。歌集『そのなかに心臓をつくって住みなさい』『かわいい海とかわいくない海 end.』『ずぶ濡れのクリスマスツリーを』。

「恋の歌」という装置

平岡直子

女には何をしたっていいんだと気づくコルクのブイ抱きながら　穂村弘『シンジケート』

古い文学作品や漫画などが文庫化されたときなんかに〈今日の観点からみると差別的表現と思われる表現がありますが、作品発表時の時代的背景を考え合わせ原文のままとしました〉といった断り書きがある場合があるけれど、三十一年（意味深な数字）ぶりに新装版が出た『シンジケート』には、こういった歌が初版のときのまま収録されている。ほかには〈女の腹なぐり続けて夏のあさ〉などという上句の歌もある。復刊にあたり歌集が再注目されるにともなって、これらの歌にはやや冷たい視線が注がれているようだ。刊行記念のトークイベントで、「新装版の刊行にあたって改稿したいと思った歌は」という質問に対し、穂村弘自身が遠まわしにこの歌に言及しているのをみたこともある。

三十一年前の刊行当初、時代の空気が〈女には何をしたっていいんだ〉という態度を許容していたこと、意図的な誇張表現やアイロニーなど、レトリックとして読み取られる領域が今より広かったことの二点において、この歌は二重に守られていたのだと思う。現実に〈女には何をしたっていい〉わけはもちろんないけれど、短歌を含むなんらかの言語表現に〈女には何をしたっていいんだ〉と書いてはいけない……わけはあるのだろうか？　『シンジケート』の頃のニューウェーヴ的なポエジーは「素敵なもの」に対する採取的な態度に特徴があり、歌の素敵さと暴力性は表裏一体になっている。そのなかで、〈女性〉や〈女性との関係〉も、内実のない素敵なものとして採取されているのだ。レトリックと一体化したその潜在的な差別性のほうに注意が払われるべきで、この歌自体は内部告発のような側面すらあるように思う。

それでも、二〇二一年の世界にはこの歌の居場所がないとしたら、ここに表れている倫理観の問題というよりは、歌の側が「ここまではレトリックとして読まれるはず」と見込んでいる幅が、読み手の側に消失しているからだと思う。価値観と表現がセットで評価される時代にそぐわない、ということだ。

この原稿は「恋の歌の現在」というテーマをもらって書いているのだけど、「現在」の「恋の歌」について考えることは、〈女には何をしたっていい〉と書いてはいけなくなった先の表現を考えることである。恋の歌の現在にははっきり言って逆風が吹いている。恋愛の歌そのものよりも、「恋愛の歌はつくりたくない」「恋愛をしたくない」「恋愛の歌をつくれと言われたくない」「恋愛をしたくない」「恋愛をすることを当然の前提とした社会に暮らしたくない」という意思表示や、その意思表示を含んだ歌のほうがずっとたくさん目に入ってくる。

恋愛の歌が忌避されるのは、社会が斡旋する「恋愛」システムに限界が来ていることと連動している。従来的な恋愛ではない関係性を提示する歌は増えているけれど、それらは「恋愛」へのカウンターとして発生している以上、おそらく「新しい恋の歌」というようには呼ばれないだろう。

だけど、わたしはだれかの頭がおかしくなっている瞬間の、こちらの頭をおかしくさせる言葉だけが読みたいのだ。そして、そういう言葉が書かれているのは「恋の歌」と呼ばれるジャンルに多い。『シンジケート』には、〈春雷よ「自分で脱ぐ」とふりかぶるシャツの内なる腕の十字〉〈秋になれば秋が好きよと爪先でしずかにト音記号を描く〉など、恋愛的なテンションによって字や記号ではないものが字や記号にみえてしまっている歌も収録されている。究極的にいえば短歌自体が字ではないものが字にみえてしまったような存在であってほしい。

社会が斡旋する「恋愛」システムと、短歌における「恋」はほんとうにそこまでパラレルなのだろうか。「恋の歌」は「『恋』の歌」である以上に「『恋の歌』」なのではないかと感じることは多い。「恋の歌」が、単純に「定型という器に恋愛というテーマを入れたもの」だとはわたしには思えないのだった。短歌はもうすこし複雑に「恋の歌」を内面化しているのではないか。

その例としてまず思い浮かべるのは、どこか極端な恋の歌たちである。たとえば、藪内亮輔歌集『海蛇と珊瑚』（２０１８年）に収められた「愛について」という連作は、タイトルも含め、相聞連作の極北のような佇まいをもつ作品である。

ほそく降る月のひかりに照らされてあなたは青い鈍器のやうだ　　藪内亮輔『海蛇と珊瑚』

美しく、微量の毒が含まれたひたむきな感情が感じられる連作。かっこいい比喩もばしばし出てくる。ただし、この連作の「あなた」は原子力発電所である。つまり、相聞連作に擬態した社会詠なのだ。

あるいは、たとえば谷川電話歌集『恋人不死身説』（２０１７年）は、恋人との交際→破局→復縁という物語で構成された歌集で、一冊まるごと相聞歌集だともいえるのだけど、恋愛感情の無垢さと狂気を意図的に誇張している点に歪みがあり、いわば「相聞歌集」と「相聞歌集のパロディ」とどちらでもあるような歌集である。

また、たとえば、染野太朗はここ数年、自らの恋愛の模様を生々しく中継するかのような連作を立て続けに発表しているのだけど、プライベートな情報だと思われる部分があまりにくわしく作品に書き込まれるため、読んでいてなにか不安な気分にさせられる。「作品」という領域の暗黙の境界線に揺さぶりをかけるそれらの連作は、わたしには「虚構論争」に対する挑発のように思えるのだ。

こういった作品はつまり、「恋の歌」という枠組みを批評的に利用して、別の表現を出現させているのだ。では、「恋の歌」をいわば装置として利用するこういった試みは新しいことなのだろうか。ここで、二十年ほど前に刊行された歌集に収録されている作品に触れてみたい。

そうですかきれいでしたかわたくしは小鳥を売ってくらしています　東直子『春原さんのリコーダー』

また眠れなくてあなたを噛みました　かたいやさしいあおい夜です　『青卵』

『春原さんのリコーダー』は一九九六年、『青卵』は二〇〇一年に刊行されている。どちらもいっけん切ない恋の歌にみえるのだけど、作者本人の弁によると、どちらも作者の実体験などには関係がなく、それぞれあるメディアから取材した歌だそうである。それも、歌の表情からはかなり意外な種類の引用元がある。二首目の元ネタは個人的に聞いたものなのでここではちょっと伏せておくけれど（訊ける人は東さんに訊くといいです）、一首目の〈そうでしたかきれいでしたか〉が、松田聖子が結婚した際の郷ひろみの台詞からの引用だというのは比較的知られた話である。

作者本人の弁など作品にとってはなんの意味もない、ともいえるし、非公式な場で語られたエピソードを作品の鑑賞に持ち込むのはなにかの（なんの？）ルール違反のような気もするけれど、それでも、この話は示唆を含んでいる。「恋の歌」は「恋」には関係ないかもしれない、という可能性。東直子の歌には、ひとつの鐘の音がいつまでも鳴っているようなさみしい空洞があると思うのだけど、「恋」ではない素材が「恋の歌」装置のなかに放り込まれ、そこを通過することで、その空洞が立ち上がる様子がここではいっしゅん透けてみえる。なにより「郷ひろみの台詞だ」と聞いても歌の情緒がとくに減らないことへの驚きは印象にとどめるべきなのだ。「恋の歌」の根拠が「恋」にあるとしたら、「郷ひろみ」はそれを台無しにするはずだから。

東直子はあっけらかんと講演会で「この歌は会見で『聖子さんきれいでしたよ』とレポーターに言われたときの郷ひろみの返答から取材した」と語ったそうだけれど、もしかして、作者にとくにそういう種明かしをする機会がなかっただけで、ほんとうはもっともっと昔から「恋の歌」の器の中身は入れ替えられていたのではないだろうか。証明のしようはないけれど。

科学では証明できない交際相手に海がないと言われたら海はない　手塚美楽
『ロマンチック・ラブ・イデオロギー』（２０２１年）

絹豆腐あかちゃんみたいに取り出してきのうの愛のすべてだったね　初谷むい
『花は泡、そこにいたって会いたいよ』（２０１８年）

ああ君に飽きたくないな　ラップされラーメン屋のリモコン不思議そう　武田穂佳
「江古田文学」第一〇三号（２０２０年）

現代の若い作者の作品から何首か引用した。「盲信」という言葉を短歌のサイズに引き延ばしたかのような一首目、あまりに儚くてこわれやすいモチーフが逆説的な強度として輝く二首目、諦念と世界の彩度の高さがまだらに混ざりあうような三首目。これらの歌は「恋の歌」だと思うし、先の東直子の歌とは違って、特定の恋愛対象との具体的なエピソードが背景にある可能性が高いとも思う。それでも、わたしにはこれらの歌の「恋」は、主題ではなく方法のように感じられる。言うなれば「恋の歌の形式をとることによって表現が可能になった自意識の歌」だ。瞬間的な陶酔が正確に書き留められるこれらの歌には「恋の場面」をたとえ話として行使することに作者がどこか自覚的になっている気配も感じるのだ。煮えたぎる自分の脳を手に載せて冷ややかにみつめるもうひとりの自分がいるかのような。生きていることはとにかくわけがわからない。それを「生きていることがわけがわからない」と書いてもおそらく伝わらないところを、恋愛的なシーンを断面としてみせることでどうにか表現しようとしている歌たちなのではないか。

　主題としての「恋」ではなく、「恋の歌」が装置として働いている例のことばかり書いてきてしまったけれど、ストレートに「恋」を主題にしていると思われる歌にも挙げておきたい作品がある。

　でも君の最後の相思相愛の相手はわたしのままだ　潮騒
　　　　田宮智美『にず』（2020年）

　いつかいつか羞しいあなたを立たせたい老衰という眩しい水際　道券はな「嵌めてください」（2020年）

　この二首は単独でみても充分に魅力的な歌だけど、ここでは引用元の連作や歌集との関係の繊細さに注目したい。恋人との死別をうかがわせる一首目は、歌集を読むと、その背景に東日本大震災があることがわかる。作者はおそらく被災者である。この歌は心の整理をするかのように海辺の街へ一人旅をする紀行連作に含まれる。それらの背景を踏まえて読むとき、一首単位で読むときには「心のざわめきの比喩」くらいの手ごたえだった「潮騒」という名詞が異常な迫力を帯びて迫ってくる。「相思相愛」という単語の音が分解されて「潮騒」のなかに散っていくような感覚がほとんど肉体的に感じられてしまう。

　二首目の引用元は、人形を主題にした連作である。人間の身体性と人形の身体性を行き来するような歌が並ぶ。そのなかに登場することでこの歌の「あなた」が人形である可能性が浮上するとき、「老衰」という言葉がとつぜん不可能性を帯びて輝きだす。

　連作のなかでみえかたが違うのは当たり前のことなのだけど、この二首はまるでスイッチをオンオフするように、ある限られた文脈のなかで単語が光るようになっていておもしろい。恋愛や、恋愛的な感情を主題にした歌は、マジョリティを想定した類型的な読みに回収されがちである、という問題点があるのだけど、この二首はそれをしずかに拒んでいる。こういう経験の細かい積み重ねで、歌の読みをめぐる文脈は変わっていくのかもしれない。

ひらおか・なおこ――一九八四年生。長野県出身。第二十三回歌壇賞受賞。歌集に『みじかい髪も長い髪も炎』。

世界文学としての短歌の可能性

堀田季何

世界文学としての短歌の可能性を論じるとき、整理しなければならないことがある。世界文学とはそもそも何であるか。ここでいう短歌とは、短歌という文芸形式のことか、それとも短歌として生み出された作品のことか。これらの点は、直に答えようとするよりも、周辺領域から考察した方が解りやすい。

その意味で、まず短歌という文芸形式の世界的な可能性について検討してみたい。これには二つの可能性がある。一つは、日本語以外でも短歌形式が広まる可能性、もう一つは、短歌形式が世界的に認知される可能性である。

いずれも、外国語における短歌形式とは何かという基本的な問題がある。普通、日本では、短歌形式とは、五・七・五・七・七の五句体の定型歌体、及び、その定型を踏まえた上で逸脱した自由律歌体を指す。しかし、外国語ではどうであろう。後者の自由律短歌は、日本語以外の言語で書いた場合、ただの短い多行詩に過ぎなくなる。自由律短歌などと呼ばずとも、すでに短詩として世界中に千年以上も存在しているものと変わらない。無論、自由律の外国語五行詩を短歌だと呼んでいる歌人は、国内外に存在する。それに対し、短歌だと誰にでも容易に認識され得るのは、前者の定型短歌で、確かに五七五七七の定型は日本以外に存在しない。どの言語でも五七五七七のリズム（多くの言語では音節単位）で書かれた詩があれば、短歌と言えよう。外国語で短歌を書いていても、絶対に定型を守る姿勢を貫く歌人は少なくない。

但し、ここで考えなければならないのは、日本語以外の言語にとって、短歌定型に意味はあるのかということだ。日本語においては、須佐之男命以来の長い歳月の間に培われてきた伝統としての定型である（型というのはどれくらいの時間、どれくらい用いられるかで定まる）。しかし、日本語以外の言語にとっては、五七五七七は定型でなく、ただの日本人が好んでいる型に過ぎない。日本人が定型だと思っている五七五七七で日本人っぽく書きましたという以外に、わざわざ外国語を使って五七五七七のリズムで書く意味はないのだ。日本語話者にしか定型とはいえない五七五七七のリズムで外国語の短歌を書いたところで、それは作者の趣味でしかなく、その言語の一般読者にも大した意味はないだろう（日本の短歌に興味がある同好の士であるなら別だが）。詩的感興を短く表現するには、自分の好きなリズムで短詩を書けば良いわけである。

しかしながら、前述のように、五七五七七のリズムで外国語短歌を書く人間も、自由律で外国語短詩（主に五行詩）を書いてそれを短歌と呼ぶ人間も存在する。実際、国際タンカ協会（International Tanka Society。以下、

「ITS」）が発行している「INTERNATIONAL TANKA」誌（年二回発行。日本歌人クラブ内にあった「THE TANKA JOURNAL」の後継誌）にせよ、米国のTanka Society of America（以下、「TSA」）が発行している「Ribbons」誌（年三回発行）にせよ、米国の「Modern English Tanka」誌（年四回発行、以下、「MTS」）にせよ、オーストラリアの「Eucalypt」誌（年二回発行）にせよ、カナダの「GUSTS」誌（年二回発行）にせよ、他の外国語短歌誌にせよ、五七五七七の外国語短歌と自由律の外国語短歌の両方を掲載する（五七五七七しか掲載しないという規定はない）。そして、掲載されている作品を見た限り、どう数えても、後者の方が圧倒的に多い。日本人なら、外国語で書かれた自由律五行詩だと思ってしまうものが、海外では短歌として大々的に発表されているのだ。

TSAがMTSと提携して発行した『Tanka Teachers Guide』（いわゆる英語圏向けの短歌教本）には、MTSの編集人Denis M. Garrisonが「Defining Tanka」という文章を寄せている。『『短歌』は、無題の、脚韻のない五行詩である。（中略）英語で書かれる短歌においては、定型に関するルールは存在しない。但し、定型に関しては多くの意見があり、その一部は堅く信じられている」とある。また、「Eucalypt」のHPには、「日本の和歌（現在は短歌と呼ばれている）は、五部構造の詩である。英語では、五行で書かれる場合が多い」とある。つまり、外国語では、特段の意味がない五七五七七の型は、外国語話者（ここでは英語話者の例を挙げた）の歌人にとっては重要ではなく、それよりも、無題であること（彼らにとって、無題の詩は珍しい）、脚韻を求められないこと（彼らには脚韻を求められる詩型が多い）、五部ないし五行であることの三点が重要なのだ。

ここで、最初の検討課題、日本語以外でも短歌形式が広まる可能性、及び、短歌形式が世界的に認知される可能性についての答えは出た。両方とも「可能性はない」である。海外でも歌誌が出ているのだから、外国語で短歌を書く外国語話者は存在するが、その短歌が、（五七五七七がただの趣味的オプションでしかない）無題の自由律五行詩になってしまっている以上、日本人が思っているような短歌形式が外国語で広まったり、世界的に認知されたりする可能性は、まずないということである。つまり、海外の歌人が短歌として無題の自由律五行詩を書いたとしても、それを短歌だと言わなければ、その言語の一般読者は短歌だとわからず、無題の自由律五行詩だとしか思わないであろう。

そして、これこそが、海外の短歌人口が海外の俳句人口よりも少ない理由である（ここでは、普段実作している人々の数とする）。海外の俳句人口は、すでに国内の俳句人口を凌駕し、百ヵ国以上且つ百言語以上で実作されている。海外の短歌人口は、その百分の一、数千人もいないだろう。外国語の詩人（海外では、歌人も俳人も詩人に分類される）が自由律の短詩を書きたければ、わざわざ五行詩にする必要はないし（詩篇ごとに行数を設定すればよい）、わざわざ無題にする必要はないし、無題の五行詩を書いたとしても、それを短歌と呼ぶ必要はない（俳句・haikuに比べて、短歌・tankaという言葉自体が世界的な認知を得ていない）。逆に、わざわざ短歌で書くメリットは何かということを考えても、短いから短詩を書く時の選択肢になり得る、という点しかない。反対に、俳句はどうか。海外では、五七五を基本とした定型は外国語の言語文化圏において意味がなく、自由律の方が盛んであるということでは短歌と同じだが、短歌よりもさらに短く、最短の詩の一つであるという点が最大のメリットとされている。ただ短いのと「最も」短いのでは、天地の差がある。さらに、俳句は、最も短い詩であるということを各国の詩人から求められているがゆえ、英語、フランス語、中国語など多くの言語で五七五が冗長だと感じられたことから、自由律への動きが加速したという経緯がある（短歌と違って、定型が外国語でさほど意味を持たないというだけの理由ではない）。英語では十二音くらいが、中国語では五〜七音くらいが、日本語の十七音と同じ程度の情報量になりやすい。一行から三行で表記されることが殆どである。さらに、本意本情を持つ日本語の季語と外国語における季節性のある言葉はべつものであるので、季語に相当する「キーワード」を用いること、そのキーワードのイメージ喚起力を短さの中で引き出す「切れ」を入れることを外国語俳句の要件として説く海外の詩人ないし俳人は少なくない。つまり、短歌に比べて、俳句は外国語の自由律においても、特徴及びメリットを持っているのである。

斯くて、世界文学としての短歌の可能性という本題は、海外において短歌形式ないし短歌で詩が幅広く書かれるようになるかという問題ではなく、純粋に、日本語から外国語に翻訳された短歌が世界の財産となり得るか、日本語文化圏を超えて多く読まれ得るか、という問題に還元される。そして、結論を言えば、「可能性はある」。

筆者は、短歌を世界文学にするためには、三つのステップがあると考える。①翻訳に適した作品を選ぶ、②優れた翻訳をする、③翻訳を大量に流通させる、である。デイヴィッド・ダムロッシュ（ハーバード大学教授、アメリカ比較文学会元会長）は、世界文学を、単なる膨大な作品群と見做さず、流通と受容の問題とし、世界文学となり得る作品は、それがうまく機能し、翻訳を通じて意味を得る作品ではないかと提案したが、筆者の考えと近い。

ステップ①において念頭に置くべきは、世界では日本語短歌は翻訳を通して読まれるしかないが、日本語は孤立言語の一つであって、うまく訳せない場合が多いことである。名歌秀歌もうまく訳せなければ海外で評価されない。日本語の韻律や文体は訳せないし、外国語に同じ意味の言葉がないことも多いし（特に詩語やオノマトペ）、同じ意味でも長ったらしい言葉しかないことも多いし（特に植物、魚、気象）、日本情緒や行事は註釈でも入れない限りどうにもならないし、序詞や掛詞は面倒な回りくどい訳になるし、単数・複数の問題もある。なので訳しても魅力が伝わりそうな歌を選ぶしかない。経験上、欧米と共通する思想を持った歌や特殊な感覚に基づいた歌は、比較的訳しやすい。なお、韻律は、音数を維持することは可能であるし（外国語訳でも五七五七七になるようにする）、ジェイムズ・

カーカップのように、それにこだわった訳者もいたが、それでも原歌の韻律を訳したことにはならないので、どこまで訳として有効かは疑問である。訳してしまう以上、しかも、海外で短歌が自由律で通っている以上、訳は韻律よりも内容及び魅力の伝達にこだわった方が良いように思える。なお、俳句よりも少し長いため、短歌の方が逆に少し訳しやすい、という点には留意しておく必要がある。

あと、フランコ・モレッティ（スタンフォード大学名誉教授）は、世界文学の規模が従来の精読の方法で把握できなくなってきているとし、文学史や出版史から識別される大きな視点での「遠読」（遠隔読書の意）を提唱したが、短歌を世界文学として遠読される対象にするならば、個別の作品や歌集や作家を世界文学にするダムロッシュ的な話とは違い、日本の短歌そのものの大いなる成果、価値、魅力を世界的に伝える必要がある。それには、近現代の短歌を中心に、大量に訳してゆく必要があろう。万葉集や百人一首の訳は案外多いが、そこで止まっている。カーカップと玉城周の共訳による齋藤史の選歌集、アメリア・フィールデンと鵜沢梢の共訳による寺山修司の選歌集、中川宏子の独訳と筆者の英訳による岡井隆歌集『伊太利亜』は、数少ない例であり、今後、何十、何百という歌人の作品や歌集が訳される必要がある。

ステップ②は、当然であろう。優れた翻訳なしには、どの短歌も歌集も土台に立てない。著名な文学者や翻訳者でも短歌に精通していないと駄目な訳になりやすい。冗長な表現になったり、五行に五つのぶつ切れのフレーズを入れたりしてしまうからだ。語順を含めた工夫が必要になる。

ステップ③は、忘れられがちだが、①と②に劣らず大事である。優れた翻訳を得ても、海外で流通しなければ知名度も認知度も上がらず、作品も歌人も評価されない。優れた作品は各国の愛読者たちが勝手に翻訳してくれる、というのは迷信であり、先に知名度と認知度があってこそ訳してもらえる。ない場合は、少しでも訳してから、各国に訳してくれるような愛読者を得るか、自分の手配で訳すかして、その上で海外での流通に尽力する必要がある。しかも、多くの国の一般読者に流通しなければ、世界文学にはならないため、なるべく多くの言語で（英語は不可欠だがそれだけでは不十分）、なるべく多くの流通量で、そして、なるべくインパクトのある媒体で（海外における短歌の専門媒体では不十分）、ということになる。

その点、今年二〇二一年にラトビアで刊行された、紺野万里の四言語対訳歌集『雪』（日本語の他、フィールデンによる英訳、複数の訳者によるラトビア語及びロシア語の訳）は、貴重な成果である。世界文学としての短歌は、一人一人の歌人、一人一人の翻訳者が切り拓かなければ、可能性に終わってしまう。でも、時間はある。やるだけなのだ。

ほった・きか――1975年生まれ。「中部短歌」同人、「楽園」主宰。日本歌人クラブ東京ブロック優良歌集賞、石川啄木賞。歌集『惑亂』他。

「パリイ」との遭遇、与謝野晶子の場合

松平盟子

一九九〇年代のこと、虎ノ門にあるワインショップの女性店長とすっかり意気投合して、仲間たちとともに何度もワイン会をおこなった。当然ながらパリの飲食に関する情報もよく聞いたのだが、あるときふと気付いたことがある。穏やかに話す彼女はパリをいつも「パリイ」と発音し、とくに「イ」を柔らかく伸ばすのがなんとも心地よいのだった。

　おお、パリイ！　それは近代の文学者がしばしば記述した発音と同じものだ。私より十歳ほど上なだけなのに、私が知らない懐かしい発音をこの耳で聞くことになった。ちょっと感動して、パリイ、パリイと口遊んでみた。私は彼女以外にパリイと言う人を知らない。

　今にして思う。パリイとは二十世紀まではこの国に確かにあった、芸術の都パリへの憧れを託した音の響きなのではなかったか。今世紀に入ってもう二十年余りになるが、イスラム過激派の銃撃を受けたパリはもう二十世紀のパリではなく、芸術はパリに集中しているわけでもない。

　一一〇年ほど前に「パリイ」を詠んだ歌人がいる。一九一一年暮れにパリに到着した与謝野寛（鉄幹）の度重なる招きに応じて、決意するや半年後の一九一二年五月にはシベリア鉄道をひた走り、パリ北駅で夫と再会した晶子。

「三千里わが恋人のかたはらに柳の絮の散る日に来る」。やっぱり情熱の歌人だなぁ。

　晶子はこのとき満で三十三歳。寛は三十九歳だった。

　　巴里（パリイ）なるオペラの前の大海にわれもただよふ夏の夕ぐれ

　詩歌集『夏より秋へ』（大正3）に収録の一首に見る「巴里」には、たしかに「パリイ」とルビがふってある。

　晶子がパリに到着したのは一九一二年（明治45）五月一九日。詠まれたのは七月半ばあたりではないか。夏至を過ぎてもなおいつまでも宵の長いパリ。日本ではパリ祭と呼ぶがフランスでは革命記念日である一四日が過ぎると、パリジャン、パリジェンヌはいっせいに夏のバカンスに出かける。オペラ座は当然ながら休館。人気のない静かな夏の薄暮がオペラ座前の広場を青々と浸し、あたりはまさに「大海」のように見えたにちがいない。

「われも」とあるのは、夫も私も、の意味かと思う。閑散としたオペラ座の周辺は、いま二人だけのひんやりした海。透明なインディゴの薄闇をただよいながら歩く心地よさは、現代には想像もつかない贅沢さだ。晶子は東京の夏の蒸し暑さを苦手としていたので、さらりと乾いたパリの

大気を心底愛したと思う。幸福感があふれる一首だ。

同じころの歌かと思われるのが、

あちこちに焔しきりに燃ゆと見ゆあらず手組める男と女

革命記念日の当日、または前後の光景ではないか。何組もの若い男女がうきうきと腕を組んで歩くさまを、焔がしきりに燃え立つようだと喩えたのは、近代日本ではついぞ見掛けることのない恋する男女の姿だったからだろう。「あらず」、そうじゃない、の断定に晶子の主張は明確だ。

日本なら、夫婦であれ横並びでなく女性が一歩も二歩も男性の後につく。それが美徳だった。でも、パリは違う。晶子はカップルたちを眺め、「なんて素敵な」と感激し自分たちも同じことをした、に違いないと私は想像する。

夫婦が男女であることをあらためて確認する。そんな発見を味わった歌なら、次が決定打か。


ああ皐月仏蘭西の野は火の色す君も雛罌粟(コクリコ)われも雛罌粟(コクリコ)

この名歌の原作は「若ければふらんすに来て心酔ふ野辺の雛罌粟街の雛罌粟」。初出は「東京朝日新聞」の明治四五年六月二六日付けだから、実際に作ったのは六月上旬あたりだろう。当時のシベリア鉄道経由のパリと東京のスパンは二週間くらいだから、そのように察せられる。

それにしても原作はつまらない。上の句は理屈っぽくて単調。下の句の「雛罌粟」は単なる点景でしかなくは発想の飛躍がない。晶子自身もたぶん不本意だった。だから『夏より秋へ』を刊行する際に手を入れ、「ああ皐月」へと仕立て直し、超名歌が誕生したというわけだ。本人としても会心の推敲だったのではないだろうか。

コクリコは日本ならケシやポピー。薄い花弁は少しの風にも繊細に揺れる。真紅のコクリコの花が見渡すかぎりひらひらと風になびくさまを思い浮かべてほしい。野を焼くばかりの「火の色」と表現し、あなたも私もこのコクリコの花なのだと言い切るとき、恋する二人は対等の存在だと晶子は確信している。フランスは恋の国。恋する者どうしが誰憚ることなく堂々としていられる国。「野辺の雛罌粟街の雛罌粟」から「君も雛罌粟われも雛罌粟」への推敲は、眼を見張るばかりの鮮明な赤の横溢をイメージさせるだけでなく、新たに獲得した価値観を晴れ晴れと示すものだった。

雛罌粟の歌と同じ日付の「東京朝日新聞」に、こんな一首も載った。


門入りて敷石の道いと長し君と寝むとて夜毎かへれば

『夏より秋へ』では少し表記を変えているが、雛罌粟の歌のような語句の異同はない。「君と寝む」とはまさに愛し合うことを意味するのだろう。

なかなか暮れぬ初夏の夜の街を連日のように二人で楽し

み、パリ九区にあるヴィクトルマッセ街にたどり着く。このあたりは歓楽の地モンマルトルに隣接し、ロートレックが描いたキャバレー「ムーラン・ルージュ」も近い。道路に面した鉄扉を押して数メートル、建物の一部をくりぬいたトンネル状の道を敷石を踏みしめて進む。裏庭に出るするとちまたの音は嘘のように掻き消え、静かな裏庭の左手に聳える三階建ての建物を見やれば、そこが二人の下宿先だった。小さな石段を数段上って建物のドアを開け、アールヌーヴォー調の細い鉄の手すりに沿うやや急な螺旋階段を最上階まで昇る。そして二人の部屋のノブを回す。

「門入りて敷石の道いと長し君と寝むとて夜毎かへれば」の光景を、日本人のだれも具体的に思い描けないことを晶子はもちろん知っていた。それでも「君と寝むとて」と表現したとき、読者は愛の巣に帰り着いた晶子の姿と、甘い疲れを帯びて弾む息、火照りをまとった女性の身体を感じ取ったのではないか。晶子はそのように読まれることを恐れてはいない。

ここまで書いて来て思うのは、晶子の主体的な姿勢だ。そもそも『みだれ髪』（明治34）で文壇にデビューして以来、晶子は常に書くことで己を晒して来た。詠まれた内容が事実かどうかは関係ない。文学とは何かを少女時代からの豊富な読書体験で身に着けた晶子にとり、書くべきことを書く覚悟は、たとえば日露戦争に従軍した弟を案じて書いた詩「君死にたまふこと勿れ」や、出産の激痛と引き換えに新たな生をこの世に送り出す意味を問うた歌集『青海波』の歌の数々を見れば、すでに了解済みだったことがわかる。

大逆事件（明治43）の首謀者の一人であり、唯一の女性でもあった菅野スガは、絞首刑となる直前に監獄の中で手記を残したが、短歌も何首かミセケチで記している。それが実に晶子調なのだ。弁護士の平出修に託した書簡には、どんな文学者よりも晶子が好きだと書かれている。菅野スガはその引き起こした事件の重大さによってひどく貶められたが、実際には幸徳秋水のそばに寄り添って社会主義の理解を深め、また行動しようとする活動的なインテリタイプの女性だった。

スガが晶子を敬愛したのは、おそらく同時代を生きる同性としての強い共感があったからだろう。書くことをもって自らを主張する晶子の覚悟に信頼を置いたのだと私は思う。このあたりは別の機会に触れてみたい。

大逆事件を例とするまでもなく、明治四十年代は時代の大きな変動期に当たっていた。五年後には明治天皇の崩御となるが、数年の間に人々の経済格差は決定的となり社会はよりいびつになった。高等遊民という言葉が出現し、たとえ高等教育を受けても就職先のない青年達があふれた。夏目漱石の小説『それから』に見るような息苦しさが若者の人生の背中に覆いかぶさった時代だったと言える。

一方で、世の儒教的価値観に長くがんじがらめになっていた女性たちが社会に疑義を呈し始めた。北欧やイギリスですでに始まっていた女性の選挙権や生きる権利を巡って繰り広げられる発言、デモ活動に刺激を受けたのだ。当時の新聞や雑誌には多くの執筆者が論を競った。

こうした時代の空気を晶子は逸早く受けとめ、評論を執筆するようになる。雑誌「明星」が一九〇八年（明治41）に廃刊となり、生活の糧を得る必要ももちろんあったが、時代の変動によって炙り出された女性の地位や能力への社会的な評価の低さ、不当なまでの女性軽視や蔑視を自らの問題として引き寄せたとも言える。

女性問題というなら平塚らいてうとその雑誌「青鞜」を忘れることはできない。一九一一年（明治44）九月に創刊し、今でいうフェミニズムの嚆矢の役割を任じた。

ただ、それは間違いではないとしても、正確ではない。「青鞜」創刊の二ヵ月前に晶子は評論集『一隅より』を上梓しているからだ。ここには生活者の視点から男女の問題を説き起こし、現状に甘んじて自らを省みない女性の多さを嘆いた散文を多く収めている。晶子は「青鞜」創刊号への出稿をらいてうから直接求められ、かの有名な詩「山の動く日」「一人称にてのみ物書かばや」を始めとして二ヵ月、二号に渡って多くの詩を載せた。

山の動く日来る、
かく云へど人われを信ぜじ。
山は姑く眠りしのみ、
その昔　彼等皆火に燃えて動きしものを。
されど、そは信ぜずともよし、
人よ、ああ、唯これを信ぜよ、
すべて眠りし女今ぞ目覚めて動くなる。

一人称にてのみ物書かばや、
われはさびしき片隅の女ぞ。
一人称にてのみ物書かばや、
われは、われは。

らいてうが感激した「青鞜」巻頭を飾る詩の数々。ここに見る晶子の意識のありようは明瞭だ。

そして、晶子がパリへ渡ったのは「山の動く日」などを発表してからわずか八か月後のことだった。つまり問題意識を携えてパリの地を踏み、現地で生きるパリジェンヌたちの生のさまざまを見詰め、日本の女性との文化比較をした。残念ながらその滞在は足掛け五か月ほどでしかなかったが、現場を体験した強みは机上の空論を上回る。

一九一四年（大正3）、寛と晶子は共著の紀行文集『巴里より』を刊行。フランスの文芸雑誌「レザンナアル」に寄せた晶子の長文「巴里に於ける第一印象」も載る。芸術の都パリにもパリジェンヌにも臆するところのない、やや辛口の評論はどこかであらためて紹介したいほど。

あ、そうそう、「巴里」にはもちろん「パリイ」とルビがふってある。パリイはパリよりどこか響きが優雅。二十世紀の匂いがする。

まつだいら・めいこ―1954年、愛知県生まれ。角川短歌賞。歌集に『プラチナ・ブルース』(河野愛子賞)など。「プチ★モンド」代表。

紫式部の娘、ヴァージニア・ウルフの妹であるわたしたち

——性差を超えて転生する声

森山 恵

宙に浮いたようだった。机には『源氏物語 A・ウェイリー版』のゲラがまだ山積み。完結後ほとんどのゲラはすでに破棄されていたものの、それでも山と残っていた。なんといっても総計で原稿用紙七千枚ほどの翻訳である。それを五校、六校、七校、念校と出して貰って共訳者の姉と二人で推敲に推敲を重ねたのだから、いくら処分しても紙はたっぷりあった。百年前のアーサー・ウェイリー訳 *The Tale of Genji* からの「戻し訳」全訳。三年半かけた仕事が終って、うずたかい紙を目の前にわたしはただ呆然としていた。急に足もとから地面が消えて崖から落ちたみたいに、なのに水面にも届かず宙づりになったみたいに。しかも世界は思わぬコロナ禍に見舞われていた。なにも手に付かずなにをどうしたらいいのかわからない。

　そんなとき思いがけずヴァージニア・ウルフ『波』新訳のチャンスが舞い込んだのである。平安時代の物語世界に浸ったまま、わたしはゲラの一枚を手にとって裏返し、ペンを取って翻訳を始めた。

「太陽はまだ昇っていなかった。海が、布のなかの襞のように皺立つほか、空と見分けるものとてない」

『波』冒頭の一行である。そのことばのむこう、水に身を投げ水を潜（くぐ）った『源氏物語』最後のヒロイン、浮舟の姿も透けて見えた。どちらが表でも裏でもなく、二つの作品は共振しはじめた。紫式部とヴァージニア・ウルフという二人の女性の書き手が、わたしの手を動かすようであった。水平線の向こうから波が盛り上がって寄せてくるように、ふたたびことばがやってくる。

*

『波』は、二十世紀を代表するイギリスの小説家ヴァージニア・ウルフが、一九三一年に発表した七作目の長編である。六人の登場人物の「独白体（モノローグ）」のみによる九つのエピソードから成り、その合間に散文詩的叙述が挟まるという、きわめて特異で実験的形式である。ウルフはこれを「プレイポエム／劇＝詩」と呼んでいる。全編でひとつの詩とも読めるが、いずれにしても緻密に築き上げた作品といえるだろう。一方の『源氏物語』は作品全体を計画的に構築したというよりは、何十年にもわたって紫式部が書き継ぎ、改稿をくり返して増殖、生成した物語と見受けられる。諸説あるが、先ごろ完結した岩波文庫版『源氏物語』九巻の藤井貞和氏の解説に、三十余年掛けて物語が生成していく様が想定されている。紫式部が物語を書き起こしたのが九八〇年頃の十代半ばで、最後の「夢浮橋」を執筆したのが五十歳頃と推し量られる。

翻訳はテクストの精読である。翻訳しつつウルフと紫式部が響き合うと感じた点はいくつもあるが、なかの一つは二人が多様な「声」の創造者であること、つまり両性具有的作家ということである。紫式部が大いなる物語作家であるとはだれもが認めるだろうことだが、注目すべきは豊かな「心内語」によって自在に各人物の内面を語り出している点だ。加えてそれぞれになりきっての和歌創作者の面もまた、強調されてよいだろう。

『源氏物語』には七百九十五首の歌が詠まれており、そのうち光源氏の作中歌は二百二十一首、次いで薫の五十七首、夕霧の三十九首。女性では浮舟が二十六首、紫の上が二十三首、明石の君が二十二首。物語の内容、登場人物それぞれの個性や境涯の変化に沿って自在に歌い分けている。たとえば幼い紫の上がはじめて詠んだ歌では、あどけなさのなかに賢さの片鱗が顕われる。

　かこつべきゆゑを知らねばおぼつかないかなる草のゆかりなるらん

そして「御法」帖での最期の歌。

　置くと見る程ぞはかなきともすれば風に乱るゝ萩の上露

波乱の生涯を経ての成熟と透徹が感じられないだろうか。物語歌の声を響かせることによって、紫式部は人物を立体的に性格づけている。

ところで、アーサー・ウェイリー訳『源氏物語』には、和歌六百首ほどが訳出されている。ほとんどが会話体や、「～と詩で答えました」と地の文に訳し込むなどして、韻文形式はとられていない。詩人でもあったウェイリーであるから、和歌／詩としての重要性を知り尽くしていたであろうけれど、未知の文化圏の作品に接するイギリス人に宛てた翻訳。詩の挿入で物語の流れを途切らせないようにとの配慮と思われる。とはいえシェイクスピアやワーズワスらイギリス・ロマン派詩の本歌取りで英訳したり、そのほか細かな訳注によって漢詩や古典和歌、懸け詞の解説をしたりと、本来その部分が詩であることを折々に暗示・明示している。（その後三人目の英語全訳者であるロバート・タイラーは、すべての和歌を五七五七七音節の韻文として訳出している。）

つまり紫式部はおのおのの人物を内面から描き、物語歌としての男うた女うたを意のままにものしているのである。それは紫式部の「両性具有的な技」と呼べるのではないだろうか。ヴァージニア・ウルフは評論エッセイ『自分ひとりの部屋』で「創造の業を成就させるためには、精神の女性的部分と男性的部分の共同作業が欠かせません」と述べている。つまり真の創造者は、どちらか片方の性別に依るのではなく、双方を十全にはたらかせる精神の持ち主であるべきだ、というのである。

性差を超えて作中人物の歌を詠む紫式部は、まさに両性具有的である。また思えば物語の中心に据えられた光源氏そのひとが、性別を超越した存在ともいえるだろう。幼年時代には姫君のだれも敵わぬほどの美少年ぶり。二十五、六歳と青年となってからも、たとえば「賢木」帖の韻塞ぎに興じる姿、須磨で海を見晴らすテラスで読経する姿、いずれも女性に比されるなよやかさで場を圧倒する。京の都から流謫の地に従ってきた者たちは、光源氏の「ゆゝしうきよらなる事」、つまり美しさを不吉と感じるほどなのである。それは神々に似た、いわば性を凌駕した美であろう。また光源氏が詠む歌も、

　時ならでけさ咲く花は夏の雨にしをれにけらしにほふほどなく

など、「ますらをぶり」というより女性的やわらかさを滲ませる。そもそも日本の歌には、伝統的に性を超えて自由に歌ってきた土壌があるだろう。男性が女性の立場から詠むことや、女性が男の立場から詠むことが可能な装置だったのである。紫式部は、老若男女、貴賤を問わず多彩な声を、七百九十五首の歌を通じて物語空間に放っているのである。（その作品を男性であり、両性具有的でもあるアーサー・ウェイリー訳から「戻し訳」した拙共訳『源氏物語 A・ウェイリー版』もまた、多声の業といえるかもしれない。）

　ヴァージニア・ウルフは一九二五年、ウェイリー訳『源氏物語』第一巻の書評をファッション誌「ヴォーグ」に執筆している。そのなかでウルフは、「レディ・ムラサキが女性なのですから当然ながら、プリンス・ゲンジの心の多面性を照らし出すのに、女性たちの心を媒介（ミディウム）として選びました」と書いている。女性たちを通して光源氏の多面性を描いた、というとき、ウルフは紫式部の両性具有の技を鋭く言い当てているだろう。同時にまたウルフは紫式部の名を、サッフォーとエミリー・ブロンテと並べ、女性の書き手の先人として『自分ひとりの部屋』に刻んでいる。

＊

『波』はウルフ作品のなかでも最も色濃く詩性を纏った小説であるが、両性具有性という観点からも注目できるだろう。ジェンダーをテーマとしたウルフ作品といえば、映画化もされた『オーランドー』が真っ先に思い浮かぶ。主人公が三百年の時を超え、男性から女性へ、ふたたび女性から男性へと性を変えつつ転生する物語。時空を超えてダイナミックに多人格の声が顕われる作品である。

　それとは異なる形であるが『波』もまた、多彩なペルソナを書き分けた作品といえよう。先にも書いたように全編が男三人、女三人の登場人物によるモノローグ。エピソードの幕間に挟まる短い詩的散文のほか客観描写の地の文はなく、幼年時代から、少女／少年時代を経て青年、老年までが六つの視点から語られる。文字通り「語られる」のである。演劇のように男声、女声がテクスト内に響く。むろん男女二元的に捉えているだけではない。なかの一人が同性愛者であることも重要な要素だろう。この六人は別個の独立した人格であるが、その孤立する個が神秘的に統合される場面が描かれる。

「心の壁が薄くなっていく瞬間がある。溶けあわぬものはない瞬間がある」

「まるで奇跡が起きて（………）人生が、いま、ここに、静止したかのよう」

　彼らが集まってディナーをともにする場で、個／自己が溶解し、陶酔的な共同意識を分かち合うことになる。一人一人の個を超越した「一」なるものが顕現するのである。それは全世界を包み込む球体や、六枚の花びらをもつ花な

ど、美しい詩的イマージュとして輝き出るのである。

物語の終わり、六人のうちのひとりバーナードは「自分が男なのか、女なのかすら定かではない」「これはひとりの生ではない」と語っている。作品内にポリフォニックに「声」を鳴らしながら、最終的には性差を超えて統合する瞬間、それをウルフは描いたのである。『波』を完成させたあと、友人宛ての手紙にこう書いている。「人は別個の存在ではなく同一の存在なのだということが言いたかったのです。六人の人物たちはひとつであるように意図されているのです」。ウルフのいう「共同作業」による創造が成就し、束の間のものであるとしてもそれが劇的に完成するのである。

*

心理学者のユングは、男性であれ女性であれ、本質的には両性具有的であると考えた。男性のなかにアニマつまり女性像があり、女性のなかにもアニムスつまり男性像があるとしたのである。その異性像を外面の女性、男性に投影するのではなく、自己の無意識層に見つけ出して統合していく。それが「自己」の実現であり、創造的行為ということだろう。

言い換えれば、内面に潜むアニマ、アニムスの深みにまでたどり着き、それを書き表す。それが創造者ではないか。さらに踏み込んで言えば、ことばそのものも人格のように男性性、女性性を抱いているだろう。ことばの内包する調べやリズムといった音楽性、姿、手触り、匂い等も含め、多層性を発見する者、ことばに見出される者、それを受け取る者、それを明らかにする者、それが詩のことばの使い手であろう。

千年前の紫式部も百年前のウルフもそれを成し、『源氏物語』や『波』を書き上げたのである。ウルフは、精神の男性的部分、女性的部分の二つの力に交歓があり、両者がともに働いてはじめて創造の力が働くと書いている。わたしたちは紫式部の娘／息子、ヴァージニア・ウルフの妹／弟ではないだろうか。自己の内部と同時に、ことばの内部にもアニマ、アニムスを見出し言語化する。紫式部やウルフのあとに続いて書こうとするわたしたちは、既存の二元論的性別をも超えた詩語を見つけ、ことばにしていこうとするのではないだろうか。わたしもそれを願いながら詩を書き、翻訳をしたい。

　ふり乱れみぎはにこほる雪よりも中空にてぞわれは消
　ぬべき

『源氏物語』の終わり近く、浮舟は「中空（なかぞら）に消えてしまいそう」と詠む。中空、それは二元論を超えて宙づりになる場所、危うくもまた新たな詩のことばを見つけられる場所ではないだろうか。紫式部やウルフがことばを見出したように。

もりやま・めぐみ―東京生まれ。詩人・翻訳家。詩集に『夢の手ざわり』『みどりの領分』など。訳書にヴァージニア・ウルフ『波（新訳版）』、毬矢まりえ共訳『源氏物語 A・ウェイリー版』でドナルド・キーン特別賞受賞。

岡本かの子の〈女性〉の逆転と拡張

米川千嘉子

力など望まで弱く美しく生れしまゝの男にてあれ
『かろきねたみ』大正一

美しくたのまれがたくゆれやすき君をみつめてあるおもしろさ

大人びて薄く髭（ひげ）など目立ち来し男かはゆし初秋の風
『愛のなやみ』大正七

あゝ百夜いだけど君の美しさ冷たさはげに変らざりけり

青鞜叢書第一篇として刊行された岡本かの子の第一歌集『かろきねたみ』、そして第二歌集『愛のなやみ』より。初期のかの子を代表する作品である。

「力など望ま」ず、「弱く美し」いことを「生れしまゝ」の「男」性の属性として肯定し、さらにそのままでいることを命じる側に女性がいる。三首目では「美しくたのまれがたくゆれやすき君」を、四首目では「大人びて薄く髭など目立ち来し男」を愛でる女性の視線があり、五首目は女性である作者が「君」を「抱」き、その「美しさ冷たさ」を愛し、また嘆く。いずれも、当時の女性と男性の関係において当然とされていたジェンダーバイアスを逆転させた大胆さがある。しかもそれが痩せた批評味ではなく、しなやかな弾力性のある言葉で一途な感情としてうたわれているのが美しい。

多くの女性たちが男尊女卑や家制度の抑圧に苦しんでいた時代、まさに『かろきねたみ』が青鞜叢書第一篇として刊行されたのは象徴的ではある。「青鞜」には女性たちの恋や結婚、家族の厳しい現実を反映した多くの短歌作品が寄せられたが、しかし、実際にそれを新しい歌の言葉として響かせ得ることは困難だった。そういう中にあって、かの子のこうした世界はどのように生まれ来たったのか。かの子には、夫と恋人を同居させた奔放な女性だとか、大母性の作家であるといったキャッチフレーズがつきまとうが、その世界や個性を、それ自体ジェンダーバイアスの掛かった伝説の中に閉じ込めてはならないだろう。

男きよし載するに僧のうらわかき月にくらしの蓮の花船
『みだれ髪』明治三四

くれの春隣すも絵師うつくしき今朝山吹に声わかかりし

下京（しもぎやう）や紅屋（べにや）が門（かど）をくぐりたる男かわゆし（ママ）春の夜の月

先のようなかの子作品の前には、こうした与謝野晶子の世界があったことは間違いない。二十二歳の晶子はすでに「男きよし」「男かわゆし」と鮮やかに断言し、「絵師」の美しさや声の若さを愛でている。同時に、ここにある男性賞翫の眼差しは、明治の現実ではなく、僧や貴人男性の美しさを愛でた王朝物語の美意識に根ざすものであり、その気分を濃厚に揺曳させた古都の情景を背景として登場している。少なくともこの時点では浪漫的な美の気分を背景にして「男かわゆし」の断言は可能だったのだ。

かの子がこうした『みだれ髪』に親しみ、「明星」で歌の出発をしたことは間違いない。しかし、同時にかの子はあきらかに晶子の次世代の若者であり、「男かわゆし」という言葉をただ今の、わが現実に引き取る必要も生じていた。

一方、「明星」終刊ののち、かの子が参加していた「スバル」の男性作者たちはそれぞれに新しい耽美の世界を競っていた。

放たれし女のごときかなしみをよわき男の感ずる日なり　　石川啄木『一握の砂』明治四三

恋がたき挑むと言はれおどろきし弱き男も酒をたうべぬ　　吉井勇『酒ほがひ』明治四三

わが指は細く美くし逢はぬ日は指を眺めてなぐさめとする　　堀口大学「スバル」明治四三・一二

偶像の如く冷たき君もよし第一の夜のかりのあらそひ

放蕩のあはくかなしくこころよきその味（あぢはひ）を忘れかねつも　　吉井勇『酒ほがひ』明治四三

石川啄木の『一握の砂』について「よわき男の嘆きを感傷的に詠嘆的にうたいあげた」とし、さらに、その〈我を愛するよわい男〉の自己像を反転させて〈我を愛する強い女〉の「自己像の表出」に「つとめた」のが『春泥集』の晶子ではないかと論じたのは太田登氏である（『日本近代短歌史の構築』）。ジェンダーの視点でも非常に興味深い指摘だが、「よわき男」のみならず、弱き男の美しさや、「冷た」い女性の態度をかえって喜ぶような歌も、「スバル」の多くの作者の間で流行していた。当時のジェンダーの常識を積極的に揺らし、そこに生まれる複雑微妙な情趣を面白みとする姿勢が「スバル」の耽美主義の一面だったのである。それは晶子的な恋の一途さや情熱からは遠く、むしろ恋に対する距離と玩味の態度だといえよう。五首目の「あはくかなしくこころよき」という形容詞の畳みかけはかの子の冒頭歌との影響関係が感じられるが、吉井勇がここに表したのも、その韻律の陶酔感の中に微妙に響き合う恋の複雑さを楽しむ態度なのだ。

したがって「よわき男」であることを表現の上で自認することが、現実の〝強き女〟を肯定することや性の平等意識に繋がるわけではないのも当然だろう。これら耽美の表現は、本質的には男性の自我の不安やシニカルな自己批評の態度と繋がりながら、大多数の女性たちの恋や結婚、家族をめぐる現実の苦しみとは大きくすれ違っていたはずである。

だが、はたしてかの子は、「スバル」の男性作者たちが恋の表現に込めた趣向の世界、その深層にある自意識の苦みには、お構いなかった。弱く美しい男は、岡本一平と結婚した前後から交際が始まっていた年下の恋人堀切茂雄という青年の現実だった。かの子は晶子や同世代の男性たちの恋の表現に、いかにも躊躇なくわが現実を吹き込み、切実なわが思いをあくまでものびのびと歌に乗せたのである。ジェンダーの視点でいえば、女性である作者が「抱」

く側になっている五首目などもわかりやすいが、すでに今日そうした単純な逆転そのものに新鮮さはない。つれなく美しい女性をかえって喜んだ堀口大学の自意識の世界を逆転させ、女性であるかの子があくまでも「君」の「美しさ冷たさ」を嘆きながら「百夜いだ」くとうたったとき、その一途なエゴと恋の徹底に不思議な美しさがあること。そして、そのあくまでも譲りがたい真実の響きは、晶子の浪漫主義、その理想の〈正しさ〉からも自由であることに気づくのではないか。

　かの子の初期作品はこのように晶子や「スバル」との影響関係の中で見る必要があるが、当時の文芸の創作や享受において、女性がそうした場や環境を手に入れることそのものがまず困難であった。幸運に手に入れることが出来ても、そうした男性エリートの世界に対して女性が対等の自信をもって自ら応じることはさらに難しい。そういう時代にあって、かの子の生育環境、文学環境はかなり特殊だった。第二次新思潮に加わった兄大貫晶川の鍾愛の妹として幼い時から兄の側で、時には兄を凌ぐ才能を見せて文学に親しみ、兄の文学的交友に立ち交じった。裕福な家庭で両親はかの子の学びたいものはすべて学ぶことを許した。かの子は当時の文学環境におけるジェンダーの格差をあまり経験せず、むしろ意識としては男性の側に近く摂取したと思われるのである。しかも特別の存在として飾りたてられて育った長女は、恋人との現実の中で自分を〝強き女〟の側に置くことに何の障害も躊躇もなかった。そこに、おそらくは男性作者たちも予想していなかった、ジェンダー逆転の歌が登場したのである。

　その後、かの子は大正の三年間ほど「水甕」に作品を発表し、昭和期には「日光」にも参加したが、その他はいわゆる結社に所属せず、一般雑誌などに多く作品を発表した。先の歌群では先行する晶子や同時代の「スバル」の影響を濃厚に、しかもきわめて自由に受けてジェンダーバイアスを逆転させる世界を見せたが、以後は一人の苦しい人生の歩みを進めながらいっそう自由に、それまで詠われることのなかった女性像を刻んでいったのである。

なやましくうらはづかしくなつかしくみごもれる身に若葉かほりぬ（ママ）　『愛のなやみ』拾遺

幾年（いくとせ）を人には触れぬ乳（ち）の白さ澄み浮くよかなし昼の温泉（いでゆ）に　『浴身』大正一四

みだらなるわが真裸にしみとほりありがたきかも真陽のしたたり

裸にてわれは持ちたり紅（くれなゐ）の林檎持ちたり朝風呂のなかに

豊けき翼重くはたらく黒蝶よ戦志に燃ゆる女の視野に　『歌日記』昭和一五

一首目は妊娠した身体を詠っていることにおいてすでに十分珍しいが、さらにそれが母性愛とか親子の絆に対する幻想とは切れたところにあるのが鮮烈である。同時代の女性歌人は育児や家事の現実と自己実現の葛藤に苦しんだが、かの子にはそうした母性の視点は見事に欠落している。その代わり言ってみれば性愛の極点としての妊婦の官能を示したのだ。かの子の前にも後にもこうした歌を思い浮かべることはできない。まもなくかの子は、先に登場した恋人とのことが発端となってわが心身と夫婦関係の危機に陥ったが、夫一平とともに危機からの脱却を図る。その手段として実行したのが、夫との肉体関係を絶って〝兄妹〟になること、仏教を研究し自身と世界との調和感を得ることだった。二、三首目はそういう過程に詠まれた歌である。二首目のごとくかの子は夫との肉体関係のないことを「かなし」と詠い、三首目では、「真陽のしたたり」すなわち、仏教的な真理によって肯定されるわが身体とは「みだらなる」ものだと自ら断定する。短歌の中で性的な存在としての自身を正面から取り上げて詠い、そこにあくまでも率直な感情を表したことは希有のことなのだ。晶子は自分の恋をその初期において「罪」であると認識したが、かの子は有夫のわが恋の根本にあるものとしてわが「みだらさ」を自覚し、しかしそれは人間のありのままの姿として「真陽」に肯定されているとうたったのである。

　恋に由来する心身の危機から数年をかけて立ち直ってゆくところに、『浴身』の有名な「桜」の大連作も生まれるが、その頃には四首目のような軽やかな女身賛歌も生まれている。林檎を一つ手に乗せて朝風呂に入るわれ、林檎の赤さに向き合う白い自身の肉体の喜び。あくまでも日常の軽やかな光に満ちた無邪気な身体が登場している。かの子には「健(すこやか)なるわが月経(つきのもの)早春のものの香(か)けさはわきて親しき」など、月経の歌もある。早春のあらゆる命の息吹の香が、月経の最中にはいっそう鋭くかぐわしく感じられるというのだ。それは恐るべき無垢さとも厳粛さとも感じられるもので、こうした女性の身体肯定のニュアンスもはっきりと晶子の次世代のものだ。そして、かの子は日中戦争に及んで五首目のような歌を発表する。「黒蝶」とは女のいのちの底にある暗さや暴力への予感そのものではなかったか。こうした女性のいのちが秘める「暴力」や「悪」への予感を含め、ここにあげた五首で、女性は弱者、被害者であることも、そして、弱者や被害者であることによって正しく善なる者であることも免れている。それがこれらの歌の開放感の由来なのではないか。

　以上、いかにも早口になったが、従来のジェンダーの枠を破り、さらに女性像を拡張したかの子の世界は、結社や集団に所属しない自由な作歌活動によって促された側面がある。同時に、男性大家の時代、写実主義の時代、結社の時代であった大正から昭和十年代に、あらゆる意味で反時代的であったかの子の作品は、少数の例外を除いてほとんど本質に触れる形で論じられた形跡がない。かの子の死後、五島美代子が昭和二十年代に語って以後、その短歌世界はやっと女性の主体において語り始められ、中城ふみ子や葛原妙子にも影響を与えていったと考えられる。そうしたかの子と短歌の関わり方や作品の享受の問題もまた、さまざまに表現とジェンダーのことを考えさせるのである。

よねかわ・ちかこ―一九五九年生まれ。「かりん」編集委員。『夏空の櫂』から『牡丹の伯母』まで九歌集。短歌研究賞ほか受賞。

作品五十首

片足立ちのたましひ

水原紫苑

天皇の氣配あやしき水無月の草叢に立つ亡靈は誰（た）そ

ちちのみの父は軍馬と眠るとぞわれはミイラの青まとふ夏至

視界白くなりゆくまでに降る雨の彼方より來る獨裁（ディクタートゥーラ）よ

すりらんかびとを殺ししそらみつ大和雨降るみづがねの雨

犯されし月の桂のさやぐとき白狼の歌ひびくなり

くちなはとかげは神と天使なれ天使きらりと神を裏切る

魚（うを）すなはちキリストを食む日日つづきこころおとろふる極東の魔よ

病葉の消えたる椿らんらんとゴヤの巨人になりゆくごとし

咲かざりし枝垂櫻のさみどりが訴ふるもの天地人知らず

たまものはぶだうなりしをれもんとぞおもほゆるまで青年を戀ふ

黄禍論ふたたびいづる世界にて黄泉のほとり母は生みつぐ

變化（へんげ）なすウィルスにコギトあらざらむあるいは薔薇のクレドはありや

灰色の海に向かひて新しきわたくしとなるたとふればチェロ

花の木に隣り合ひたる電柱のかなしみをもて荒野へゆかむ

空ひくき曇天なれば神はわれに近づきたまふゆるしたまひそ

梅の實は落つる瞬間うたはむか愛の頌歌と知らざらなくに

ひよどりを見たるまなこに映しゆくカズオイシグロ憂愁の石

日本語の滅ぶとも短歌滅ぶとも宇宙眩暈の色や紫

柴犬の硬き毛にふれもえあがるてのひらをこそ死者の書に置け

釦ひとつ取れたる朝けユーラシア大陸ゆかくて日本落ちしか

スペインの騎士に見（まみ）ゆる朝な朝な片足立ちのたましひとして

萩の枝に四十雀乗り地球外生命のごとくゆれゐたりけり

ひるがほとどくだみ竝び咲く驛は明日の天使の旅立つところ

流れ星とよばれたること限りなき幸ひとして大氣圏に入る

飛び石の小さきがものを言ふ朝はあないちめんの曇天なりき

葡萄酒を水で割りにしギリシャびと　露草の青の奥處に棲まふ

可憐なる翼龍を知るはつなつや說かばさびしき韻律のこと

ワンピース素肌に着つつアフリカの大いなる飢餓のつぶて受けたり

林檎とふ資本にたましひ摑まれてとかげの虹を羨しむあはれ

久々に船の汽笛の聞こゆるは月の美しからぬ夜半（よは）なり

樹となれる娘は母にごきげんようを言ひけりわれならば言はざらましを

糞尿をうたふ白鳥ラブレーを友は讀みつつ死を語らざる

ピアノ線うちに祕めたる教會の階段上り下りきしらべの初め

ハーモニカ今も吹くらむ子どもたち胸に迫れる光年の戀

紫陽花の頭（かうべ）をふりて人と逢ふ人たちまちに雷神となる

梅の實を拾はむとしてためらふは復活あらむ鳥たちのため

羊歯、いいえ羊歯群落のうつそみと知るはカマンベールの白をふふみて

時計もたず過ぎゆく日日のしろき花しらほねならむ光り光る光れ

鳥が鳥を追ひ抜くときのため息をはつか聴きつつギリシャ文字あやふ

多産なる今年の梅の樹を撫づるすなはち永遠のみごもり女（め）われは

有翼（いうよく）の白犬庭に遊びけりこころ貧しく夢見るなかれ

東洋ゆ西洋へゆきかへり來る百合、紫陽花の青きアウラよ

子羊にセーター着せて育つるは疫病の世の女庭師

ごみ箱に捨てたる菊の美しく咲ける朝けを神よびつづく

ひめゆりの戀はくるしも萬葉ゆ沖繩戰に至るはつなつ

絲滿の洞窟にかくて死にゆきし伯父よウチナンチュよみひらきてあれ

ヤマトによるヤマトのためのいくさなりきみが痛みをわかつまで生く

しんじつのふらんす、しんじつの沖繩を知る日あらむか紺青の扇（あふぎ）

こはれゆく腦（なづき）を銀河に浸すまで落城のおもひの火をゑがくまで

萩すでに咲きける庭のくれなゐは水無月の變たふすべし今

田中優子 前法政大学総長
対談
と
川野里子
（司会＝水原紫苑）

「女性たちが持つ言葉」

水原紫苑より

女性初の六大学総長として法政大学総長を
この春まで務められた田中優子さんにご登場いただきました。
近世日本を中心として、女性と言葉の新しい世界を提示される田中さんに、
近代から現代に至る女性の短歌と空間を考える川野里子さんが問いかけます。
近世から近代にかけて、女性の表現者たちはいかに生きたのか、
短歌との関わりを通して論じていただき、未来への展望も伺いました。

「女性が言論の前線に立つ」ということ

水原　責任編集担当の水原紫苑と申します。「短歌研究」は短歌専門誌で、普通は男女いろいろな歌人が作品を出しているのですが、八月号は特別に「女性が作る短歌研究」ということで私が大役をいただきました。フェミニズムのことは大きなテーマですが、フェミニズムだけではなくて、女性が特に言葉を発すること、そして人間がジェンダーによってどのように動いてきたかというようなことを、女性だけではなくて、性別で括らず、いろいろな方を加えて特別な号にしたいと思っています。そして、この田中優子さんと川野里子さんの対談はその中でも眼目のひとつだと思っておりますので、どうぞよろしくお願い申し上げます。

川野　川野里子と申します。女性で法政大学総長になられるというのも嬉しいことですが、卒業式や入学式での折々のスピーチ、国会前でのスピーチ（二〇一二年『5・3憲法大行動』集会）など、本当に共感しながら救われる思いで拝聴してまいりました。女性が、言論の前線に立たれることで、すごく励まされるのだということを体験しました。

また、田中さんの江戸文化研究のお仕事では何度も驚きや新しい発見をしています。江戸時代の鎖国された封建的時代というイメージが見事に覆され、文化を通じて諸外国と繋がり、人々が繋がり、動きのある闊達な時代であったことが分かってきました。翻って短歌について考えてみますと近世はイメージが薄いのです。短歌に関わる者にとっての古典は『万葉集』、そして王朝から中世です。考えてみれば宮廷を中心とした人々の作品です。一般の人の声が聞こえてきません。でも近代になっていきなり正岡子規や与謝野晶子など普通の人々の声としての短歌になるわけです。近世を飛ばしているからなんですね。それが、江戸文学についての田中さんのご研究によって、市井の人々の思いとか声とか闊達な言葉が聞こえてくるということがわかったんです。当然のことですが、近世が近代に繋がり、影響を与えているわけです。今日はそういう盲点となっており、短歌の歴史の落とし物になっているところに光を当てることができればと思います。

田中さんが、近世を生きた人たちの声ということで、印象的に思っておられること、彼らの生き方について心に留められることというのはどんなことでしょうか。

田中　非常にたくさんあるのですが、言葉の世界のことで言いますと、大学生の頃に江戸文学に接して、まずすごいと思ったのが俳諧なんですね。

古代から中世にかけて俳諧歌というものがしみ通っていったのですが、たとえば『万葉集』の中に「雑」の歌があるし、『古今和歌集』の中にも俳諧歌があり、ひとつの分野になっています。ただそう広くはならなかったわけです。室町の連歌の時代を経て、いよいよ江戸時代になると、その存在はたしかなものになりました。

私がわかりやすい例としていつも使うのが松尾芭蕉の「古池や蛙飛びこむ水の音」という句についてです。『万葉集』の中には「かはづ鳴く神名火川に影見えて今か咲くらむ山吹の花」という歌があり、『古今和歌集』の中にはは「かはづ鳴く井出の山吹散りにけり花のさかりにあはましものを」という歌があって、『新古今和歌集』の中には「あしびきの山吹の花散りにけり井手のかはづは今や鳴くらむ」という歌があります。ほかにもたくさんあるわけですが、その全部が、ルールに依っていました。「かはづ」は、世界に約六五〇〇種いるそうです。身の回りにもかなり多い。その中からたった一種類、カジカガエルしか詠まないというルールがあった。カジカガエルは鳥のように美しい声で鳴くのです。それに山吹が取り合わされ、清流、きれいな水が取り合わされることがルールとして決まっていた。現実描写ではないわけですね。

古き美意識の転換

それに対し、江戸時代に俳諧は何をしたかというと、現実をどんどんその中に入れてきてしまったんです。「古池や蛙飛びこむ水の音」の「蛙」は絶対にカジカガエルではないということはわかる。ガマガエルかもしれないし、ウシガエルかもしれない。そして、鳴かない。で、飛び込んじゃう。清流じゃなくて古池に。その水は、きっと濁っているはずで、山吹の花も咲いていません。

そうして古典世界の美意識を転換させ、自分にとっての俳諧の風雅はこれだと言ったわけです。その新しい雅の世界は、現実に足をつけたもので、現実を見ようと呼びかけたわけですね。こういう動きは江戸時代でしか生まれなかったし、それが一つの潮流になって俳諧人口も膨れ上がったんです。

一般の人たちにまで俳諧という文化が入っていって、身近な食べ物であろうと、けんかであろうと、現実世界で起こることは何でも使える、季語さえあれば作れるようになったのです。

井原西鶴も俳諧師で、独吟俳諧を一昼夜で二万三千五百句作って記録を打ち立て、その速度を散文のほうに持ち込んでヒットを産むということをした。こういうことも江戸時代でしか起こらなかった。

ある種の俗化と言ってもいいけれども、言葉の世界の価値観を転換してしまったのです。このことに、私は江戸文学の研究を始めたときに驚いたんです。

それがどういう現場で行われているかというと、「連」という場で行われていました。俳諧では座と言い、狂歌の場合には「連」と呼びます。俳諧が権威的になってしまうと、今度は狂歌という、五・七・五・七・七で笑いを取り戻す。しかも和歌ですが一句独立させないで「集」を作ってしまうわけですね。狂歌で「集」を作って『古今和歌集』に対峙させたのです。

こうやって、一人ではなくて、複数の人間が関わり合いながら文学を作っていく。それも非常に広い範囲で、いろいろな階層の、多様な身分の人を巻き込んでやっていくということが江戸の時代で起こった。

その人たちは本名ではやらないわけですね。幾つも幾つも自分のアバターをつくって、それを使い分けながら、一人の人間が幾人もの人間になりながらそれをやり続けていくという、このことのすごさというんでしょうか。私はやはり、江戸時代について最初に見事だなというふうに思ったのはそのことでした。

川野　近世人にとっての聖典の『古今和歌集』や百人一首は、盛んに浮世絵に取り込まれますね。たとえば私が好きな作品では鈴木春信が持統天皇の「春過て夏きにけらし白たへの衣ほすてふあまのかぐ山」と彫り込んでいて、長屋のおかみさんが本当に洗濯してる。その周りで子供がじゃれついている、そんな生活感いっぱいの版画があったりします。鈴木春信に限らずとても多いですよね。それは古典に対するリスペクトだと思いますけれども、宮廷で書かれた言葉が市民の生活に降りてきて、翻訳翻案されていくわけですね。それが本当に面白くて、こういうふうに換骨奪胎するのか、平たくしていくのかと思います。和歌世界をどんどん自分のものにしていく感じも江戸独特なのかなと感じています。

広く伝えて次の世代へわたす

田中　江戸時代の人は、平安時代へのリスペクトがとても強いと思います。江戸初期の書家であり陶芸家でもあった本阿弥光悦は、『古今和歌集』とか『伊勢物語』とかを書の作品にしていくわけなんですけれども、そのうえ、活字にしてしまうんですね。「三筆」と言われるぐらい筆の立つ人が、活字の本を作っていく。今、私たちがいろいろな書籍をデジタル化していくのと同じように、さまざまなものを印刷物にしてして広めていった。さっきおっしゃった鈴木春信も、『古今和歌集』を浮世絵版画にしてしまう。そのおかげで、一般庶民の中に浸透していき、一部の貴族階級とか武士だけのものではなくて、多くの人たちのものになりました。江戸時代における印刷の影響力はとても大きかったのです。

川野　一部の人の言葉だったものが生活の隅々に浸透してゆくのですね。ちょっと横道にそれますけど、愛媛県の三津浜という、江戸時代にとても交易が盛んだった港の鯛飯屋さんに行ったことがあるんですが、江戸時代に「連」の座持ちをしていた家のようで、二階に作品がいっぱい残っていて、貼って屏風になっていて見事でした。作るのに、大変なお金がかかったらしいんですけど、座持ちとしてのプライドでしょうか。そういうものを見る機会がありました。

田中　日本国中でそういう動きがあったと思います。一つの理由は参勤交代です。地方の藩士たちが江戸に何百人という単位で入ってきて、ほかの藩の人たちと交流するわけですよね。江戸留守居役というずっと江戸にいる藩士もいて、この人たちは、ほかの藩との関係をつくるのが仕事で、ちょっと「スパイ」みたいな人たちですね。交流の場が江戸で、そこでまた連がつくられ、俳諧の座が巻かれたものを、地方に帰ってそれがまた広まってという循環ができたのでしょう。ですから、国の隅々まで、かなり多くの人たちがある種の詩人だったと言っていいと思います。

川野　それは、近代になって雑誌の投稿欄や新聞歌壇のようなものができていく、社会的な準備が近世でできていたということでしょうね。

江戸時代から活発な女性表現者

田中　『江戸期おんな表現者事典』という事典があるんですす。ここでは女性の表現者を一万二千人、収録しているんですね。

現代の女性史の研究者たちが見つけることができた、何らかの出版物に名前が出ている女性だけで一万二千人ということです。和歌だけでなくて、教育関係、音曲関係、工芸、書画、それから漢詩人もいますけれども、和歌・俳諧が多く、なかでも和歌が圧倒的に多い。

この一万二千人の背後に、もっとたくさんの女性表現者がいた。毎日の生活の中で和歌を詠んで、ちょっと書きつけているとか、それだけで失われてしまっている人や作品は、ものすごくたくさんいたと思うんですね。

平安時代から、中世を経て、多くの人たちが歌を自分の生活の一部にしていくことができていたということだと思います。だから明治時代までつながったんだろうなと私も思いますね。

川野　一万二千人、それは凄いですね。今よりも多いかもしれません。明治になって日清、日露戦争のあたりまで、政府は和歌をさかんに称揚しますね。明治天皇や皇后を「歌聖」とまで持ち上げて、天皇が九万首、皇后が三万首以上も詠んだと言われています。特に女子教育のツールとして推奨されましたね。近世から近代へと社会が大きく動いていったとき、和歌が心のよりどころになったのかもしれません。同時にそれはナショナリズムの発露でもあったわけですが。

田中　そう思いますね。俳諧の「座」で言うと農村の深いところまで俳諧師が入っていって、庄屋さんや名主さんの家で「座」を巻いて、そこに農民たちが集まってきて、ということがあるんです。当時の農民女性たちはいわば職人で、機織りをし、紙すきをし、多種多様なものを作っています。大店の手代たちが入ってきて買い取っていきますのでお金の計算もしなきゃならないし、文字も書けなければなりません。寺子屋も農村の中にはもうできていて、当然、和歌を教えるということもあった。江戸の文化は、町人文化と考えてはいけないと思うんです。

江戸時代の識字率というと、それは平仮名識字率です。ただ、振り仮名が降ってありますから漢字が読めなくても本は読めるんですね。平仮名さえ書ければ和歌も詠めるし、和歌を書きつけることもできる。その平仮名の力もすごく大きかったと思います。

川野　和歌で特に重要視するのが耳からの調べですね。樋口一葉が歌修業したときにそういう注意をされながら修業を続けていたことが想像されます。披講という声に出して朗詠するスタイルで作品を発表したようですし。和歌革新運動が起こってきたときに、旧派が徹底的に抵抗したのが調べをどうするんだということだったようでそういう反論が「明星」に掲載されたりしています。平仮名さえあればその調べでもって和歌が詠めてしまう世界だったということでしょうね。

女性たちの救いになり続けた和歌

田中　まさにその調べごと耳から入ってきて、その調べをよりどころにして歌が生まれてくるということは大いにあったと思うんですね。平仮名で書かれた和歌の本があれば、語彙はいくらでも多くすることができたはずですしね。平仮名と耳からの音というのがつながっていて、そのことが継承されてきたということはとても大きいと思います。

やはり救いだったんじゃないでしょうかね。論理的にがちっとした文章では何かを伝えたり組み立てたりできないさまざまな感情とか、表現できない新しい思いとかが、現在の私たちの中にもあるわけですね。特に女性たちが持ち続けてきた思いは、社会との齟齬か、社会的な言葉では表現できないもの、あるいは表現した途端に退けられるとかというようなことが、いまだに多いわけですから、当時のことは想像に余りあります。表現しようとしたときに、自分の言葉を発見していって何とか表現につなげていくのは、私たちにとって今でも救いだと思うんです。

苦しんでいるということを「苦しんでいる」と言うだけでは表現にならないわけだけれども、いろいろと矛盾する感情が複数ある場合、和歌の世界ではそれを無理やりひとつにしなくとも、言葉を取り合わせていくことによってある世界を表現できる。これによって救われる精神というのは今でもあるし、おそらくずっとそれはあった。あったからこそ女性たちがそれを手放さなかったということはあると思いますね。

川野　近代は女性の作家が少ない時代ですけれども、それでも何かを表現しようとした女性たちは、例えばご飯を炊く竈の明かりでもって新聞紙の切れ端に歌を書きつける、歌ならばこのご飯を炊きながら書ける、とそういうエピソードがいくつも書き残されていますね。短歌が表現のよりどころになっていった。近世を通じて和歌が人々の心に残っていたからそのように繋がったのですね。

もう一つ面白いなと思うのは、和歌革新運動が標的にした、近世和歌の古い性質ですね、例えば題詠とか、言葉の範囲の制限、風景や事物の捉え方などの型は現代的な価値観から見れば終わった観がありますが、しかし、逆から見ると型に拠れば詠えるという言葉の拠り所になっていたかもしれないと思います。幕末から明治にかけて日本語さえ危ういという激変の時を、完全に自分の気持ちであるかどうかはわからないけれども、和歌に自分がすり寄ることによって何かを述べることができるという働きをしたかもしれません。

田中　「託す」ということですよね。五・七・五・七・七のシラブル（音節）に託すだけではなくて、風景とか、季節とか、雲一つ、水一つとってもいろいろな表現をするわけですが、自分の生々しい感情をぶつけるのではなくて、託しながら表現する。世界とつながる感じでしょうか。

川野　そうですね。自分の心が和歌という公の場に出ていくという喜びがあるのかなという気がします。

　ところが近代になってくるとそういう、様式に託す、言葉に託すという表現ではなくて、「私」の表現としての言葉、個性を競う表現というものが出てくる。そこのちょうど裂け目にいた表現者としての樋口一葉を、とても面白く思うんです。樋口一葉は、「萩の舎」での型で洗練していくような修業と、日記に書きつけた私的な歌が、全然性質が違いますね。近世から近代への過渡期を生きた人として非常に面白く思います。

田中　樋口一葉は、近代短歌を学ぶだけではなくて、『古今和歌集』や、平安時代の王朝物語もだいぶ読んでいます。初期の小説は王朝物語風なんですが、一葉は最初、和歌の世界、王朝物語の世界で小説が書けると思っていたわけです。しかし、やはり自分の中にあるものはそれじゃないわけです、和歌的なもの、王朝物語的なものに託すのでは足りない、「何か」があるということに気づいたことは、一葉の視野の広さゆえだと思います。

　新聞もよく読んでいるけれどそれだけではなくて、自分の周りに非常に貧しい人もたくさんいるし、困っている人もたくさんいるし、遊女たちも、娼婦たちもいる。それをなかなか和歌にも、王朝物語にもできない、別の世界の存在に気がついてしまったのでしょう。

　その獲得した視野が、『大つごもり』以降の作品を生んでいったと思うんですね。ですから一葉は、平安的なものも持っているんだけれども、それだけでは表現できない自分の中のリアリティ、現実的認識がある。

　しかしあの観察力は歌の中で鍛えられたんだろうなと思うんです。歌人だからこそあの小説に突き抜けていかれた。『たけくらべ』は『伊勢物語』のなかの相聞歌から「たけ」と「くらべ」を採ったものです。『伊勢物語』に託しながら、新しい時代の現実を書いた。

川野　近代と近世のバイリンガルとしての一葉が、感じられる気がしますね。

樋口一葉の「私」

田中　しかも一葉は、一人称、「私」というのを、その後の小説のようには使っていないんですね。

たとえば『たけくらべ』の冒頭、

〈廻れば大門の見返り柳いと長けれど、お歯ぐろ溝に燈火うつる三階の騒ぎも手に取る如く、明けくれなしの車の行來にはかり知られぬ全盛をうらなひて、……〉

という文章について、現代語訳と、英訳と、それから原文を比べるということをしたんです。英文翻訳は、樋口一葉の研究者がやっていらっしゃるので非常に巧みに主語を避けて訳しています。しかし現代語訳がなんと、「私は」から始まるんですね。主人公の美登利が大門を……。

川野　ああ、美登利が大門を廻ったのでは何のためにってなりますよね。

資料（川野里子作成）

樋口一葉

わたつみの沖にうかべる大船のいづちまでゆくおもひなるらむ　（海）夏子

ふく風のあともなき名を立てそめてまことに人を恋渡れとや　夏子

人しらぬ花もこそさけいざさらばなほ分けい入らむはるのやま道　（塵中日記）明治26年

与謝野晶子

夜の帳にささめき尽きし星の今を下界の人の鬢のほつれよ　『みだれ髪』与謝野晶子

乳ぶさおさへ神秘のとばりそとけりぬここなる花の紅ぞ濃き　『みだれ髪』与謝野晶子

石牟礼道子

われはもよ不知火をとめこの浜に不知火玉と消つまたもえつ　（昭和二十二年）石牟礼道子

うばはれし水平線をいっしんに呼びをりわれは海の笛ふき　（昭和三十一年）石牟礼道子

「私にとってにがにがしくもいとおしいのは、ともすればえたいの知れない詠嘆性だ。短歌は結局、詠嘆にはじまり詠嘆に帰結するのではないかしらと云うしごく当たり前のことに対する疑問。詩人の民族的権威をもって謳われた詠嘆の時代はもう過ぎ去ったのか。そういうものがすりかえられて生まれるナルシシズム。ここ二年ばかり、私の主題はこのナルシシズムを出ようとして逆流する。」（「詠嘆へのわかれ」昭和三十四年より）

田中　これはまずいなと思います。そういうふうに考えてしまう現代の物書きはやはりいるんですね。あそこにあるのは、主語じゃないんです、空間なんです。物語自体が、あの吉原という空間の中に一歩も入らず廻っているんです。冒頭がまさにその象徴なんですよね。これは、歌詠みじゃないと理解できないのだろうなと私は思いました。日本の古典を読まず翻訳物や現代小説で文章を学んだ人は、理解できないんですよ、そういうことは。

川野　いったん「私」を置いて空間全体をふんわりと把握するような描写力というのは、和歌の基本的な表現力だと思います。景と心の組み合わせが基本なのでまず景を摑むんですね。それと一葉の文章には韻律というものが書き物の隅々にまで行きわたっていますね。これが本当に魅力的で、声に出して読みたくなる。現代がある意味で、音に鈍感な時代になっているのかもしれません。

田中　そうですね。わたしは『たけくらべ』は、ミュージカルだと書いたことがあります。いろいろな歌が出てきて、それを美登利が聞いているわけですよね。目で観察するだけではなくて、音でも時代を感じていたという気がしますよね。それは歌詠みだからでしょうね。

川野　なるほどミュージカルですか。後の時代の流れから逆に振り返ってみますと、近代の短歌史は正岡子規から始まるのがスタンダードになっているのですが、そこで語られる写生、写実主義は当然視覚が強調される表現で、視覚表現優位の時代が今日まで長く続きます。ところが実は、音を優位にした和歌文体でもって自分の思いを託しつつ述

戦後女性歌人

行きて負ふかなしみぞここ鳥髪に雪降るさらば明日も降りなむ　山中智恵子

奔馬ひとつ冬のかすみの奥に消ゆわれのみが累々と子をもてりけり　葛原妙子

東日本大震災の歌

二人子を亡くした母がわたしならいりません絆とかいりません　小島ゆかり

ありがたいことだと言へりふるさとの浜に遺体のあがりしことを　梶原さい子

現代女性歌人の作品

男体山は黒髪山の名を持ちぬ男の濡れ髪ふとおそろしく　栗木京子

花魁の衣装に瀧の多きこと女は響きといへるごとしも　水原紫苑

皆殺しの〈皆〉に女はふくまれず生かされてまた紫陽花となる　大森静佳

童貞に向けられている放送を処女の私はひっそりと聴く　川島結佳子

harassとは猟犬をけしかける声　その鹿がつかれはてて死ぬまで　川野芽生

べるという文体は、佐佐木信綱門下に集まった女性たちによって保たれていたのではないかと思っています。九条武子とか柳原白蓮とか、白蓮は戦後まで和歌全体を、生きた文体として持ち越してきたと思うんです。五島美代子はさらにそれを発展させました。正岡子規以降の文学史のメインストリームに覆い隠されてしまったのが音で志を述べるという文体のように思います。

戦後折口信夫が「女人の歌を閉塞したもの」（昭和26年）で「現実的な歌、現実的な歌と追求して、たうとう男の歌に負けてしまふことになつた」と語っています。その中で「かういふ事を詠まうとは思はずに、語を並べてゆき、そして最後に近づいて、急に整頓せられる」「口から出まかせな歌」に可能性を感じるとも語っています。この言葉などは後年の山中智恵子の文体などを思わせます。だから写実主義とは異なる文脈を示唆した文章として問題になってきたのでしょう。やはり一葉から晶子へというのが何か面白いことがありそうな気がします。

与謝野晶子が表現した「音」

田中　与謝野晶子は、耳からの音について、どう捉えていますか。

川野　たとえば「夜の帳（ちやう）にささめき尽きし星の今を下界の人の鬢のほつれよ」（132ページ資料）という歌は、声に出して読みにくいんですよね。でも、「夜の帳」という字を活字の字面で見たときには、夜の帳（とばり）に星が瞬いているんだと鮮明に伝わってきます。活字を通じた言葉の視覚化が、晶子の場合にはすでに起こっている感じがするんです。

「乳（ち）ぶさおさへ神秘のとばりそとけりぬここなる花の紅（くれなゐ）ぞ

濃き」というのも、一葉が習った萩の舎で、鍋島家のお姫様たちと囲んだ座でいきなり「乳ぶさおさへ」と披講はできないですよね（笑）。

晶子は雑誌に投稿することを初期に盛んにしていますし、活字から入ったと言ってもいいのかもしれません。改めて声に出してみるととても読みにくいし、音だけでは意味が取れない歌も多いと思います。

田中　なるほどね。そうすると、いただいた資料の中の一葉の歌は、音で読んだほうがよいということですね。

川野　一葉の歌は字面を見ただけではイメージが淡くて古風なんだけれども、音で読むとイメージが鮮明に浮かぶという歌だと思うんですね。「わたつみの沖にうかべる大船のいづちまでゆくおもひなるらむ」と音にしたときにやはり、伝わりやすい。

田中　すごく世界が広い感じがしますね。

川野　空間を広く捉えて表現して、ゆったりとした調べの歌だなと思いますね。

田中　資料には、石牟礼道子さんの歌が挙がっているんですが、この歌も、どちらかというと音じゃないですか？

川野　そうですね。石牟礼さんの歌は、「われはもよ不知火をとめこの浜に不知火玉と消つまたもえつ」という。石牟礼さんは、近代の情念と、もっと古い時代から湧き上がってきたものの両方を感じさせる文体ですね。

田中　石牟礼さんは、やはりこの二つの面を持っている人なんですよね。

『苦海浄土』もそうなんだけれども、非常に綿密に観察している部分もあるし、学会の論文ような資料の引用も出てきます。

もう一つは聞いた相手の言葉を、いったん自分で引き取っているというのでしょうか。熊本方言、水俣方言で話しているものを耳で聞いて、できるだけそのまま書こうとしている。そうすることによって相手が住んでいる世界に入ろうとする。そういう面と、非常に客観的、分析的なデータが、共存する。してしまうという。

普通だったらできないけど平然とやってしまったためにあれは何のジャンルだと論争になったりもするようなものだったんですね。でも、その後もずっとそういうふうにしていて、『春の城』という小説でも、原城に集まっている人たちがお互いにおしゃべりしながら、ときには踊りながら、歌いながら、お料理しながら生活している。そこにどんどん、日本中の武士たちが集まってきて追い詰められていくんだけれども、外の世界と内の世界、二つの世界の両方を書けるんですよね。

そういうことは、もしかしたら、歌の世界で積み上げてきた感覚なのではないか。日本の女性は、同じ感覚を持ち得るんじゃないかなと。

川野　近代の幻想として私の心を表現するというのがありますね、私の内側にあるものを表現するという。それは本当なのかという思いもあるんです。私小説にならって、短歌も私の心を表現するのだと信じて疑わなかった時代があるんだけれども、そもそも短歌という形式自体が私の心をじかに表現するには向いていないような気がするんです。

枕詞などという意味の分からない言葉が今でも生きていますし、上の句を作って下の句を当てたときに、そこに当然ずれが出てきて、ずれがないと逆に面白くない。
石牟礼さんが、まず短歌を表現の器としたということは、どこか石牟礼さんが、近代の私表現というものとは別のところに表現のよりどころを持った、もっと複眼的で、私を超えた遙かなものを聞きとる、むしろ聞き役になったということなのでは、と思います。それだけに「私」を表現する器としての短歌には限界を感じていたようで、別れを告げていますね。当然溢れてしまったのでしょうね。

石牟礼道子の「共感力」

田中　共感力がすごく強いのですね。あとで述べますが、「もだえ神」という言葉があります。自分の魂が抜けていってしまうということもたびたび経験しているし、祖母と一緒に暮らしていたけれども、その祖母が今で言えば認知症で、もう何もわからなくなって。

川野　「おもかさま」。

田中　何もわからなくなってしまっているけれども、その「おもかさま」を受け入れてくれる人たちにまなざしが行って、それは地域の芸者さんとか遊女とかそういう人たちなんだけど、「おもかさま」を他人から見られて恥ずかしいという感覚が全くなくて、むしろその「おもかさま」が受け入れられている関係性を目の前で見ているわけですよね。
周囲に対する共感力というのかな、そういう環境の中で育ってきたんだと思うんですよ。
能の詞章も作っていますけれど。能をほとんどご覧になったこともないし、謡の勉強もしていらっしゃらないのに作れてしまう。周りもびっくりするわけですよね。やはり、和歌を作れる人は謡も作れるだろうなというふうに思います。

水原　「不知火」、あの能は特別凄かったですね。普通の歌人が作ってもああはとてもいかないし、また石牟礼さんでも他のテーマではああはいかないと思います。水俣だからこそできたんですね。本当に死者の魂が出てくるような能でした。

田中　日本に歌の世界がなければそういうものも作れなかったでしょうね。

川野　書き手としてときどき体験することなんですけど、自分の気持ちだと思っているものを三十一音の中に書きつけたら失敗作になっちゃうんですよね。短歌という形式は自分の外で、読者と作者の中間あたりに浮かんでいる感じがあって、そこに言葉を当てていくときに大きな器になるような気がします。

田中　やはり別世（べつよ）に自分が出ていくんですね。

川野　そうですね。ちょっと出かけていく感じですね。

田中　ああ、その感覚、すごく面白いですね。江戸時代の研究をしていると、一人の人間の中に複数の人間がいると思うんだけれども。でも考えてみると、その複数の人間は閉じこもってやっているわけではなくて、一人一人違う名前をつけて外に出て行くんですね。歌詠みの方たちも歌詠みとしての名前を持っていらっしゃいますよね。それと同じようにたくさんの名前を持って、やはり別の世界に出かけていってそれをしてくる。だから俳諧の連句なんかもできる、

川野さんの著書の『七十年の孤独』を拝読したら、口語と文語の問題というのが出てきていて、これもすごく面白かったんです。南極と北極に例えているところがとてもわかりやすくて面白かった。極点そのものにはほとんど人は住んでいないという（笑）、文語だけの人もいなければ口語だけの人もいない。その間で、両方をよりどころにしながら作っていくということを考えたときに、口語はやはりふだんの生活で使っている言葉だから「私（わたし）」の言葉なんですね。つまりふだんの生活の、一人称を持った言葉なんでしょうね。でも文語というのはそうはいかないわけなので、その両方を混ぜていくことができる。あるいは、一葉の場合には擬古文なので、日記さえ擬古文ですから日常の言葉とは違うものでしょうね。

日記でそれをやるというのは、日記も外に出かけていって書いているのかな（笑）。擬古文という世界に出ていって書いているんだろうなと思いますね。

川野　一葉の日記や文章では、志を述べるような男っぽい気負いや張りがあるのも非常に面白くて。彼女の文体の重層性というのか、チャンネルが二つ以上ある感じを思わせますね。

田中　日記では男の人たちを罵倒してますものね（笑）。あれは歌じゃできませんものね。

川野　先ほど「もだえ神」とおっしゃいました。「悶えてなりとも加勢（かせ）せんば」という心ですよね。私も九州出身なので、母も普通に言っていたことです。「悶えてなりとも」とは言わないんですけども、「かっせな」というのはよく言っていましたね。

他人の心というものを受け止めていく。自他の区別が淡いというか、他人さまも草木虫魚もわたし。そういう感覚というのが、石牟礼さんの大きな特徴だと思うんですよね。批判として胎児性の水俣病患者への心の乗り移りは全てを石牟礼道子の世界にしかねない危うさも語られます。しかし、怒りが個人のレベルで燃え尽きない大きな「私」です。そういう特徴は、男性の語り手によってしばしば呪的とか、巫女的という言い方をされてきたようなところがあるんだと思うんです。

けれども、田中さんの『苦海・浄土・日本』を拝読して目が覚める思いがしたのは、巫女的な、呪的なという女の特別な力として言われるものを、そうではなく、能動的な人間性の発露としての「石牟礼文体」だと把握し直されていることです。ここは大事な方向性だと思います。

自分を持つことと、「他」に共感することの両立

田中　もう一つ言うと、共感力とは何だろう。その「もだえ神」的な共感力というのはどういうふうにほかの言葉で

説明すればいいのかと私も本当に考えながら、悩みながら書いていたんです。相手を理解すると普通言うけれど、いわゆる「理解」とは違うんですよね。おっしゃるように自他の境目がなくなる。近代社会では、特に働いている女性たちには「そうなってはいけない」というメッセージがずっと送られ続けてきたし、学校教育でもそうですよね。自他ははっきりと区別して自分を持ちなさいと。「自分の考えを持ちなさい」、私も学生に言ってますけどね。だけれども、そこのところをわかっていながら、意識的に自他をなくしていくことができるというんでしょうか、そういう人なんだろうというふうに思います。

いろいろなところに共感していくことでいうと、私たち人間は本来はそうだったんじゃないかと私は思っていて、それをやめなさいと、閉じさせられてきた。閉じていかないと近代の社会では生きていかれない。一つの自分というものに統合していかなければ生きていかれない。一つの名前がつけられて、アイデンティティという言葉が登場してくる。

女性の問題ということでいうと、石牟礼さんもすごく苦しんで、悩んで、女だからというだけで新聞を読んでいるということまで非難されるような時代だったと思うんですね。

親に言われて結婚して、結婚というのは要するにその家の中で小間使みたいに働くことだという。そういう世界の中で高群逸枝の本に出会って目を開かれるわけなんだけれども、石牟礼さんは、「自己主張をするつもりはありません」とはっきりおっしゃる。それは自分のためにそういうふうに思うんじゃないんだと思うんですね。自分はつらい、それは事実だ。女だからつらい、それもたぶん事実でしょう。だけれども、じゃあ自己主張することによってそれがひっくり返せるのかということを考えたときに、それは単にほかの人を侵食していくだけのことで、何も乗り越えることにならないということをよくわかっていらっしゃるんですよね。

川野 石牟礼さんは、あちらとこちら、自分と他人の境界を自由に行き来しますよね。ああいう近代人の理解しにくい自意識は昔からどこかに流れているように思うんです。私、何か見覚えがあるなと思って、何だろうと思ったら、柿本人麻呂かなと思ったんですよ。

田中 ああ、そうですか。へえ、面白い。

川野 ええ。「靡けこの山」と言いますよね。あのときに「靡けこの山」と命じ懇願できるというのは、あれはふだんから山と交流しているから、わかってよ、この気持ちと言えるんだと思うんです。

それで狭岑島の「行路死人歌」にしても、何で通りがかりの亡くなった人にあそこまで情念をかけて表現するかといったときに、そこには自他の区別を超えて働く力があるように思うんです。それは人麻呂が、言葉の器を持っているということが大きいだろうと思います。自他の境、自然と自分の境を自在に超えながら、ある意味でもだえ神の魂でもって通りがかりの死人を悼み、また「靡けこの山」と言えているような気がするんですね。

田中　歌が自然と人間との間をつなぐ働きをしていたのですね。

実は、生活そのものが、江戸時代の末期まで自然が中心に置かれた生活だったと思います。対談の冒頭で江戸時代にあって、現代が失ってしまったものをいくつかお話ししようと思ったけれども、一つはやはり人間と自然との関係が全く変わってしまったということなんです。私が、石牟礼さんと話していて驚いたのは、この方は江戸時代の人じゃないかと思うくらいにその感覚をいまだにお持ちだったということなんですね。

海辺に育ち、海で生きている魚や貝を漁師たちが採ってくるのを毎日見ている。漁師たちが戻ると、山とか陸からいろんな動物が海辺に集まってくるんです。自分も動物たちもそれを食べて生きる。海辺に生き物が集まると、自分もその一人だと感じているわけですね。その感覚は生活の中にごく自然にあったんじゃないかと思うんですね。

江戸時代は、産業が興っていた社会であると同時に、持続可能な循環社会です。一年間の四季の巡りの中で物が育って、食べてまた自然に戻していって、来年もちゃんとそれを得られるよう採り過ぎないようにして、循環させる。自然の循環の中に自分が入っていって、そこで生きていくということによって持続可能になっていた、

私は『布のちから』という本を書いたことがあるんですけれども、たとえば染めも機織りも自然への関わりです。布という素材一つとっても、糸は自然界から採ってくるわけですし、染料も自然界から採ってくるわけです。自然界と対話しながら作らないと物はできませんし、全て異なった出来になり、二枚と同じ布はない。そういうふうにできたものを着物として縫っていく。しかし着物が出来上がって終わりではなく、洗い張りするときにはまた縫うわけですね。繕いながら別のものに生まれ変わらせることもあって、循環し続ける。そういう毎日の生活が自然との関係の中で成り立っているわけです。それはもちろん女性の力によるものなんです。

短歌はどうやって心を救うか

川野　先ほどの他者に共感せずにいられないという心が、じゃあもう今は何にもないのかなと思っていたら、東日本大震災が起こるや否や、すごくたくさん短歌が詠まれたんですね。

不思議なことに、詩人とか、俳句を作っている人が、なぜか短歌という形式で、短期間のうちに大量の歌を詠んで発表することが起こったんです。

その後も東日本大震災についてはたくさんの歌が、いまも生まれています。被災したとかしないかを超えて働くものがある。もだえ神の心と言えるかもしれません。共感せずにいられない。私は被災者ではないけれども、子供を失った母親の立場に立ったならばどうなんだろうと、他者に寄りつくというんですか、そういう心が忽然として復活するんです。その依り代になっているのが短歌だということが非常に面白いことだなと思いました。だから、「もだえ

神」は石牟礼さんで終わらないかもしれない。ただ、そういうつい「私」という器を溢れてしまう情動的な器だから短歌には危ういところもあって、戦争にも協力しました。「奴隷の韻律」だと言われたこともあります。その苦さも手放さずにいることが大事なのだと思います。

田中　だとすると、終わらせないように、やはり短歌というものをもっと身近に置く人が多くなる、そういう環境は必要ですね。

川野　そうですね。幸いなことに今、こうして専門誌もありますし、新聞歌壇もあります。若い人もたくさん参加しています。ただ、やはり新聞の部数がどんどん減っているらしくて、そのことは非常に将来的には大変かなというふうに思いますね。

田中　これから人間はどう生きていくのか、どう生きていくのがいいのかということすら、語れないわけです。政治家も語れない。世界的には、ＳＤＧｓとかいろいろな言葉が出てきて、人間はやはりこちらのほうに進もうじゃないかというメッセージが出現し始めていると思うんです。でもそれを日本語で表現していない気がするんです。それはなぜかというと、有利か不利かという判断だとか、まだまだ経済成長のことを考えてしまうことによる判断であるとか。もっと長い時間を考えないと取り返しがつかない時代になっているはずなのに、見ようとしない。やはり文学の役割は、すごく大事なんじゃないかなと思いました。

川野　本当にそうだと思います。『苦海浄土』は人間とは何かという問いとして花開いている。文学の力を痛感します。

東日本大震災は大変大きな歌の場になったという話をしましたけれど、停電で電気が使えなくなった瞬間があった。普段ネットに頼っていても、電気がないとネットの世界は無です。パソコンやタブレットは、ただの箱や板だということをまざまざと体験した。仮想空間に現実が侵食されてゆく時代の流れですが、ろうそく一本を探しておろおろした体験は、実はとても大事だったかもしれない。

老いて、最後に歌だけが残って

田中　短歌であれば、体一つあれば作れる（笑）。書きつけるものがなかったら、覚えていればいいわけだし。

鶴見和子さんが、晩年、半身が動かなくなって亡くなるまでの間、短歌を作り続けたというんです。弟さんの鶴見俊輔さんが、人生の終わりの時間に、歌詠みになるとは思わなかったと書いていらっしゃる。たとえ半身が不随になるとか、脳も働かなくなっていくということがあっても、毎日起きて、朝目覚めて鳥が鳴いていて、そういうようなことは感じながら生きている。その時に、歌だけが自分に残っていくということは、あり得るのではないかと思ったんです。鶴見さんは日本舞踊もなさっていたし、歌も詠んでいらしたし、文章も書いていた。ふだんやっていなければなかなかできないので、ふだんの生活の中に短歌なり、俳句なり、俳諧なりを残していくというのは、私たちにとって生きるよすがなのかもしれませんね。私は文章を書くのが好きだけど、文章だと体力がないと無理というところもあるし。

川野　脳の働きのことはよくわからないのですが、わたしの母が認知症になったとき、あらゆることを忘れていくのですが、歌だけ、歌謡曲だけは全部最後まできっちり歌えたんです。メロディが乗っていると全部覚えているんです。短歌というのもメロディアスな詩型で、調べというものを持っていますので、記憶に残るほうの側にあるんじゃないかという気がします。日常の競争社会で使われる機能的な言葉とは全く別の位相の言葉としてあるような気がして、人間の豊かさの大事な一部だと思いました。

田中　この対談の前に、川野さんの短歌でメモしてきた作品があるんです。「忘れてはならぬ大事は幾つあるあるいは一つもなきかもしれず」、それから「神の手が初めて創りし泥人形のやうなれど吾に手を伸ばしくる」。この二つの歌がとても印象に残ったので書き留めたんです。

私はいま認知症の母の介護をしているんです。まさにこういう日々だなと。こういうことを感じる日々だけど、そういえば私はそれを短歌にしてこなかった。介護をしているときのつらさは、なかなか説明できないんですよ。「別にそのぐらい、大丈夫じゃない」「ただご飯の支度するだけでしょう」とか、客観的に説明するとそうしか受け止められないんですよね。つまり、自分の中で何が起こっているか、母の中で何が起こっているかということは、なかなか表現できないんです。川野さんの歌を読んだときに、あぁ川野さんもお母様の介護をなさっていたんだと思い、同時に、私も今は割とつらい時期ですが、歌を詠むということを身につけられたら、すこし救われるかもしれないと実は思いました。

川野　介護は辛いですよね。やっている仕事自体は単純だし、かけている時間もそんなに膨大でなかったりするんですけど、何が辛いかというと、やはり、自分の半分が向こうに奪われているからなのかもしれません。自分自身も介護をしているときは、同じように老いたり動けなくなったりして、一度老人になるからじゃないかなという気がしますよね。

介護について、言えない空気について

田中　ほかの人との通常のコミュニケーションとは全然違う世界の中に入ってしまうんですよね。短い時間なんだけどそこにいて、また戻ってこなきゃならないし、仕事もしなきゃならない。その行ったり来たりをしているということは、今までにない体験です。そういうようなことは、言葉でいろいろと表現できるはずで、すごく大事なことかもしれないなと。私にとってだけではなく、ですね。私は今年の三月の末まで七年間法政大学の総長をやっていましたが、最後の二年間は、介護と仕事の両方をしていたんです。

周囲の方には話していたんです。「今、介護をしています」と。すると周りに「実は私も」と言う人がどんどん出てくるんです。ほとんどは女性です。言えなかったんです

ね。何と表現したらいいかわからないとか、言うとたぶん雰囲気が壊れるとか。誰かが言い出すと「私も」と言える。

多くの女性は、育児もあるし、親だけじゃなくて夫の介護をしている人もいるでしょうし、いろいろな事情を抱えている人たちがいると思うんです。女性たちだけをとってみても、救いの言葉としての短歌に、もっと焦点を当ててもいいんじゃないかなという気はしていますね。

川野　介護は、人間の居場所というか、人間の存在自体を一番底辺で支えるということのような気がします。放置してしまえば本当に無残なものになってしまう人間の老いを、掬い上げる仕事ですよね。単に老人の体の世話をしているのではなくて、人間の尊厳を世話しているんだという、そういうところがあると思うんです。多くを女性が担っているわけですけれども、人間の尊厳に奉仕する仕事としての価値を、社会がもっと理解して共有するべきだと思います。

田中　私は母の「成年後見人」になる必要があって、その書類を整える作業でも、いろいろ感じました。母の生まれたときのこととか、系図とか、職業の歴史とか、貯金の残額とか、全部明らかにしていくのですが、それは私が母のことをわかっていくという作業なんですね。文字で、書類で表された、社会の一員として母を見る、そこに新しい姿を見つける作業でもあるんだなと思いましたね。

川野　そうですね。介護の大変さというのは、一人の人間の過去も未来も思いがけないことも含めてすべてを預かることの大変さということでもあるのかもしれないですね。だけどそれは障害者に関しても言えるし、それから子育てでも言えるし、医療や戦争など未来の考え方にも、もちろん文学にも繋がってゆくはずなんですが。

水原　先ほどからおっしゃっている「もだえ神」の復活ということでしょうか、現代における。

女性たちに背負わされた問題

田中　なるほど、そうですね。みんなが「もだえ神」になるという。

東日本大震災のときに私たちが感じたことは、一過性のもので、本当は何も解決していないけれども過ぎてしまったかのように思えた。だけれど、今度、新型コロナウィルスの禍は、一年間以上続いていて、これからもどうなるかわかりません。パンデミックは、おそらく繰り返されます。原子力発電の問題も、戦争もあります、

解決というものがない問題に私たちはさらされています。三月末まで私は、一年間オンライン授業を管理しなければならない立場でした。オンライン授業で大学は授業はやりました、単位は授与できました、卒業もしました。しかし学生たちは、いろいろなものを失ったんです。それを大学はカバーできなかった。それを私たちはこれからどうやって責任をとるのかという問題がある。そういうさまざまなことが起こっていて整理がつかない、そういう社会だと思います。

その中で最も大変な目に遭っているのが女性たちだったということもわかってしまったわけですね。問題は本当はずっとあったのに気がつかなかった。非正規の中で職を失った人の八十パーセントは女性だと言われます。そういうことはコロナ禍で起こったというよりも、そのことが隠れていたということがわかったんです。ですからやはり、女性が抱えている問題は私たちが思っているよりもすごく大きかったと思います。

総長としての最後の卒業式のスピーチでそのことを話したんです。私は、六大学、総合大学で初めての女性の総長です。アメリカには女性の副大統領が初めて生まれました。だけど、「それでいいんですか」と、学生たちに問いかけたんです。

例としてバス停で殺された、六十代の女性のことを挙げました。非正規で、職を失って、バス停で座って眠るしかなかった女性です。「自分はあの人だったかもしれない」と私も思ったし、多くの女性もきっと思ったんですね。一方で出世していく女性たちがいます、その女性たちは「私は出世しました」と喜んでいて、「それでいいんですか」という問題があるわけです。本当はもっとひどいことをいっぱい私たちはやってきたし、それから、ひどい状態になっていたにもかかわらずそこに目を向けなかったんですよ。

川野　意識の面で言えば、今の若い女性たちの意識はすごく進んでいると思います。現代の危うさについてもあのホームレスの女性と自分とが繫がっていると思っています。ジェンダーの問題に関しても、旧来の女性の型にひっそりとはまってやっていくことではサバイバルできないことはわかってしまったので、もうすっかり女性たちはそういうところから脱出している。資料にも挙げましたが、現代の作品は女性という性が置かれてきた歴史や今日の社会を冷静に時には冷徹に見通していると思います。若い男性たちももう大半は考え方は変わってきています。ところが既成の社会のほうは、依然として、嫌になるぐらい変わろうとしないんですね。どんどん、どんどん、若者といまある社会制度との距離が開いている。

いまや結婚なんて確かな約束でもないですよね。雇用不安やら低賃金の問題がありますから男性のワンオペでは不安。女性も対等に働くことが当たり前になっています。そういう中で産むことが女性にとって大変に大きなリスクになってしまっています。結婚して子供を産めばそこで安心して育てていけるかというとそうじゃなくて、いつ離婚するかわからない。そうすると、子供を抱えて、非正規になって、シングルマザーとして日本の最貧困層に落ちるリスクと子供を産むということがセットなんですよ。そのリスクを取るかどうかという決断を女性たちはしなくてはいけないんですよね。

最近若い作者たちの間で産むこと、あるいは産まないことがテーマとして浮かび上がってきているのは当然の流れだと思います。これから深まってゆくテーマだと思います。女性たちには、今の社会というものがクリアに見えていると思います。

それでも希望の種はたくさんある

田中　石牟礼さんの本『苦海・浄土・日本』を書いた後、三砂ちづるさんと対談をしたんです。三砂さんというのは薬剤師で疫学者です。それでこんなことを話していらした。コロナ禍になって在宅ワークをするようになり、デンマークとかアイルランドの医者たちがあることに気がついたのです。それは早産による未熟児が極端に少なくなったということなんです。それがデータから見えてきた。世界中で未熟児が少なくなっている。

どういうことかというと、女性が会社に行ってとにかく働く、そして高い地位に就く、さらに一生懸命働くことによって、十分なゆとりがもてないで出産に向かってしまうことで、未熟児という結果になったのではないか、と推測されているらしいんです。

それは考えさせられることで、女性たちが収入を得る、自立することは大事だと思いますが、でも男性が今まで企業の中でやってきたことと同じように、皆が画一的に働くことの不自然さを、不自然だと思わずに女性も同じようにやってきたという問題が、大きいのかもしれない。女性が組織の中に入っていくにあたって、多様な働き方を課題としていくことは、もしかしたら女性ならできるかもしれないなという気はしましたね。

水原　川野さんは、今回の対談の資料として（126～127ページ）、石牟礼さんとの対比で何人かの歌人たちを挙げていますね。葛原妙子とか山中智恵子には、「もだえ神」の魂があったのかどうか。また、将来の短歌への展望はどのように思いますか。

川野　山中智恵子で挙げた歌が、「行きて負ふかなしみぞここ鳥髪に雪降るさらば明日も降りなむ」。ここに私は、「もだえ神」の心はごく自然にあったと思いますね。「かわいそう」とかというホットな共感ではなくて、あらかじめ「私（わたくし）というのは何でもない」という。つまり「私（わたくし）」というのは人の心を聞き取るだけのかりそめの器ですよという構えがある気がします。この主語のない短歌にはいろいろな人の心が入ってくる器になっています。山中さんの文体は心を託す器としての和歌の大きさがある気がします。葛原妙子は、初期には自我を前面に出しましたけど、それは戦後の女性が一度は絶対に出さなきゃいけない、ぐらなければいけないプロセスとしての自我というものだったと思うんです。そこをさらに突き詰めてゆくと人類全体の悲劇とか存在の不思議というものに突き抜けた。「疾風はうたごゑを攫ふきれぎれに　さんた、ま、りぁ、りぁ、りぁ」というように聖母マリアに助けを求める人の声を聞きました。そういう点で、葛原妙子も冷えた表情をした「もだえ神」をどこかに宿していた気がします。

水原　これからの短歌について、田中さんも、川野さんも、希望を持てますか。

川野　希望の種はたくさんあると思います。才能もたくさん出ていると思います。田中さんがおっしゃったように、社会のあり方があまりに人間に対して狭く、冷たくなっている気がしているので、そういうものが短歌にやはり忍び込んできているんじゃないのかという気がしますね。そこを押し返す力が欲しいです。言語感覚も才能もすごいと思いますが、自分たちの価値を危うくするものに対してもっと怒っていいのにと思うことがある。旧来のヒューマニズムや人間主義が文学のタームとして古すぎて使えないとすればどうやって戦うのか、どんな主題の立て方、方法があるのか、私自身も含めて、言葉の根を深く掘ってゆくことが大事だと思います。

田中　私は皆さんのように短歌をたくさん詠んできたわけではないので、これからの短歌がどちらの方向にというのはわかりません。先ほどから言っているように平安時代からずっと女性が救われてきた道であるということは確かだと思うんですね。

先ほど挙げた江戸時代の、「一万二千人」という女性表現者の事典に載っている数から見て、短歌はその筆頭として、生きる上で必要だと思われてきたし、これからもそうだと思います。ただ「私は」という一人称で書いていくということの限界があるから、川野さんの表現では「託す」という、外に託して自分を超えていくというやり方、自分と自分でないものとの合間で言葉を発見していくやり方、そのようにして自分で自分を掬い上げていく。その時に、短歌という器は、とても大事なものとしてあり続けると思っています。

水原　これからの短歌について大きな希望をいただける対談、本当にありがとうございました。

田中優子（たなか・ゆうこ）―1952年横浜市生まれ。法政大学名誉教授。前総長（二〇二一年三月退職）。女性で初めての六大学総長であった。法政大学大学院博士課程単位取得満期退学。『江戸の想像力』で芸術選奨文部大臣新人賞。『江戸百夢』で同文部科学大臣賞、サントリー学芸賞受賞。2005年、紫綬褒章。近著に『苦海・浄土・日本　石牟礼道子　もだえ髪の精神』（集英社新書）がある。

川野里子（かわの・さとこ）―1959年大分県生まれ。歌人。千葉大学大学院文学研究科修士課程修了、東京大学大学院総合文化研究科博士課程単位取得退学。歌誌「かりん」編集委員。二〇一〇年『王者の道』で第十五回若山牧水賞受賞。二〇一八年『硝子の島』で第十回小野市詩歌文学賞受賞。二〇一九年「Place to be」で第五十五回短歌研究賞受賞、二〇一九年『歓待』で第七十一回読売文学賞受賞。

作品十首

昼と夜と星

飯田彩乃

星座みな砕け散る日のすがしさよ海へと落ちて魚となりゆく

群れに飛ぶ椋鳥たちを上空から見下ろすように眺めていたり

歩くのは地への口づけにほかならず爪先立ちでゆく昼の道

夜に向かって目を伏せるときはいつだって薄手の毛布を被せるように

頭の中に1LDKの部屋があり時おりリビングのソファーで眠る

窓のそばのピアノを弾けば降りそそぐ光つぎつぎ編み込む両手

踊り子の倣いよやがて尽きるまでターンを繰り返してこの星は

シャンプー台に頭をあずけ雪原のなべて明るき顔面となる

昼からは夜が見えない夜がいくら頭上の星を振り回しても

いつかあなたの胸に浮かんだみずうみに映った月へ手を浸したい

いいだ・あやの——一九八四年生まれ。「未来」陸から海へ欄所属。第二十七回歌壇賞受賞。歌集『リヴァーサイド』(本阿弥書店)。

作品十首

月と女

飯田有子

月夜目覚め襁褓放って伸びをしてダンス靴履く舞姫エリス

たったいまダウンロードしたので歌えます人工知能の歌は明るし

AIロボ・ソフィアの笑みの広ごりていいえ人類が好きよ今は

月面に初めて降りたつ女飛行士月面初の嘔吐をせよ

うなずけば口から糸が身をめぐり覆われていくことにされる

敵に弓引くしぐさに似て傘ひらくふつうに女がやるしかない

しつけ糸切って解放してやればスカートもひとすじの糸も自由だ

抱かれて眼球はずむ標本に残らぬ部分ばかり愛される

南からの風で孕んで名はつけず子守唄と波で育てる星よ

ことばなく春の鋏に断つものをかあさんが鬼かあさんは鬼

いいだ・ありこ—一九六八年生まれ。「まひる野」、早稲田短歌会、「かばん」を経て現在無所属。歌集『林檎貫通式』を二〇二〇年復刊（書肆侃侃房）。

作品十首

リフレン、リフレン

井辻朱美

ざらざらとゆれあう地球の緑たちジャングルジムにたれかの懸垂

うつくしいものはなぜ半球をなすのだろう　かの世においてもMild und leise

風雨みだれ光はそそぐ満天の無意識をメゾソプラノがたどる

たまらない無心さに満ちて落ちてゆく音型　あなたは〈世界の宝〉

のびあがる指あるいは手鎖のような管楽にひとは巻かれてうたう

問答無用に空間をみたす芳香としてさいしょの音楽は生れたとおもう

リフレン、リフレン、かがやきやまぬ　魂を打ち鳴らしやまぬ打楽器の打擲

しんそこからのまぶしさに髪あおられてソプラノ立てり宇宙の懸崖

あしあとをほのおでつけるおんなのように宇宙とはただ重たさである

しぼをなす川面うつくし生命の凹凸をひろうほのおの管楽

いつじ・あけみ——一九五五年東京生。第二一回「短歌研究新人賞」受賞。「詩歌」をへて「かばん」発行人。歌集に『水晶散歩』『クラウド』など。

花・野原・魚の腹

井上法子

どうか世界が錆びぬようにとはなのはらさかなのはらまるまると膨れくゆれり

美園よりたまわる詩歌せめて目で語れるようにゆめうつつ喫（の）む

追い払ってもはらってもまたわるい蜘蛛すくう　轍を光らせてみて

とても痛かったのよ／顔の真ん中に銀（しろがね）のあざ／音もなく溶けるのね、　雪

白夜ほのかにきばみ曙光（オーロラ）の死……嫌でも日々は燃えのこるもの

結句五音の幸いや災いを解かせては駄目。　ましてまなこを

（その連なりがうただというの？）にんげんの砦はほんとうにつまらない

いまはまだ帰れぬ星のいたずらにぼたん雪ふる　季節はずれの

欲求に邪道はなくて森にある灯も海にある火も怖ろしいまま

瞑っても追われる夢の母の腕おねむり泰山木と化すまで

いのうえ・のりこ―一九九〇年生まれ。第五十六回短歌研究新人賞次席。無所属。著書に『永遠でないほうの火』（書肆侃侃房）。

紺の髪ごむ

今橋　愛

渡りろうかから

ながいこと雲みてなかったなあ　眩しい　まぶしい
とおい　近い　ながれる

高さでいうと地面から５ｍくらい。外壁のつばさのような。

校舎のおはしょりのようなその部分にひとつあり　紺いろの髪ごむ

いつかとりこわされる日がくるのなら
その日まで　きっとそこにあるらし

どうやってそこに来たのか知らねども
渡りろうかとおるたび　みつめる

子らがふざけて
ひとさしゆびにひっかけて
しゅっと放（はな）って　そこにきたのか

別段なんの変てつもないそのごむの
取ろうにも取りにいけないごむの

一ヶ月後に来たとき

おもいだし　ふと目をやると
もう、そこに　なかった。
須臾（しゅゆ）のま　こころにすきま

ふわあっと跳んだのか
おはしょりから地面までを
雨風にあおられ

よく見なければ
あのごむだとは　わからない
地面のうえで　じっとしている

雨風は九月に入ってもつづいて
髪ごむも雨に打たれておりぬ

いまはし・あい―一九七六年、大阪府生まれ。二〇〇九年より岡井隆に師事、「未来」[sai]「主婦と兼業」所属。歌集に『としごのおやこ』『O脚の膝』（新装版）。

作品十首

むらさきの海

梅内美華子

インドネシア・レンバタ島の伝統捕鯨の村ラマレラ。『くじらの子』（少年写真新聞社）より。

わだつみの神が養ふいろくづを呑みて吐き出す大くぢらの鼻

父の手にぼくの手交はり舟を生む椰子の葉の帆を焦がす朝焼け

「ぼくは風の音しかしないしずかな舟がすきだ」

一切を釘打たぬ舟　海神のふところは鋼のにほひに怒るか

たたかひは一つの死または二つの死モリを掲げて人は飛び込む

海中に逆立つくぢらを助けんと仲間は来たり魚雷のごとく

胸に手に祈りの息がこぼれ落つ　鯨のいのち尽きゆくときに

紫の水際はいのちの果ての色　鯨の血潮あふれやまぬを

舟を押す人へ　とどめを刺した人へ　鯨のたましひ分かち合ふなり

ともし火と巻きスカートの裾濡らす海に溶けにし亡者の波は

くぢら獲る南の島に祈りありむさぼる我らはむざんな芥

うめない・みかこ―一九七〇年生まれ。馬場あき子に師事、「かりん」編集委員。歌集『真珠層』他。角川短歌賞、短歌研究賞受賞。

作品十首

アップデート

江戸 雪

ふんだんに蜜をたらせる食パンに朝のひかりは棲みついている

さかさまのヤモリの黒眼のぞきこみ昨日の悩みのすっからかんよ

たおれそうバケツみたいな虚しさが躑躅のそばにたたずんでいて

Weはまたわたくしたちと訳された　わたしの中にわたしだけが立つ

紫陽花はベランダを枯れベランダに世をうらがえす秘密ただよう

眼がみんな吸い寄せられて近づけば光は空地の放心だった

山奥の傾りに百合を咲かすのだ運命をうらみそうになったら

ごめんねと言って花首を切り落とす日本はもうだめかもしれない

ケーブルをつないですぐに始まったアップデート／強制終了

詠いつつなんども殺し殺されてわがうたは喪章そのものとなる

えど・ゆき——一九六六年、大阪生まれ。歌集に『椿夜』『声を聞きたい』『空白』など。「西瓜」同人。中之島歌会。

作品十首

二人称

大口玲子

ガラス製浮き球灯り垂るる夜の水半球にわれはゐるのか

お湯させば香蘇散匂ひ立つ夜の気の滞りに雨は降るなり

六君子湯

つぎつぎに六人の君子現れてエーディト・シュタインその中のひとり

宮崎の中学校

男女混合名簿いまだ来ず男子すべて呼ばれたるのちの女子の呼名は

つつじ花にほえ娘子と口にしてわれと人麻呂の声が重なる

ミスター・スリム買はむか月曜日の朝を夫入院し子は家に居り

おもむろにベールをかぶり猛暑日の夕べ激しく預言すわれは

手術前にはづして入れた指輪ひかる織部の猪口の底の暗緑

たましひのサーフボードにわれをゆだね二人称にて神を呼びたり

「喝采」をマスクのうちに歌ひつつみづからの歌を恃まむとしき

おおぐち・りょうこ——一九六九年東京生まれ。宮崎市在住。「心の花」会員。歌集に『桜の木にのぼる人』『ザベリオ』『自由』など。

作品十首

花の企み

尾崎まゆみ

改札をぬける少女はてのひらを汚さぬやうにＩＣＯＣＡをそつと

てのひらは扉をひらき出入りするたびに違つた表情をもつ

水のふかみに火がもえてゐるやうな日は切子細工の花瓶に薔薇を

喰ふ触れるつないで生きるてのひらの本能などを描く『装飾樂句（カデンツァ）』

ゆれる手に形はあつてかげは百合二本の花をかかへて歩く

踊り場でダンスをしよう私たちあたたかな体温の点滅

美しい手の壊れかた人間の関節に丸い骨は選ばれ

散る花はゆるしてあげる死を語る夾竹桃の紅いくちびる

手紙にも声を持たせて届けたいたとへば初音ミクの呼ぶ声

ローソンの抜け殻の壁に白い板をなもみは闇をそだてはじめる

おざき・まゆみ──一九五五年生まれ、「玲瓏」。歌集に『明媚な闇』など六冊。他に『レダの靴を履いて』共著『塚本邦雄論集』など。

第三十四回短歌研究新人賞受賞。

篩

小原奈実

炎天をゆく鳥なくていづくにか警報止まぬごとくしづけし

地にかろく降る百日紅身を挽きてつね鮮しき色を差し出でよ

木箱ひとつ卓にひそけく目瞑れば身に入（はひ）りくる雨音の都市

みづからの顔をおほかた裂きながら青鷺は大き魚のみくだす

夕立ののち明るめるひとときを地は箔押しのごとく濡れてあり

たれか呼びて次第にかすれゆくこゑよこの夕映に幾年の経る

踏みはづすならばおのれを　くろがねの篩に揺らされて歩む世に

日のひかりひしめき立てり彼岸花のさしかはしたる爪のあはひを

目のあらき陽の散る道と見上ぐるに風に欠けゆく鈴懸の秋

波のごとく伽藍のごとく崩えゆかむ世は木犀の香の盛りなり

おばら・なみ—一九九一年生まれ。第五十六回角川短歌賞次席。東大本郷短歌会、同人誌「穀物」等に参加。

作品十首

シャドーロール

帷子つらね

A shadow roll is an attachment of a horse's bridle, which is commonly used for racehorses. It partly cut off their visions, and make them focus on what is in the front, rather than on the ground (such as shadows cast by themselves).

カーテンが僅かな凪を抱きこんで止まる　発話はなべて落城

執拗に意思を問われるネモフィラと銃創を取り違えたいのに

めをとじて（stay awake）情動はミントティーほど沸き立っていて

まず語義がひとに奉仕を強いられて掬えども掬えども溟海

愛称をたしかめあえば声は鞭、掠れるたびに風に近づく

車窓からまぶたの奥へ逞しい後軀さながら雲は逐われて

挫折は昏い驟雨にすぎず痩せぎすの左手にカンバスを裂かせる

ただ前を　擦り傷跡が透明な熱をもつこと　ただ前だけを

詩に恣意はいらないどうか筆跡にのって逃れてくれ暴れ馬

手拍子が火から炎へ煽っても自分の影を踏んでいくしか

かたびら・つらね――二〇〇〇年生。「塔」「早稲田短歌」所属。二〇二〇年「ハイドランジア」で第32回歌壇賞受賞。早稲田大学文化構想学部在学中。

作品十首

Aとa

川島結佳子

ミステリーの双子トリックを思い出す見分けのつかないAのねじaのねじ

私が嵌めるサイコガンの一つとしてねじを締めゆく電動ドライバー

次はどのねじ穴壊してしまうのか弧を描きつつ転がる螺子の

砂浜に埋められ放置された人もう外すこともできない螺子は

耐震偽装甚だしくあり吊り紐を取り付ける螺子はゆるゆるである

母親が見ている動画のひろゆきの声のみ響く深夜二時半

友達がひろゆき好きなら距離を置きたいけど母親は母親であり

ひろゆきの話をする母ひろゆきの口調になるわたし玄米茶飲む

ごみを出す時にはマスクをせず口に夏の日差しと秋の空気を

ウイルスも烏も光も通しゆくネット持ち上げごみを置きゆく

かわしま・ゆかこ―一九八六年、東京都生まれ。「かりん」所属。歌集『感傷ストーブ』(現代短歌新人賞、現代歌人協会賞)。

作品十首

サービスタイム

川谷ふじの

きみ曰くコロナは風邪で死は嘘で世界は泡のように膨らむ

恋の終わりつまりすべてのデータへのアクセス権の喪失のこと

本当のことが聞きたし　配信にコメント打って百年過ぎる

かなわない人とのデート描きつつ廃棄のケーキを食べて過ごした

ステージへ両手を伸ばし大好きなあなたに夢をみせてと迫る

変わり種のアイスを買ってたたずんで青春の模倣を君はする

中華屋でとうとつにシャツたくし上げ見せてくれるTシャツのカービィ

つなぐのもつながないのも恥ずかしくサンダルの素足が汗をかく

テーブルに置く部屋の鍵　レプリカにしか宿らないときめきだった

負かされてわらってみたい薄暗いベッドに映画の光が落ちる

かわたに・ふじの──二〇〇〇年生まれ。二〇一六年、加藤治郎選歌欄にて毎日歌壇賞を受賞。二〇一八年、短歌研究新人賞を受賞。

作品十首

変身

北山あさひ

サイダーのキャップを捻る瞬間に「元気だった？」と声がして　夏は

うん、元気。うん、テレビ局。他所（よそ）の家のりっぱな薔薇を胸に盗めり

恋をして遠くなりたるともだちの港まつりの綱引きを忘れず

トリミングサロンの窓にくっついて犬を見ているこどもたち　豆

〈ぼる塾〉のあんりの中に侍がいることわたしだけが知っている

ポプラ、全部滅茶苦茶にせよと願いたる日々もありけり生きているから

明日は、明日は、明日はスマイル　ちっぽけな棘のようなる岬も暮れる

可能性無限変身木曜日ムーンプリズムパワーメイクアップ！

「まあねー」とハルニレが言い、山が言い、夕焼け雲も言うから素敵

箔押しのオリオンは指をくすぐって恋をしてもしなくてもあなた

きたやま・あさひ――一九八三年生、「まひる野」、歌集『崖にて』（現代短歌社）。第七回現代短歌社賞、第27回日本歌人クラブ新人賞、第六十五回現代歌人協会賞。

十韻

小池純代

十韻の詩を以て汝等が謡謌に代へん『三教指帰』

心

おのづからとけてながるるうすら氷のこころごころの水のありかた

鍼

綿（わた）もがな箴言の鍼（はり）包む綿夜（よる）はすがらにもがなもがもな

林

空ほどに青き林をぬけてゆく流離（さすら）ふ雲の身にはあらねど

臨

あを海にのぞまざらめや一切は海にぞ生れて海に尽きなん

深

此の日々を知らぬ彼岸のちちははの無垢ほのぼのと深むなりけり

禽

言の葉の家のある森そこに棲む禽（とり）の羽根こそ言の羽（は）ならめ

沈

玻璃窓をしづしづ沈んでゆきしかな光もしくは翳のあとかた

音

たそかれからかはたれまでを凍らせて闇破（わ）るる音聞かな聞かばや

岑

ゆく日々のなみだしづくのうはずみを以（も）て淡墨（うすずみ）のやまみづの岑（みね）

簪

かんむりもかんざしも去り夜に日に死者は生者のだれよりも近し

こいけ・すみよ——一九五五年静岡県生まれ。歌集『雅族』『苔桃の酒』『梅園』。

作品十首

地に足を

佐伯紺

叫ぶ夢だったあなたに会いたさを声に全振りした棒立ちで

記念日をすぐに忘れておめでとうきのうより伸びている豆苗

あけくれる、って口にするとき早送りされるまぶたの裏の朝焼け

腕の長さのぶんしか腕を伸ばせないことを幾度も思い知って遠浅

ちょうどいいところに風邪がやってきてポカリと冷えピタを置いていく

人は慣れる生き物だから　舌を噛む　人は離れる生き物だから

隠し場所にされて困っている森に気負わなくてもいいという土

橋からは電車が見えて玉結びせずに縫いそこなった夜たち

抵抗よ　湯船の栓の役割を踵に担わせて減るお湯よ

歌は残ること　つよいつよいまぶしさに紛れるだろう手を振ったこと

さえき・こん——一九九二年生まれ。早稲田短歌会を経て、現在は「羽根と根」「遠泳」同人。二〇一四年に「あしたのこと」で第二十五回歌壇賞受賞。

Geschichte

榊原 紘

菩提樹の名を持つ路の夕暮れて靴は踊りに底を喪う

ゲーテ『ファウスト』第一部〈曇れる日〉
白濁のゼリーの中に桃遠く　Willst fliegen und bist vorm Schwindel nicht sicher?（飛んでみたいが眩暈が怖い？）

分かりたい　青く佇むその喉も声に掻きくずされていたって

氷雨降るなかで一際重くなる門を手と手を重ねて押せば

一生、と僕はあなたに言うけれどまだ見たことのない月の皺

このままでいられぬことの明るさのなかで玉座を毀してくれた

鬣を琴のようにも触りつつ少女が救う少女の話

連なったコットンパールが曇る日もあなたの声の銃座はあなた

海に向く部屋に系図はねむる　生き延びるかぎりは不埒に笑う

〈物語〉と〈歴史〉はドイツ語で同じ言葉

魂を言葉が舂(うすづ)くにしても鳶色のペン離さぬように

さかきばら・ひろ——一九九二年生まれ。第二回笹井宏之賞大賞、第三十一回歌壇賞次席。歌集『悪友』、『セーブデータ』。

作品十首

いつまであをい

笹原玉子

青い鳥いつまであをい　はじまりとをはりばかりがなぜか気になる

はじめがあればをはりもありますこんなにも空のこぼしたたくさんのあを

はじめからなかつたのですパズルのピースのそのひとつ天子の領分

鉛筆を削りはじめる、のこさずに削つてしまふ、春つてこれだ

四月よりも死者が饒舌うたびとを花のこぼるる淵へと誘ふ
朝桜夕桜夜桜あれど昼桜なし。西行のセヰ？
くちづけに眸をとぢるひとひらくひと　あゝ南国の花々の窓
無限とふ発見により存在は生まれ君がわたしの頬に触るる手
平方根のゆる十月これもまた野に放たれた抒情とおもへ
シーンとふ音のはうへと耳かたむけて。深雪は深雪の鼓動でくづれる

ささはら・たまこ―一九四八年生まれ、「玲瓏」所属。歌集に『南風紀行』『われらみな神話の住人』『偶然、この官能的な』、詩集に『この焼跡の、ユメの、県』。

作品十首

春の海まで

佐藤モニカ

子の描く列車の窓のおほきくて揺れてゆきたし春の海まで

ちぎれたる雲のふたたび重なるをひとり見てをり窓拭きながら

黄昏は人が哀しくなる時間怖れずゐよと子に言ひ聞かす

嘶ける馬の声聞く嘶きは空の彼方へ運ばれゆくも

月光はいづくまで染み渡るもの子は幾度も寝返りを打つ
この島に悲しきことの多すぎて晴れの日開く傘を見てをり
七年(ななとせ)を過ごしやうやく知ることにゴーヤーは薄く切るのが旨し
みんなみの真白き砂のこぼれゆくをさなの靴を傾けるとき
ほたほたと花を落としてゆくやうな四十代の後半を生く
夕焼けがわれらのうへに被さつてかつて愛でたる馬の色なり

さとう・もにか―一九七四年生。歌集に『夏の領域』(現代歌人協会賞・日本歌人クラブ新人賞)、詩集に『サントス港』(山之口貘賞)、『世界は朝の』(三好達治賞)。今年、第二歌集『白亜紀の風』と第三詩集『一本の樹木のように』を上梓。

はなばなに

佐藤弓生

白馬を少女瀆れて下りにけむ　西東三鬼

ああ馬の顔やさしくて病む人はいつか願うかヴァルハラの雪

百合鷗少年をさし出しにゆく　飯島晴子

蕺草の十字架（クルス）くるしくいただいてくらき野原はうなばらゆめむ

鬼の面はづしてみればあはあはとひかりあひつつうみに咲くはな　永井陽子

なにものにもあらず戸を押しあけるときほそく笛吹くように月光

樟（くす）がぼくに化けて歩いているときのぼくって雷雨目指していたり　渡辺松男

もう哺乳類をやめたいしんしんと草むらに胸ふとるむすめは

桜さくら指輪は指に飽きたでしょ　池田澄子

夜に溶けそうにしろねこしっぽから指輪が抜けてのこされて春

いもうとの香水をぬすんで襟にしましたただわけもなくうれしきなり　前川佐美雄

風はらむ布に身はこすられながら薔薇ひらく日をたまさか男

半透明青年から殖えひろがりて摩天楼都市あゆむ人びと　大滝和子

紫陽花の碧の下にも都ありさりさりと足うごくうからの

世のなべて少女とならばおそろしき少女のむかで、少女のみみず　水原紫苑

でもときに雨後の裏庭なつかしいわたしがほんの虫だったころ

くるうほど凪いで一枚のガラス　八上桐子

しんがりの気泡昇天そののちはどこまでも水平な朝です

旱天にひとりあそびの神ありてあなたも奇妙(queer)わたしも奇妙(queer)

さとう・ゆみお――一九六四年、石川県生まれ。「かばん」会員。二〇〇一年、角川短歌賞受賞。歌集『モーヴ色のあめふる』他。

作品十首

琴線

白川麒子

「鏡（Spiegelkanons）」は一つの樂譜を最初と最後から同時に演奏する音樂である

つきのひかりに震へる弦と「鏡」の譜　夢の體（からだ）は鎖のからだ

旋律は死の聖骸布滅ぶれど滅ぶれどなほうたひたまへな

遠きひかりにふるヴァイオリンをとめらは眞珠の如きねむりを睡（ねむ）る

睡眠の續編は死にあらざれど死の恍惚はあらがひがたし

慘劇ををとめら知らぬままであれ如何なる夜も恒星(Capella)は獨り

天秤の昏きところに星は觸れDies iræ(怒りの日)とぞたれかは唄ふ

恩寵は光と翳の憎みあひ　非情なる紡錘の音樂

深淵の顯(あらは)れあはれ魔の璽(しるし)　柘榴一粒闇に獻(ささ)げむ

時の隙間にすべりおちしか天の手より中心點不在の實(み)

月暈(げつうん)にひとみうつらず重力は翳と光に赦されたりき

しらかわ・きこ——二〇〇一年仙台市出身。「南極歌会」所属。十四歳のとき、国語の教科書に掲載されていた作品に魅了され、作歌をはじめる。

作品十首

花咲く乙女たち

菅原百合絵

その豊かな髪が流れの間に間にたゆたって、
ひとつの波をつくり出している、波打つベレニス。
（ミシュレ『海』）

晩夏(おそなつ)のノルマンディーに降り立ちぬ海風すでにつめたき夕を

海に向く窓に飛沫は光りをり白雨は波の音を消しつつ
（カブール）

この部屋に幾夜を徹(とほ)し書きけむと死にたる人をひたに恋ひゐき
（グランド・ホテル　Chambre 414 Proust）

苦しみて書きし人なり草稿に抹消線(ラユール)あまた傷のごとしも

砂浜（バルベック）にパラソルの色あふれしめ花咲く乙女の群れと会ひしか

愛しあふ少女（アルベルチーヌ、アンドレ、ジゼル）執念（しふね）く描かれてgomorrhéenes（ゴモラの女）と名づけられをり

水底に家並（オンフルール）みしづめて透きとほる午後の波止場に風はそよがず

娶りてもわれを領さぬ人とゐて潮風浴みぬ昏れゆくまでを

マドレーヌ紅茶に浸しいつまでも触れえぬあなたの心と思ふ

目瞑りて眠りの岸へ着くまでの息見とどけてわれも眠りぬ

すがわら・ゆりえ――一九九〇年東京生。「心の花」所属。パリ短歌クラブ・本郷短歌会元同人（現在いずれも解散）。二〇一七年よりリヨン在住。

作品十首

雨と白雷

高木佳子

とほきより薬を売りに来し男とほきを降りしくらき雨見す

青梅が箔に照るとき女そのほそき腕の水へ沈める

街上にみひらきてゐる水たまり薄日映して泣くこともせず

鉤をもて樹に食ひ込めるうつせみのあめいろあまく炎天へ展く

蓴菜はうつはにぬめりゐたりけりかくのごときかわが魂も

此処といふところに立ちて彼処なる葬りを見つ大き黒あきつ

斑猫の死のしづかなる　あふむけのみづからの死を標（しるべ）するなく

知らしむるための白雷あぢさゐの群れやまざりし毬へ閃く

雨覆ひに覆はれたりしをんならの声よ水芹（クレソン）繁茂しやまぬ

ではといふ言の葉出でたり右の手の書かざれば此の空間に消ゆ

たかぎ・よしこ――一九七二年生まれ。「潮音」選者。日本歌人クラブ新人賞、現代短歌新人賞受賞。歌集に『青雨記』『玄牝』など。

馬前に死す

田口綾子

「見殺（ころさる）」と記さるることはなきままに宛転たる娥眉馬前に死せり

（たまはれば死とは受け取るしかなくて白き絹布もしつとりとせり）

ひたひに咲く花ありしかどはなびらは散りて馬嵬の泥と交はる

傾国と呼ばれたれどもそのいのち傾けて地に流れ出でけり

寵愛がをみなをころすやはらかきはるさめにぬれそぼつごとくに

太液の芙蓉、未央の柳に喩へられ殺されながら死をゆるされず

雲よりも高く空よりも高く高く結ひ上げたかりけむその髪は

梨の花の一枝としてはなびらを（涙を）落とすのみに佇ちたり

かんざしをふたつ割くときわうごんはその指先のいかなるひかり

仙界にあらばその身のいちまいのつばさ、ひとつの眼をもて飛ばむ

たぐち・あやこ——一九八六年生まれ。「まひる野」所属。歌集に『かざぐるま』（短歌研究社）。第五一回短歌研究新人賞・第一九回現代短歌新人賞を受賞。

内線表

竹中優子

異動者がなかったことを「無傷」だと言い合う四月　小雨降り出す

内線表更新をして人数分配りゆく昼ありがとうと言われて

だから、そう、六千円になりますと診断書めぐる声は等しい

気配を消せば気配を消した人間に敏感なひとひとり振り向く

喉をシャワーで温めるのだと「ああ、もうすぐ夏やねえ」とただ言うための喉

喉も指もひざしのなかに年老いて佇んでいる電話交換手

月面と目薬ほどの距離を保ち働く日々にからだは慣れる

窓に映るバスを覗けば硝子の中に自分の鼻が重なり映る

いたわりが苛立ちに変わる感情の手をひらくごとひとつある海

給水塔を見上げてふいに立ち止まるあなたの耳たぶに血がついている

たけなか・ゆうこ――一九八二年生まれ。山口県出身、福岡市在住。二〇一五年未来短歌会入会、二〇一六年第六十二回角川短歌賞受賞。

作品十首

リノリウムの床を濡らす

立花 開

「春得セット！」貼られて無視をされている夏の白壁　青葉が撫でる

「昼寝がないと無理なんですよ」あえて「お」をつけない方が楽な相手に

それぞれに運なきものがコーヒーに落とす角砂糖ひとつの波紋

メレンゲも友情も溶ける予感して当たるまで珈琲に浮かべて待った

泣き止まぬあなたの頬のリノリウムたるつやめきや涙がくさい

リノリウムは涙のにおい　リノリウムは嘘つく呼気のにおい　リノリウムは

拭いとる行為の最中　頬だって誰かの床かもしれず白かり

日輪にやがて至らん輪廻から外れて燃えるしかないあなた

触れない間はみな敵であり、敵である星や凍空のしたに眠りぬ

あの死には冷感がありドアノブやあなたの耳の冷たさに似る

たちばな・はるき——一九九三年愛知県一宮市に生まれる。十七歳から短歌を始め、「一人、教室」で第五十七回角川短歌賞を受賞。二〇二一年九月に第一歌集『ひかりを渡る舟』刊行。

紐を引いて

田中槐

海老の殻がにほふキッチン生ゴミが生のまま腐ちてゆくキッチン

ボックスティシュの最後の一枚引き抜くときの軽さに似て、ひとり

「え、ずつと徳島にゐないんですか?」こたへようとして喉がつまる

ベランダのない部屋が翳るとたちまちにわたくしが暗くなります

内出血の膝に閉ぢこめられてゐる血液が派手なよそほひの秋

マスクで笑ふ　笑顔だとわかるやうに目尻に力こめて笑ふ

情緒不安定情緒不安定YouTubeに正しいスクワットのやり方

サーキュレーター鈍く唸つてゐる夜に「ご心配おかけして」のメール

紐を引いて消したり点けたりするあかり　眠りのはじめそして終りに

天井のあかりの点滅、交換までの手筈を考へ、眠る

たなか・えんじゅ――静岡生まれ。短歌は「未来」、俳句は「澤」に所属。歌集に『ギャザー』『退屈な器』『サンボリ酢ム』。現在徳島在住、「未来」選者。

作品十首

冒頭の杖

谷川由里子

心臓を動かすものは　蒸し暑い空気もきっと杖になりうる

後世にホタテの移動能力を語り継ぐため長生きしたい

羽二重餅をここにここにと導いて夏の枕元にそっと置く

宝石をみせてもらってソーダ水この世のおいしい飲める水色

ゆっくりと鳩を狙って生きかえる大きな交差点ならではの
一本も、虫歯がないの。わたしたち縞が自慢のメノウの念珠
眼球と夏の大雨　水草の根っこが水で腐るだなんて
朝靄が揺れながらくる　あなたって朝靄柄の傘ごとあるく
ちょっとした滝壺で寝るような夜よ、志は木の葉に包む
本筋じゃないほうのドア　ドアノブを握りなおすための濃い緑茶

たにがわ・ゆりこ——一九八二年、神奈川県生まれ。二〇〇五年ガルマン歌会の連絡係をはじめる。二〇二一年三月に歌集『サワーマッシュ』（左右社）を上梓。

作品十首

花降る

田宮智美

新人をパートが潰すと転職のたび同じ愚痴吐きおり友は

居座れる三人組のパート主婦が誰よりもえらい職種ありたり

一人ずつ痴漢に遭ったことあるか聞いてわたしを飛ばす女子会

電車降り電話で母に泣きつけば「あっそ」と母は言いき十五年前

寂しさとつまらなさとを揺れており帰りたい帰りたくないストロー

バス停と自宅の間の柳の下のベンチはいつもながめるばかり

ポケットの無いスカートを作る人はハンカチと鍵をどうしているの

履歴書の写真しかない二十代のわたしに生えていたのか脚は

くつしたの時にはちょうど良い靴がストッキングじゃ少しゆるいな

花びらがまぶたに落ちればいいのにと願い花降る道を歩いた

たみや・ともみ──一九八〇年生まれ。「塔」所属。歌集に『にず』。

作品十首

夏至を終え

塚田千束

脱ぎ捨てたシャツに私のたましいがうすく残って縮みゆく自我

もう二度と目覚めないかもしれぬ子と添い寝するとき良い魔女となる

背もたれも手すりもない椅子ひんやりと秋の空気をわずかに支え

クリーニング済みの白衣をかき分けて泳げなくとも息継ぎの真似

あらっても洗っても砂がこぼれだす子を産む前の吾を見失う

くるぶしの裡にも鼓動があることの　球根さらしたヒヤシンスたち

欄干の鳩はたがいに顔背け幸せを追いかければぬかるむ

想い出ににおいはいらぬ夏至を終え私の人生あとどのくらい

はやくはやく洞になりたいナナカマドそんなにほそい手足で立って

シュークリーム空っぽだからうれしくて（マタニティマークを裏返し）行く

つかだ・ちづか——一九八七年北海道生まれ。「まひる野会」、「ヘペレの会」所属。「窓も天命」三十首にて第六十四回短歌研究新人賞受賞。

作品十首

退路

道券はな

夏服でゆく川べりにじっとりと持ち重りする肉と臓器は

弔いの花も無いままにきびには白血球の死骸が眠る

捥ぎやすいすももへ向けるまなざしに晒されていた木漏れ日の下

炎天の路傍に亀が割れているわずかに濡れた肉をこぼして

教室に表情という陰影を帯びてひしめく鶏頭われら

抵抗のひとつもできず暗がりで折りたたまれているパイプ椅子

粒立ってくるものは何　自らをかたく閉ざした松かさを踏み

つま先を濡らして橋を渡るとき川に触れれば川になる雨

血を容れてこころを容れてこれ以上怖い　夕顔揺れている道

線香のうえをちいさな火は進む退路をしろく失いながら

どうけん・はな――一九九三年生まれ。未来短歌会。二〇二〇年第六十六回角川短歌賞受賞。

作品十首

存在しない音が聞こえる

戸田響子

うたた寝に落ちてゆくとき通る道アガパンサスがまっすぐに立つ

波打ち際のように静かにざわめいてコンコースからしみだす夏だ

シロノワールを前かがみになり頰ばってコメダ珈琲あか抜けている

アイデンティティオリジナリティうるさいよあんドーナツに穴はなかった

陸橋の上から見れば落下したわたしの影が何度も轢かれ

次々と書類が積まれうす暗い視界のはしで蝶が増えゆく

やわらかくランチパックの白い腹歯を突き立ててちくしょうと鳴く

会議のさなかふと思いだす今はもう存在しない引戸のきしみ

サンシャインKYORAKUが今日も地下街におりてゆく夜せきとめている

喧噪の抜け殻のよう菓子パンの袋がゆれる最終列車

とだ・きょうこ――一九八一年、名古屋市生まれ。未来短歌会・歌人集団かばんの会に所属。短歌研究新人賞次席。第一歌集『煮汁』が発売中。

作品十首

ゆうがたの風

富田睦子

わたしたち鳥よりさかな殻もたぬ卵を毎月生みて棄てゆき

まんまるい西瓜おもたき手のひらへ落とせ落とせと声は囁く

購える次の日は雨ひとひふり日日草の散る花みっつ

音たてず咲きたる花の散るときをかすか音たつまだ湿りつつ

一日に百回ほめて育てたる娘のスニーカー8インチなり

正しさがタイムラインを埋め尽くし責められており主婦なるわれは

消去法で生きるも愉し金曜の冷蔵庫のなかみっちり詰めて

肉を得て人格を得てすんと立ちバスに乗りゆく今朝もむすめは

親も国も棄てて生きよと船に乗せ船とおざかる　哭いて目覚める

忘れんと窓閉めるときいきおいを増して入りくるゆうがたの風

とみた・むつこ――一九七三年愛知県生。「まひる野」編集委員。ロクロクの会所属。歌集『さやの響き』（現代短歌新人賞）、『風と雲雀』。

作品十首

残火

鳥居

繰り返し鏡の顔を見ていると春の空き家に朝顔が咲く

生前の記憶の如きあかるさの小ぶりの雨の中を出てゆく

手を振ればそれが別れになる世界ことばにならぬ去り際のため

晒されて風に冷えゆく夜の線路　海の向こうの闇へつづけり

耳底に霧の音澄むあけがたを療養中のきみも聞きしか

信号の点滅を受信した波がとまるようにと君に告げたり

声殺し（じゃんけんぽん）と差し出せばそのまま腕攫われるゆめ

否定せず立てるだろうか　葬式に貰いし塩を鞄に探す

交差点渡りはじめるそれぞれの孤独を匿いゆく傘の群れ

中心を射られるごとき向日葵は夏の盛りにうつむきて咲く

とりい――『キリンの子』で現代歌人協会賞。『1／6の群像』で文化庁芸術祭賞（ラジオ部門）。舞台『真夜中の鉄腕アトム』脚本・出演。セーラー服姿の活動家として『多様な教育機会確保法』成立等に携わった。

作品十首

うすめる

永田紅

苦手若手岩手は字面が似ているな疲れているのは眼か夕暮れか

もはや若手ではない　それは分かっているけれどキャンパスは齢を薄めてしまう

ナナエタといつも呼んでるエタノール品薄ののち世にあふれたり

70％に水でうすめて吹きつけるそれが言葉でも沁みるだろうか

十三年乗りたるデミオの擦り傷に七歳の子は蓬を塗りぬ
まだどこかで元気にやっているものと子は信じいる銀の自動車
寝るときの蛙の声が好きと言い蛙を聞きつつ子は眠りたり
面接はZoomの画面共有でマウスでポインター動かしにけり
質問の時間になりてようやくに顔は大きく映されにけり
中堅と中年は似て非なるもの道の両側茅花あふれて

ながた・こう——一九七五年、滋賀県生まれ。「塔」短歌会編集委員。歌集に『日輪』、『春の顕微鏡』など。現代歌人協会賞等受賞。

作品十首

二盃口（リャンペイコー）

野口あや子

雀卓で書いています、ではじまれる目配せしたたかなれる恋文

To play To study のそろそろと指を伸ばせり冷たき牌に

筒子を君は並べてわれに言いつのる嵌張（カンチャン）待ちのせつなきときを

イーソウを捨てるみたいに心臓ははばたいてはばたいてくちづけ

立直ならとっくにしている仲なのに自摸で上がってしまったようだ

口ぶり手つきどれも信用ならないから一筒（イーピン）の花は君に打ちたし

カンが好き、すぐにでも囀りたいよ、またと言われてまた囀れり

囀りは三福露（サンフーロ）まで逃げ道がないほどに指にさらわれていて

二盃口（リャンペイコー）みたいにきれいにあわさってのぼっていけるようなあけぼの

跳満ですべてさらったつもりでもさらえきれない　牌を崩して

のぐち・あやこ――一九八七年生。「未来」所属。『くびすじの欠片』にて現代歌人協会賞受賞。ほか歌集に『夏にふれる』『眠れる海』など。

作品十首

そらみみ

花山周子

そらみみでお母さんの声が聞こえるのと入学した頃、子が言っていた

日の差して頭の上の境界に青空とは別の空間がある

アメリカ合衆国国歌を口笛に吹く栄光は口笛で吹くととてもかなしい

「微香」と書かれた薔薇ばかりある薔薇園の薔薇嗅ぎめぐる犬のごとくに

遠くのご飯思いつつ生きていることの歩くときにも遠くのご飯

生きる自信失いながら生きていることに嫌気が全身にさす

あの家をどうやって立て直そうと言えば　最初からくずれていたよと子が言う

われに対して決して他人でなきわれがいること重く座布団の上

頑丈な建物の中で飲み物をこぼしてしまうこれはなんなの

つやつやの黒い頭がこの六畳間にプラネタリウムのようにあること

はなやま・しゅうこ――一九八〇年東京生まれ。千葉県で育つ。歌集に『屋上の人屋上の鳥』、『風とマルス』、『林立』。現在、塔短歌会会員、「外出」同人。

作品十首

アンチ・アンチ・クライスト

初谷むい

ほどき方がわからずそのままにしておいた　ちがう、わからなくなるように結んだの

聴力を捧げます声を捧げます　マッチングアプリで出会った神様が笑う

寝る前に今日を濾してうれしかったことを取り出して　ね、ほんとうだった?

恋の悪魔がやってきました　赤いばら青いばら虹のばら、赤いばら青いばら虹のばら

たのしい片思い（ひかってみえる・こといがい・なんの・いみが・あるの？）

よく知って、もっと嫌いや好きになるよ　感情に捧げる価値があるうちに

ほんとうの心は今ここにしかない　今ここにあなたのことばが転がっている

どこまでも歩きたかった　うーん　どこまでもここに居たかった　うん　ごめんね

雨が肌を駆ける　ながいながいイントロのあとであたしが次の神様になる

完ぺきなやさしさが見たかった　まねをして、次こそは救ってあげたいな

はつたに・むい――一九九六年生まれ。札幌市在住。二〇一八年、第一歌集『花は泡、そこにいたって会いたいよ』（書肆侃侃房）を刊行。

その後の僕ら

早坂 類

僕と君と私とあなたそれぞれの時の彼方のチェンバロの音

天上から歌を投げられあおぎみる　鳥ははるばる旅をしている

あのようにあの土地はまだ生きている　そして三月、世界はうたう

見捨てられた数多の本の弔いを。巻きもどってゆく景色数々。

古ぼけた住処を壊す計画を終えて未来の椅子をいくつか

土を掘る爪の汚れのおもしろさ　あかるい春の草を引き抜く

詩人、一人、更けゆく細い三日月の光の沙子踏みつつ遊ぶ

境界を洗う波が来て去るまた来ては去る　あまねく昏い命の水辺

破れある声で唄えば破れから夜が吹き込むように唄えば

水源のうた汲みにゆこうそら色のガラスの器抱えてゆこう

はやさか・るい――短歌研究新人賞次席、ユリイカの新人。歌集『風の吹く日にベランダにいる』小説『睡蓮』他。RANGAI文庫編集。

夏の嘘

林あまり

好きなバラの品種でさえも
誰かしらの好みに合わせて生きてきました

仮面ライダー女怪人バラランガ
確かにモダンローズの風情が

ジュリエットは賢い女性
バラの名前ロミオの名前バルコニーにて

ルドゥーテは棘をしつこく描いている
細い棘、太い棘、輝く棘

ここからは私の話というように
「カルメン」一輪くっきりと立つ
「オフィーリア」の枝変わりで「マダムバタフライ」って
名付けた奴は何考えて
濁点はやっぱりトゲのつもりだろうか
ばら、ぼけ、あざみ、さぼてん、じぶん
降参のような白バラ
天井くらいの高さの茂みにひとつだけ
抱きしめることはできない棘までも
別れてしまった誰かや誰か
流れなきゃ　立ち止まっているわたしにも
つるばらたちはいちばんやさしい

はやし・あまり——一九六三年生まれ。前田透に師事、「鳩よ!」でデビュー。歌集『ベッドサイド』、作詞「夜桜お七」ほか。

作品十首

夜が明ける前に

松村由利子

ロバの耳切り落としたき夏至の夜かがり火焚いて天まで焦がせ

遠い昔お針子だった頃のよう見たことは皆なかったことに

日常は日常であり水色のわたしが死なぬように欺く

串刺しのフリーダ・カーロ流れ出る濃き絵の具もて描く燔祭

多分もう二度と行かない動物園逆光の中キリンは歩む

しなやかなからだ支えていたことの鳥の骨格けものの骨格

灯台を見失ったらさようなら書架に埃が降り積もりゆく

隔離とは海に囲まれ暮らすことかつて療養所もそうだった

夜が明ける前に発ちますサーカスが始まればもうおしまいだから

いつか帰る水辺に憩う鳥の声　森の真中にしんと立つとき

まつむら・ゆりこ――一九六〇年生まれ。「かりん」同人。歌集に『大女伝説』『光のアラベスク』、歌書に『与謝野晶子』など。

作品十首

霧と空港

松本典子

ブルーグレイの硝子でできたイヤリング外せば海はもう秋のいろ

飛び立てぬつばさで誰もつぎの風を待つてゐる気がする空港に来て

はおつてゐたシャツ脱ぎ捨てて発つやうに空港ピアノに放つメロディー

カブール国際空港

しがみついた米機から墜つサッカーを続けたかつた十六歳のゆめも

「せめて」と高く突き上げられて壁越しに米兵がピックアップする赤ん坊

おまへの名も誕生日もだれが父母かとも告げられず訣(わか)れつ砂塵に呑まれ

風を浴びこぼれる巻き毛いま国を捨てる母の青いブルカの腕から

触ってはいけない誰のてのひらにも髪にも消毒してもこころにも

ストーブの薪はしづかに爆(は)ぜてゐて霧の夜は話しかけたくてあなたに

秋のさやかな滑走路見ゆ　ガラスペンの尖(さき)を便せんから離すとき

まつもと・のりこ——一九七〇年、千葉県生まれ。「かりん」選者。歌集『裸眼で触れる』ほか。第四十六回角川短歌賞、第四回現代短歌新人賞受賞。

作品十首

真夜中の偏食家たち

睦月 都

アルカリの匂ひたちたる夜のスープ啜りつつ想ふ土星の重力

食べることで埋める穴　いつか読みしフランスの田舎の墓掘りの民話

女が政治の話などするなとわれに怒鳴りし人かつてあり　石の食卓

人間のからだのなかで爪だけが作りものめいてうつくしいこと

寝込んでゐて見逃した皆既月蝕のひと口食べて残す麦粥

テレヴィジョンのうるむ光の前にゐて笑へばみるみる酸化する舌

紫陽花が自重に耐へて咲くさまを思へりトイレで嘔吐しながら

二の腕のつめたさが夏の予兆なり猫抱きよせてふたたび眠る

アイロンが熱くなるのを待つ時間を瞑目せり　冷たい光

生きてまた百年先のデニーズで季節の鉱石のミニパルフェを

むつき・みやこ——一九九一年東京生まれ、「かばん」所属。第六十三回角川短歌賞受賞。詩歌の一箱書店＆ＷＥＢ「うたとポルスカ」を運営。

作品十首

狼煙

盛田志保子

わが裡に棲む引きこもり知っているどんな言葉も燃えて届かず

人おそれ何もうつさぬ目のうつろ布団に入るまでが忍法

梅雨空のどんよりとして二の腕のあたりに戦ぐ北野映画は

撃ち合いのシーンわが身を守るべきわが身でさえもないということ

暴力に躍る心を薄暗い映画館に残して帰る

人の夢の話はつまらないという説を大切にしていこう人間

梅雨入りのニュースが巡る店内に俺は認めないと告げる声あり

海をおもう重力のこと浮力のこと紫外線のこと食欲のこと

首まげて花火を見ればからくりがひっくりかえりこぼれる命

どの夜もふくまれている今日の夜記憶は狼煙火事ではなくて

もりた・しほこ——一九七七年生まれ。未来短歌会所属。二〇二〇年書肆侃侃房より、二〇〇三年刊の第一歌集『木曜日』復刊。

作品十首

くわうこん

柳澤美晴

救急車はしる街路をみおろせりゆふぐれ無神論者のカラス

接種痕あらぬかひなを陽にさらす（恐れるな）だれもかれもこはれかけ

いま死なば遺品とならむiPhoneに煉獄杏寿郎はほほゑむ

あなたのころゑあてて探偵小説の謎解き部分を読めり「動機は」

洋風肉汁（スウプ）中華風湯（スープ）ふつふつと皿にくわうこんの光みたせり

食べて寝て食べるわたしをつつむため丸裸になる羊がどこかに

シャーデンフロイデ新種の薔薇のやうなれど咲（わら）ふところを視られては駄目

秋の夜の推理合戦ウイルスは夜行性かどうかこたへよ

タリバンも愛する銀のＴＯＹＯＴＡ車に占拠されイオンモール華やぐ

英領のお紅茶用意してをりますいのちを使ひ果たしたら来て

やなぎさわ・みはる――一九七八年北海道旭川市生まれ。第十九回歌壇賞受賞。第一歌集『一匙の海』で第二十六回北海道新聞短歌賞、第十二回現代短歌新人賞、第五十六回現代歌人協会賞受賞。現在、北海道新聞「日曜文芸」短歌欄選者。

作品十首

甘夏

山木礼子

ながながと咲くやまぼふし雨だれに柔いひたひを濡らされながら

まだ眠らないといふ子を声ひくく怒鳴りたる日にのどを痛める

文を読む時間の金（きん）を差しだせば労働が来る金のトレーに

この式は正しいでなく危ないの意として記される赤い丸

善人でありたいばかり　祈るやうに机に向いて箸を割りたり

スリープに入りし画面を膝のうへ揺り起こしては働くよ、まだ

もういいよだれも返事をしないならメロンひとりで食べてしまふよ

現実の朝　自転車の傍に立ちサドルを拭いたぼろ雑巾で

校庭で暗くなるまで空気入れ押したから　まだ膨らんでゐる

自由服されど体は着たままで晴れた空から甘夏が降る

やまき・れいこ――一九八七年生まれ。未来短歌会所属。第五十六回短歌研究新人賞。二〇二一年、第一歌集『太陽の横』を上梓。

メルヘンと慰霊塔

山崎聡子

わたしは、グリム童話を象った時計台と慰霊塔のある町で育った。

火の舌に焼き尽くされたのは名前　継母（はは）と美しい娘の名前

兵だった祖父が言ってた独り言がこだましていつだって眠いからだよ

走ることができなくなった後のため忠魂碑（チュウコンヒー）に菜の花を置く

見限ってほしい血のような黒檀のような心の果ての原野で

八月に祖父たちの目は暗くって日陰に踏んだほそいほそい蛇

沈黙がわたしを濡らす夏の日のラジオは死んだ人の名前を

見染められ見染めてあなたの口のなか黒光りする舌を見せてよ

灰まみれ　私が開いて閉じていた童話のなかに足を喪う

娘という苦しい時間を与えつつ与えられつつ菖蒲が匂う

もう美しくないこと互いに言いながら野茨、　つぐみ、　鹿になった兄

やまざき・さとこ——一九八二年生まれ。pool、「未来」短歌会所属。歌集『手のひらの花火』（短歌研究社）、『青い舌』（書肆侃侃房）。

作品十首

宇宙一の宝

雪舟えま

この夏に三十回は食べただろうサンドイッチいやサンジュウドイッチ

指で作ったマルにおまえを見ているよ小さいね宇宙一の宝は

この家で子ども返りをやり尽くせ星へゆくなら軽くあらねば

サマーサラダ作ってきみを人質にまだまだ夏に立てこもるのだ

「質のいいショーツでだいじに包もう。尻はワレモノだから」「了解」

「うまい。なんこれ。うまいこれ。すごくない？　俺なに食べてんだろう」「ジャムパン」

竪琴を奏でるごとし立て膝のすねもおまえがぽりぽり掻けば

糸唐辛子(シルゴチュ)のめでたさ君の諦めのわるさどっちも抱えて秋へ

おれとここで人間になろう、なってくれ　月はいま一生ものの鍋

一生の願いを聞いて君はただダイオウイカの流し目をする

ゆきふね・えま――一九七四年札幌市生まれ。作家、歌人。著書に歌集『たんぽるぽる』『はーはー姫が彼女の王子たちに出逢うまで』、小説『緑と楯　ハイスクール・デイズ』他多数。

層

横山未来子

霧雨の朝(あした)の花にしじみ蝶のうごかずをれば長く気づかず

雄花は黄、雌花はあはきみどりなる苦瓜の蕊しりて夏終ふ

みづからに葉をまきつけて籠りゐるほそき青虫はわれにみつかりぬ

色素にはもうひかりなく道の端の豹紋蝶の片翅うすし

緩衝材はづして梨をあらふ掌(て)を下へ下へと押すちからあり

桔梗(きちかう)のつぼみのうちの空気冷え旅を約せしゆめよりかへる

たたまれたる地図をひろぐる手を見ゐてのこりたり硬き紙擦るる音

吾亦紅ゆるれば草に影のゆれひとりひとつらなりの骨持つ

秒針のごとくに日なか啼く虫の姿を知らずちかく聴きをり

食みをへし果実の種を土に埋む貝づかの層をなしゆくごとく

よこやま・みきこ——一九七二年生まれ。第三十九回短歌研究新人賞、第四回葛原妙子賞、第八回佐藤佐太郎短歌賞受賞。「心の花」選者。著書に『水をひらく手』『花の線画』『金の雨』『午後の蝶』『とく来りませ』など。

長恨歌　詩・白楽天「長恨歌」より

歌・紀野 恵

驪宮高處入青雲（たかきみや居はくものうへ）　仙樂風飄處處聞（たへなるしらべかぜに散る）

玉環

うつくしい日がうつくしいものが好きわたくしこそが判断基準

隆基（武則天の孫）

世の中の美はすべからく我のものお祖母さまとてさう言うてゐた

大周を大唐とせし我が手には血に浸されてなほ残る玉（ギョク）

玉環

うつくしいと言はるるそれは自らが判断されてゐるつてことで

この湯舟観光客が押し寄せて取り囲む日がきつと来るでせう

〈恩澤〉つてわたくしこそが恩澤で〈寵愛〉つてそりや一方的で

音楽が好き未だ見ぬ国国の調べ奏でて（没見（まだみず）？・絶不見（ゆめみず）？）

隆基

お祖母さまは真白き鶴に乗るやうな若きをのこご愛でたまひけり

お祖母さまは芙蓉（はな）のかんばせ蛾眉蟬鬢そのうへどうも賢帝だつた

玉環
お祖母さまと比べゐるらむわたくしに考へなんど無いといふかほで
うつくしい踊りが上手声が良い皇帝陛下あなたもさうだ、が
ゆらゆらと黄金縁どるわが貌に憂ひの翳があつてはならぬ
隆基
高楼を高楼のまま保つため宴無き夜があつてはならぬ
玉環（安禄山に）
旋舞してこの世の空気掻き雑ぜてやらむよ（おまへを雑胡だなんて）
養子とす我ら夫婦を父母と呼ぶ言葉ひとすぢほんたうのやう

萋萋と時満ちたれば迷ひなく父母に背けよ　大き耳に呟く

花鈿委地無人收（はなのかんざし地に落ちて）　翠翹金雀玉搔頭（たまのかざりも如何にせん）

隆基

音楽が変はつた地上の轟きが高楼を揺り始めた　風が

騎馬の群れに未だ見ぬ蜀へ連れられて行くか（没見（まだみず）？絶不見（ゆめみず）？）蜀は

玉環

贅沢が敵だつてこの贅沢は賜りしもの我が物に非ず

隆基

流されて行くやうで行かず雖不逝（すいはゆかず）ああああ汝を奈何せん、とか？

玉環

玲瓏（りんろん）と異国の鐘が響きゐるるみづうみの底の　街に　降りたい

贅沢の象徴である髪飾りがゆらゆら落つる（落ちてゐるのだらう）

宦官に殺さるる（せめてあなたせめてあなた）見るべきだらう扉開いて

光無く日の色薄しわたくしがゐないこの世は滅んでしまへ

空きつ腹に声挙ぐひとりをみなごを縊り殺してなほも皇軍

悠悠生死別經年（世をへだてたるいくとせか）　魂魄不曽來入夢（たましひさへもゆめに来ず）

隆基

皇帝と妃を夫婦なんて呼び我ら自らを欺く小舟

恋しさがあると思うて思ひ込み残んの夜を月よさ渡れ

侍女

泥の中の金銀翠玉秋の夜のみづなめらかに清めまゐらす

玉環

馬嵬とふ土地の名我が名留められ東夷観光バスを連らね来

隆基

頂は越えたのだ皆年老いて螢の火でも喰つていくのだ

玉環

なめらかの膚（はだへ）朽ちたり泥土には養分として沁みていく夜夜

隆基

愛恋といふ言葉さへ持たざらむこの民族の王たりしかな

色といひ情といふあまりうつくしくない恋とふ文字を書く否やはり

「えいゑんを信じたまふか」「もはや彼女(かれ)を思ふより他に為すべきも無し」

高力士かたはらにあり殺めよと進言をせし唇(くち)もゆるびて

憎かつたのだらう　李氏の大詩人楊氏の妃日日楽しめば

玉環

さう楽しんでゐただけひとり生きられぬゆゑ其処にゐて皆と楽しんで

風吹仙袂飄飄擧(この世のほかのかぜに舞ふ)　猶似霓裳羽衣舞(むかしのごときたもとにて)

孫娘

もうひとつ世があるなんて蓮の花隙間なく咲く世があるなんて

おぢいさま午睡の夢に霓裳の曲を歌うて唇もゆるびて

詐欺師来たりちと蓬萊に行くと言ふ（おぢいさまのけふが霑ふならば）

隆基

見しやうに美貌を語るこのをとこ詩人の成れの果てかも知れぬ

玉環

馬嵬にも泥より外に萋萋と覃ぶるがありきわが視野の端

うつくしいと言ふなわが髪、髪飾り、袂　疾つくに朽ちたるものを

覃び及ぶ力に絡め取らるるはをみなのみかはいま知りたまへ

恩愛はうへから降つてくる雨の避けやうも無くはや止みたまへ

茘枝だつてわが手に捥がむ音楽と舞踏があつて自由があつて

雲の上で（別の世までも追つてくるをとこがあるでせうか）うたたね

情が無い蓮の花には情が無いこゑもかたちも忘れてゆくよ

かんざしをふたつに割つてこれでもう真にさよなら　天上／人間（じんかん）

天長地久有時盡（ときさへ尽くるときあらむ）　此恨綿綿無盡期（ただこのおもひ尽きざらむ）

恨（おもひ）とは　別（べち）の一生（ひとよ）を吹く風に私が吊す朝の風鈴

きの・めぐみ――高校生の頃より短歌を作り始める。歌集『さやと戦げる玉の緒の』、『土左日記殺人事件』、『白猫倶楽部』など。「七曜」代表「未来」選者。

座談会

「現代短歌史と私たち」

穂村 弘（コーディネート）／大森静佳／川野里子／永井 祐／東 直子／水原紫苑

テーマ①参加者はそれぞれ、だれに影響を受けて今があるか。
→それぞれの立ち位置（現在位置）について。

テーマ②「現在位置」を遡っていくと歴史はどう見えるか。
→「『現代短歌』は塚本邦雄から始まった」になるのか。

テーマ③「塚本・岡井・寺山」だけでは語りきれないこと。
→「女人短歌」「釈 迢空」「葛原妙子」「塚本邦雄」「山中智恵子」

テーマ④短歌の現在の状況、未来観。
→歴史の流れをあらためて再考する

自分は、だれに影響を受けて、いまがあるのか

水原　「短歌研究」八月号で、水原紫苑責任編集として「女性が作る短歌研究」という200ページの特集をやらせていただきました。作りながら、歴史の「縦線」がすこし欠けていたなという感じがしていたんです。近代、戦後、そして葛原妙子や山中智恵子を含めた大きな意味の前衛があって、また東直子さんたちとパネルディスカッションしたように大きな意味のニューウエーブがあって、今があるという、現在に至る道筋と、自分たちの位置を考えてみたいと思いました。また、将来への展望みたいなものをお話しできたらいいなと思って、穂村弘さんのお力を借りて、皆さんにこの場に集まっていただくことになりました。

穂村　今日はオンライン形式で六人いますから、「討議」をするというより、まずは自分が語りたいところを熱く語ってもらえればよいのではと思います。水原さんと編集部からのテーマとして四項目が挙がっていますが（前ページ）、それぞれ自由に捉えてお話しください。

最初は、テーマの一項目、「だれに影響を受けていま自分があるか」という話を少ししましょうか。皆さんには、自分が語りたいと思う五首と、自作を一首、挙げていただきました。大森さんから、どうですか。

大森　私が短歌を本格的に始めたのが二〇〇九年で、すでに山中智恵子も塚本邦雄も亡くなっていました。「塔短歌会」とか「京大短歌会」とか、いろんな場で歌を作りながら、誰に一番憧れを持って影響を受けたかというと、山中智恵子と河野裕子ということになります。客観的に見ると全く正反対のように思える二人の歌人です。山中智恵子の、「意味」とか「わたし」というものが空に向かって拡散されるような抽象性と、河野裕子の、口調とか感覚、体感の生々しさとを、両方いいなと思い、引き裂かれるような感じもありながら、やってきました。山中智恵子のラインで永井陽子さん、水原紫苑さん、東直子さんなど、河野裕子のラインでは大口玲子さんとか、あとやはり「塔」の歌人、とくに吉川宏志さんにも影響を受けて詠んできたかなと感じています。

穂村　二〇〇九年って僕らからすると、かなり最近なので、驚きですね（笑）。短歌を始めたときに誰が生きていたかとか、誰と話したかとかいう体験や実感も人によって違うのは、当然ですね。

大森　塚本、葛原は、高校の教科書で読んでいました。

穂村　御本人を知っているかと、塚本さんなんかはだいぶ印象が変わると思います。

川野　私は、歌を始めて一番最初に書いた評論が葛原妙子についてなんです（「現代短歌雁」創刊号一九八七年）。このこと、すっかり忘れていたので自分はこんなに最初から葛原妙子だったんだと驚いています。一方で「かりん」にいるので、身近に馬場あき子がいますし、その向こうに山中智恵子が見えていました。その二つのラインをを並行して読んできた感じです。馬場あき子や山中智恵子を通して、言葉は時間を表現できるというのが非常に大きな驚きでした。それも古代とか途方もない時間を抱くことができる。葛原の人間存在

を深く捉える方向と、馬場、山中的な人間の時間を抱える方向、このふたつの方向性を短歌の原型みたいに感じてきました。

永井　私は短歌を始めたのは二〇〇〇年ぐらいです。最近いろんなところで言っていますけど、初めは穂村弘さんから短歌に入りました。学生の頃は水原さんに歌を見てもらったり、東さんの歌を読んだりしていました。葛原妙子についても、最初は穂村さんとか水原さんを通して、という感じでした。「歌葉新人賞」に応募したり、いわゆる歌壇とちょっと違うところにある、インターネットに広がっている口語短歌が中心のサークルみたいなもの、今ちょっと見えづらくなっているような気がするんですけど、基本的にそこの人たちの言葉を聞いて育ったという感じがします。そこにあった文体を、換骨奪胎というか、自分なりに改造したりテーマを入れ替えたりしながら自分の歌を作っていった気がします。その後、同世代の人と歌会を繰り返したり、斉藤斎藤さんとかと同人誌をやらせてもらったりして、また別の価値観を探していった。その過程で花山多佳子さんや大辻隆弘さんに興味を持ってもらったり声をかけてもらったりして、自分の歌にまた別の文脈を見つけていったように思います。

穂村　葛原を最初に読んだときは、どんな印象でしたか？

永井　塚本邦雄さんより全然読みやすかったし、わかるなという感じが初めからありました。

穂村　「すげえ」みたいにならなかった?

永井　「すげえ」みたいになりましたけど。

穂村　あまりそういう感じが伝わってこないんだけど（笑）。

永井　（笑）。話がもどりますけど、若い頃に見た穂村さんとか水原さんは、過去のものに習いなさいとは絶対に言わなかったですよね。君たちは新しい歌を作れというメッセージがすごく強かったと、いまあらためて思います。短歌は歴史の長いジャンルだけど、とにかく過去はゼロだと思って作っていいよ、新しい歌を作らなきゃだめだよという、そういうメッセージが遺伝子レベルで自分に入っているという気がします。

「テーマにしたい五首と、自作一首」　**大森静佳・選**

剪毛(せんまう)されし羊らわれの淋しさの深みに一匹づつ降りてくる
中城ふみ子『乳房喪失』

糸杉がめらめらと宙に攀づる繪をさびしくこころあへぐ日に見き
葛原妙子『飛行』

石巣(いはす)より石巣にとびて鳥首(とりくび)の重かりきわが狂(たぶ)心る自由
山中智恵子『みずかありなむ』

一のわれ死ぬとき万のわれが死に大むかしからあうろこ雲
渡辺松男『泡宇宙の蛙』

女の子を裏返したら草原で草原がつながっていればいいのに
平岡直子「外出」創刊号

ああ斧のようにあなたを抱きたいよ　夕焼け、盲、ひかりを掻いて
大森静佳『カミーユ』

葛原・山中の再評価は、どのような影響をもたらすか

東　一九九一年から、雑誌の林あまりさんの投稿欄に短歌を投稿し始めました。同じ頃、加藤治郎さんと知り合う機会があって、加藤さんが若手歌人を集めて開いていた「SUNの会」で、穂村さん、水原さんにお会いしました。結社の「未来」に入り、二年後に「かばん」にも入りました。「未来」の岡井隆さんの周りに集まる人たちの影響が、自分には一番強いかなという気がしています。

ちょうど小池純代さんの歌集が出た頃で、すごく面白いと思いました。今日は、永井陽子さんの歌も挙げましたけど、初期の頃はこの二人の歌集をよく読んでいました。「未来」では近藤芳美さんの選歌欄の人たちは境涯詠的なものとか社会詠みたいなものを多く作っていたんですが、わたしはどちらかというと、岡井さんの、中でも言葉遊び的なものを楽しむ部分に強く惹かれて。

ニューウエーブの口語短歌が話題になっていた時代でしたが、自分は最初から口語で作ろうと意気込んだのではなく、自然に口語短歌を作るようになって、言葉遊び的な部分と口語で作る面白さを自分の中で楽しんでいました。

岡井さんをはじめ、言葉の使い方やイメージの表出方法が、前衛歌人の短歌は本当に面白くて影響を受けたのですが、なかでも自分が好きになったのはどこか愛誦性のある韻律重視の歌で、そのへんの言葉の質感を総合して影響を受けてきたのかなという気がしています。

穂村　自然に馴染めるものと馴染みにくいものがありますよね。自分では選べないところで。

東　岡井さんや塚本さんの作品はもちろん好きなんですけど、名詞の羅列のごつごつした感じを自分では作ろうとは思わなかったというか。

生理的に栄養として吸収したものが、また自分の歌として出てくると思えて、「ママンあれはぼくの鳥だねママンママンぼくの落とした砂じゃないよね」のような歌を作ったんだなと。それで今日は、自分の一首として、この歌を挙げました。論理的に説明できないんですよね、自分の歌の作り方って。でもこのへんを吸収して血に巡らせてから作ったところがあるのではないかと思います。

穂村　お話を伺って、人によって、インプットとアウトプットがつながっていて比較的見えやすい人と、インとアウトが切れている人がいるのかなと思いました。どちらかというと僕は後のタイプかな。読者としての自分はまず短歌ファンというところがあって、葛原妙子を読んだとき、「すげえ」という驚きが強かった。若い頃、水原さんと電話で毎晩のように、葛原さんや山中さんのすごさを話し合った記憶があります。

あと、中井英夫さんとか塚本さんが「反世界」みたいに書いてるのを十代で読んで、「自分は地球に追放されてきた」とか言われると、また「すげえ」みたいに真に受けて思ったんだよね。中井さんが見出した人からの影響が強くて、そして歌でいうと塚本さんが選んだ歌の影響が強い。でも、作り手としては自分の内部のどこかで切れていて、憧れの人たち

が好きなようなものは自分にはまったく作れないという焦りがありました。

ただ実は中井さんと塚本さんの価値観もかなり違うんだよね。中井さんは、釈迢空とつながるような、弱くて無力なもの、攻撃力に転化しないような虚しい美しさを賛美して、「前衛短歌」という言い方も嫌っていた。一方、塚本さんはもっと、利休が秀吉に対抗したみたいな、時の権力に言語美を持って挑むようなファイティングスピリットがあって、それが中井さんとは違うという印象を持っていました。

水原　私は最初は塚本なんですよね。学生の頃に近所の古本屋で見つけた、笠原芳光さんの、キリスト教の視点から塚本を論じた『塚本邦雄論　逆信仰の歌』という本を読んで、何かわからないけど凄いなと。

この人を先生にしたいと思ったけど、たしかまだ「玲瓏」がなくて、その頃春日井建も中井英夫経由で読んだんです。春日井先生の『未青年』を読んで、夢中になって、ラブレターっぽいファンレターを書いて、入門したんです。大塚寅彦さんや喜多昭夫さんがいらして、あとから若い黒瀬珂瀾さんも入ったし、堀田季何さんも最後の弟子だし、先生の魅力で若手が生き生きしていましたね。

先生に習ったというわけでもなく、完全に自由にやらせてくださったんだけど、東さんと同じで、自分の感じには女性の歌のほうが合うなと思って、そのうちだんだん、葛原、山中の方に行ったんですね。もうこのお二人は神という感じで、葛原さんは亡くなっていましたけど、山中さんは親しくお目にかかったので、本当に崇拝して来ました。だけど今になってやはり、何て言ったらいいのかな、塚本凄いなというのが揺り返しで来ていて、ちょっと今、自分のなかに大きな変化が起きているんですが、それは後でまた述べます。

「テーマにしたい五首と、自作一首」　東直子・選

絹よりうすくみどりごねむりみどりごのかたへに暗き窓あきてをり
葛原妙子『葡萄木立』

てのひらの骨のやうなる二分音符夜ごと春めくかぜが鳴らせり
永井陽子『なよたけ拾遺』

手のなかに鳩をつつみてはなちやるたのしさ春夜（しゅんや）投函にゆく
小池純代『雅族』

朝顔のつるはもつれてそのまんま僕らの夏の裏庭にある
早坂類『風の吹く日にベランダにいる』

サンダルの青踏みしめて立つわたし銀河を産んだように涼しい
大滝和子『銀河を産んだように』

ママンあれはぼくの鳥だねママンママンぼくの落とした砂じゃないよね
東直子『青卵』

やはり現代短歌は塚本邦雄から始まったのか。

穂村　二番目のテーマは「歴史はどう見えるか」。そして「『現代短歌』は塚本邦雄から始まった」になるのか、と書いてあるけど、これは、「短歌研究」の八月号で、馬場あき子さんと水原紫苑さん、司会は村上湛さんで鼎談をしている中で、馬場さんが「現代短歌は塚本さんから始まった」という言い方をしたことを受けているのかな。

現代短歌がいつ始まったのか、を言葉どおりに捉えると、篠弘さんとか三枝昂之さんとか、すでにいろんなことが語られているんだけど、たぶんここで言っているのは、そういう総合的な短歌史観のことじゃないように思うんです。

三番目のテーマに『塚本・岡井・寺山』だけでは語りきれないこと」というのが挙げられているけれど、二番と三番は合わせて話してもいいのかなと思います。

さっきの紫苑さんのお話で、塚本、中井、春日井から入ったけど、山中、葛原のほうに行ったと言ってたけど。「ほう」があるんだというのが面白いよね。最初に話した大森さんも、影響を受けた女性歌人同士であっても、河野さんのラインと山中さんのラインがあると感じているわけですね。河野さんの「ほう」というのは実人生と言葉が結びついて存在しているというイメージかな。一方、山中さんとか、さっき東さんが好きだと言った永井陽子さんとか小池純代さんには、言葉に魂を乗せて飛翔するような、実人生を飛び越すイメージが多くの人の中にあると思う。

それから、前衛短歌の頃に影響力があった塚本さんや中井さんが、葛原さんや山中さんの「ほう」をあの時代に褒めたということがあるんだけど、その褒め方が「魔女」的な言い方で。歴史的な「巫女」性とも重なりつつ、たぶん自分たちが「地球に追放されてきた」とか反世界と言ったものと、近いバイアスがあったのかなと思います。

でも、そうなると、魔女と言ったとき、人間の問題ではなくなり、反世界と言ったとき、現実の世界の問題ではなくなる。地球に追放されたと言った時点で、地上ではそのあるべき姿が実現できないことが確定してしまうんじゃないかという。


東　わたしは、葛原や塚本の短歌は、人間離れしている人の作った作品として受け取っていたんです。が、この間出た、「ねむらない樹」の「葛原妙子特集」で高橋睦郎さんと川野里子さんの対談の中で、高橋睦郎さんが、「葛原さんは自分にわからないことは一つも言っていませんからね」という話をしていました。それから、同じ特集の他の座談会では、吉川宏志さんが、「国文社のシリーズで一番わかりやすいのが葛原妙子だった」「短歌を始めたばかりの人でも、世界の把握のおもしろさがわかるんじゃないかな」と言っています。それではっとするものがあったんです。

確かに葛原さんは、永井さんもちょっとおっしゃっていましたけど、読めばわかるところがある。歌の発想が、子供のことだなとか、ショートケーキのことだなとか、割と現実に足のついた部分から着想している、ということに、あらためて気づいたんです。

「魔女」とか「幻視の女王」という枕言葉を外して読み直してみると、切実に理解できるものが葛原さんの作品にはあって、ご自分では、さあ特殊なことをやろうという意気込みのもとに作っていなかったのではないかと、今になって思い始めています。

塚本邦雄がレゴブロックのように現実を組み立て直す

川野　塚本と葛原では、全然歌作りが違うと思うんです。やはり葛原は自分の身体の感覚とか生活の現実に根っこが生えていて、そこからはるかな高みまで抽象していく。「天に近きレストランなればぽきぽきとわが折りて食べるは雁の足ならめ」（『朱靈』）なんて歌がありますが、これなどは本当に現実そのもののように見えながら、生き物としての人間と雁という存在を感じさせます。

　塚本は暗喩の庭というのか、箱庭を作るみたいに現実を組み立て直すんですよね。「敗戦記念日のホテル・マヤ部屋部屋の水道管に熱湯とほる」（『裝飾樂句』）などを見ても、日本の敗戦の意味や実感が別の舞台に組み立て直される。その組み立て直す過程に、歪みやら、おかしさやら、ひずみやらというものをデフォルメしていくというような。レゴブロックを組み立てるみたいにもう一回現実を組み立て直す。そのことが凄い批評になってゆく。

東　確かに。言葉をブロックにしていますものね。

川野　ええ。だから名詞がとても多い歌作りになっていると思う。葛原は現実社会の批評に直接に向かわないところで、人間の内部にある根源的な恐怖や病や生理などを探りながら掘り当てていったように思います。塚本の場合は、本当に戦後日本にまともに向き合って、こんなに悲しい世界なんだというのをありありと組み立て直して見せてくれたと思うんです。

　私が挙げた歌の、「戦死者ばかり革命の死者一人も無し　七月、艾色の墓群」。この日本への痛烈な批評はまさに塚本的な見方、現実を組み立て直すときに出てきた見方だと思うんですね。

穂村　葛原さんの「他界より眺めてあらば」という歌があるじゃないですか（「他界より眺めてあらばしづかなる的となるべきゆふぐれの水」『朱靈』）。あの「他界」が中井さんのいう「反世界」なのかと思ってたんだけど、やはりどこか違ったのかな。

川野　「他界」に行くまでの苦悩の後を引いているかどうかの話だと思うんですよね。反世界というのはぴょんと切符を

「テーマにしたい五首と、自作一首」　川野里子・選

石亀（いしがめ）の生める卵をくちなはが待ちわびながら呑むとこそ聞け
　　斎藤茂吉『たかはら』

さねさし相模の臺地山百合の一花狂（くわ）ひて萬の花狂ふ
　　葛原妙子『をがたま』

戦死者ばかり革命の死者一人も無し　七月、艾色（もぐさいろ）の墓群
　　塚本邦雄『日本人靈歌』

行きて負ふかなしみぞここ鳥髪（とりかみ）に雪降るさらば明日も降りなむ
　　山中智恵子『みずかありなむ』

夜半さめて見れば夜半さえしらじらと桜散りおりとどまらざらん
　　馬場あき子『雪鬼華麗』

まだ何も起こつてはゐないイ・カ・タことの怖さをイ・カ・タ
　　川野里子「短歌研究二〇二一年二月号」

買って入るような、回転扉を回して入るようなものじゃない。非常に苦痛に満ちた、身の置きどころのなさからずっとせり出していって出来上がる場所という感じかな。

水原 それを見せないでほしいなと私なんか思うわけなんですよね。

穂村 それって何？

水原 苦悩の跡。見たくないわけ。

穂村 春日井さんには苦悩が栄光みたいな雰囲気や身振りがあるじゃない？ 受難というのか。

水原 そうね。苦悩も美しいものにしたというか。先生にはそれができたのよ。だから歌人はそういうものだと思ってた。だけど私は、二十年前に、学生だった永井さんに、「どうしてそんなにきれいな言葉ばかり使うんですか」と言われたことがあって、それがすごくがーん、がーんとショックだった（笑）。懐かしい思い出なんだけど、永井さんは怖いぞっていうのはそこから始まってるの。

葛原を人間として見たときに、読みの価値転換はあるか？

穂村 永井さん、覚えてる？

永井 インタビューに伺ったときでしょうか。あんまり覚えていなくて（笑）。二十歳ぐらいなんで、ちょっと許してほしいです。

葛原さんの話に戻すと、新装版で発売された川野さんの著書（『幻想の重量――葛原妙子の戦後短歌』）は、「魔女」としてではなく、人としての葛原をみようとする本ですよね。今日の話も、「人間としての葛原妙子」という視点の話が出ていますが、その方向にもプラスとマイナスがある気がして。「魔女」として見ても「人間」として見ても、代表歌や取り上げられる歌に大きな変化はなかったりするし。

小池光さんの『茂吉を読む』という、十数年前に出た茂吉論があるじゃないですか。茂吉の五十代の歌集を、そのときに同じ年代だった小池さんが読んでいく、という本ですけど、あれって茂吉の読みをかなり塗り替えてしまっていると思うんですよね。『赤光』とか『白き山』の大名歌じゃなくて、茂吉の五十代の五歌集をめくっていてふと目に止まるような歌の面白さを豊かに引き出している。

そこには、茂吉を読むということにおいての、強烈な価値転倒があると思うんですよね。それで、最近の葛原の読解の方向に関しては、そういう価値転倒の感じがしないんです。葛原も人だよね、そういう文脈があるよね、そうだよね、と納得しつつ終っていく。そういうイメージを持っておりまます。こういう場なので、あえて述べるのですが。

川野 読んでくださったんですか！ ありがとうございます。小池さんの読みは茂吉の価値転倒ではなくて茂吉読みの拡幅だと思います。こんな歌も面白いんだよ、という。葛原にも永井さんがおっしゃるような価値転倒が起こるならそれは面白いでしょうが、くるっと回った価値転倒はまたくるっと戻るかもしれないですよね。どっちでもいいんです。魔女でも人間でも。そうじゃなくて、魔女だと思っていたらものすごく人間で、そもそも魔女を造ったのが人間で、火あぶりにしたのも人間で、そういう人間と社会をつくづくと見ることのほうがずっとダイナミックで面白いことだと私などは思います。短歌史というものが一人の魔女を造り出し、火あぶりにし、殺しそこなった。そういう言葉と人間の格闘を書いた本です。

それから、葛原の歌の読まれ方では女性ということが、とても大きいのではと思います。先ほど、水原さんは、苦悩みたいなものを見せたくない、見たくない、と言われた。それは水原さんの歌論として分かります。ただ、女性の問題というものは厳然とあると思います。

ジェンダー的、文化的に女性の側に置かれているということによって長い歴史のなかで沈黙されてきた思いや価値観や人間観があって、それを表明しなきゃならない時期というのが戦後だったと思うんですよ。新しい時代を始めるって、新しいものを輸入するだけでなく、今まで顧みられなかったものに光を当てることでもある。葛原は「粘着したもの、臭気のあるもの、ひしがれ歪んだものの一切」を吐露しよう、と「再び女人の歌を閉塞するもの」で呼び掛けています。結果としてそれが現代を代表する新しい文体になっていった。

調べとかリズムとか韻律とか、いろいろなものを全部使って今までの女の歴史とか、歴史的に閉じ込められてきたもの、今まで解放できなかった感覚とかを書き込んでゆくとき、どうしてもそれは苦悩の色合いを帯びるだろうという気がしています。言葉の華麗さよりもその背後の陰々とした調べみたいなもののほうに私は魅力を感じているのね。

女性歌人たちの、観念ではない、思索の身体化による短歌

穂村　大森さん、今の話を聞いてどうですか。

大森　葛原は、塚本が引いた歌がすごく有名になって、私も最初はそこでしびれるという経験をしました。山中智恵子と葛原妙子はセットで「幻想」と括られるけど、葛原妙子の全歌集を読むと、たしかに、日常で何かを見る、その見方の面白さとか、ごつごつした感じでこの世の残酷な部分をあぶり出していくところがあります。葛原が、「茂吉をこっちに取ってしまおう」と言ったというエピソードがありますが、茂吉と葛原妙子には近いところがあり、山中智恵子はまた全然違うという思いでいるんです。

私が引用した五首のうち、葛原の「糸杉がめらめらと宙に攀づる繪をさびしくこころあへぐ日に見き」、中城ふみ子の「剪毛されし羊らわれの淋しさの深みに一匹づつ降りてくる」、それから森岡貞香、真鍋美恵子、河野愛子などを入れてもいいと思うんですけど、この頃には、主に女性たちに、心を観念じゃなくて形を持ったものとして詠む、身体の感覚を持って思索していくような歌がたくさん出ています。思索の身体化というか、晶子や岡本かの子の頃にはまだ外側からうたわれていた自分の身体を、内側から見るような。それは、私からみれば、いまの上の世代の歌人たちの多くの、社会や現実への取り組み方の基盤になっている感じがしています。あまりにもナチュラルに溶け込んでいるので、普段は見えにくいのですが。

穂村　大森さんが今日、選んできた歌には実際、淋しいという言葉とかが出てくるし、苦悩に満ちているよね。川野さんの言う苦悩が語彙レベルではっきりあって、大森さん自身の作風もそうなっているというか。身体性と形而上性が、同時に「苦悩のような場所」でスパークするという印象が、初期より強くなっているかなと思うんだけど。紫苑さんの、苦悩が嫌だという感覚はどういうことなの。もう少し知りたいんだけど。

水原　春日井先生がそうだったということもあるけど、生身の自分を見せたくないというのかな。私は子供の頃から心身虚弱なので、この身体というものが邪魔でたまらないんですよ。仲良しの村上湛さんにも身体性が無いってよく言われるんですけど、本当は身体なんて捨てたいんですね（笑）。

穂村　病気で亡くなる最期まで、肉声の嘆きみたいなものは聞こえなかったよね、春日井さんの歌からは。言葉が透明で誇り高くて、これほど消し去れるものかという。

しょせん歌は、「美しさから逃れられない」という失望

水原　芸術家魂ですよね。それに、やはり、葛原、山中は絶対的に尊敬しますけど、塚本が違うなと思うのは、塚本は一人で短歌を壊したという、そういう事を、最近ますます思うんです。大岡信との昭和三十年代の論争もあったけど、短歌史と一人で向き合って全部壊したという革命家精神というのに、やはり打たれます。私も今日、山中さんの、誰も歌えなかった天皇誄歌を持ってきたけど、その歌は本当に凄いけど、でも結局あれは短歌だなという思いがあって。自分の中に死んだ昭和天皇を抱きしめてる、天皇制批判じゃなくて恋歌じゃないかっていう。それとは違うけど、葛原さんも結局短歌だなという。ご自身おっしゃっているように、歌の美しさから逃れられないなという。自分は何もできないくせにとっても生意気なんですけど、そこに失望感を持ち始めているんです、最近。ただ、塚本さん岡井さんに共通するけど、男性歌人のミソジニーの問題はありますね。そこは批判すべきだと思います。

穂村　塚本さんは、苦悩より怒りだろうね。「音樂を斷ち睡りを斷つて天來の怒りの言葉冴えつつあり」（『獻身』）という歌があるけど、音楽と眠りがこの世の二大快楽だという前提で、その二つを断っても、怒りの言葉が発揮できるほうを選ぶという。あと「のぞみて日本に生れしならず肉色に聖十二月のこほる人参」（『日本人靈歌』）とかも攻撃的だよね、苦悩というより。

水原　そこには、共感しますね。

穂村　短歌は苦悩に行きがちではあるよね。怒りは共感されにくい。悲しい、辛い、淋しいのほうが広い範囲をカバーするから。

　でも、そこは川野さんも水原さんに近いのかな、なぜみな、もっと思いっきり怒らないのか、と。

水原　短歌って特に近代以降みんな内省的じゃないですか。私は、壊したい、日本とか短歌とか、やわらかな闇のすべてを。自分にはできなくても目指したいです。

穂村　いわゆる秀歌になればなるほど滑らかになって、怒りを抑圧するという。短歌の恐ろしい根本的な問題があるように思います。

川野　そうですよね、確かに。戦後って、塚本がほとんど一人で怒りの表明をしたじゃないですか。それは特に『日本人靈歌』にまとまって見えていますが、そのあともずっと熾火のようなものを抱えて怒りの変奏曲をやっています。それは一時的な感情としての怒りではなく、怒りという形での人間と日本への問いですよね。そのことが凄いと思うんです。表面的な技巧の華麗さに目を奪われると見えにくくなってしまいますが。

「テーマにしたい五首と、自作一首」**水原紫苑・選**

基督の　眞はだかにして血の肌（ハダヘ）見つゝわらへり。雪の中より
釈迢空『倭をぐな』

春がすみいよよ濃くなる眞晝間のなにも見えねば大和と思へ
前川佐美雄『大和』

しかもなほ雨、ひとらみな十字架をうつしづかなる釘音きけり
塚本邦雄『水葬物語』

いまわれはうつくしきところをよぎるべし星の斑（ふ）のある鱏を下げて
葛原妙子『葡萄木立』

昭和天皇雨師（うし）としはふりひえびえとわがうちの天皇制ほろびたり
山中智恵子『夢之記』

百合の蕊迫り來る朝暴力は神に始まりわたくしに終はる
（水原紫苑・未発表）

今日は「現代短歌史の起点」がテーマだというので、少し大きなところから戦後から今までの歩みを考えてみたいんです。ずっと考えてきたのが、被害者の叙情のことです。戦後の短歌は被害者としての日本人を慰撫する形式になってきたんじゃないかと。本当にそれでいいのかと。戦争のことを考えても、いま日本が先進国だということを考えても、我々は加害者でもあるわけですよね。原爆の被害者でもある一方で東アジアでは酷いこともしているという、被害と加害とがセットになったものが戦争であったはずなのに、加害者である日本、加害者としての人間というものを一切顧みることなく、被害者のかなしみだけを短歌形式の中で引き受け続けた。結果として儚く清らかで小さな「私」ばかりが氾濫している。そこって大きな欠落だと思うんです。もちろん短歌だけじゃない。戦後の文学の落とし物だと言ってもいいと思います。

だから加害者としての人間やその歴史というものを掘り下げる文体とか方法があるべきだと思っていて、その可能性の端緒を、葛原とか斎藤茂吉に見てるんです。

東　加害者としての意識があったということですか。

川野　もちろん茂吉はまっさきに被害者を演じました。「軍閥といふことさへも知らざりし」（『白き山』）とか。ただ、彼が持っていたあの重たい文体とか、自己肯定の限りなさというのが、あらかじめ暴力性を含んでいる。茂吉自身がそれを自覚していたかどうかはわかりませんが。何を表現しても加害的な情念がちらちら覗くんですよ。

水原　でも茂吉には、加害的な情念の自覚はないんじゃない

ですか。そこが大事だと思うんですけど。

川野　『赤光』にはあるかもしれないけど戦後はどうかなあ。

水原　『赤光』にはあると思う。川野さんは『日本人靈歌』を挙げていらしたけど、私は『水葬物語』から歌を持ってきたんです。塚本が始まりだと言うのは、短歌形式そのものに挑んだというところなんです。戦後日本だけじゃなくて。文化だけじゃない、韻律を壊したでしょう。

昭和初期に短歌は一回、壊れている

穂村　永井君、どうですか。話は直結しなくてもいいので。

永井　ちょっと視点が違うかもしれないですけど、②の『現在位置』を遡っていくと歴史はどう見えるか」について述べますと、昔の歌を読んだりしていると、昭和初期に短歌は一回、壊れているんだなというのがわかってくるんです。

たとえば、「短歌研究」が、「大東京競詠短歌」という企画を二〇一八年にやったでしょう。東京二十三区を一人一区担当して十五首を作るという企画です。

あれは昭和八年の一月号の企画のリバイバルだったんだけど、昔のほうの「大東京競詠短歌」を読むと、自由律がすごく多くて、かなり形式が壊れているという状態がリアルに見える。今日、私が引いてきた石川信雄の「人影のまつたく消えた街のなかでピエ・ド・ネエをするピエ・ド・ネエをする」は、その頃のモダニズムの歌ですね。モダニズムの歌もあるし、プロレタリアも存在感があった。何より形式が壊れている。茂吉にしても、「ガレージへトラックひとつ入らむとす少しためらひ入りて行きたり」（『曉紅』）という歌があるけど、『赤光』にはまずないような歌ですよね。

土屋文明の存在感が出てくるのもこの頃からだと思うんですけど、文明の歌は近代初期の青春とか円満さみたいなものから疎外されているようなところがあると思うんです。

こういうように短歌全体が大きな過渡期で混乱に見舞われているのが昭和初期で、塚本さんの「零の遺産」的な風景ですよね。塚本さん的な方法論ってこのときの壊れている状態の経験が前提に大きくあるんだと思う。大事なことはこの時期にかなり胚胎していて。私は、近代以降の短歌史を考えるとここの落差が一番大きいように思います。

穂村　それは何でその時期なんだろう？　大正期からのモダニズムやデモクラシー、或いは関東大震災とかと関係あるのかな。

永井　昭和の初期から日本の空気が変わっていっているということじゃないですかね。そこから戦争に向かっていくのですが。

東　俳句とかでも新興俳句が出てきた時期ですよね。現代詩も含めて、文芸全体で昭和の初めはすごく変わっていった時期で、その流れの一つとして短歌も大きく変わっていったんじゃないかな。

川野　現代詩では、左川ちかなどが出てきたときですよね、女性だと。非常に新しいです、あの人も。

「戦前モダニズム」への憧れ、絶望、そして『水葬物語』

永井　続けて言うと、私は前川佐美雄の第一歌集『植物祭』（昭和五年刊）が好きで、あれは口語歌集に見えるんですよ。文語の助動詞も出てくるんですけどね。石川信雄は盟友ですけど同じで、「ピエ・ド・ネエをする」の「する」という口語の現在形が基本形として多用される感じとか、口語短歌の先祖みたいに見える。佐美雄自体は文体を、戦争が近づいていくにつれて変えていくんですよね。その佐美雄の流れから塚本や山中が出てくるということを考えると、前衛短歌って、口語性の抑圧によって成立している部分があるんじゃないかなと。「ニューウエーブ」っていうものがなんとなくふわふわしているのも、「口語で前衛短歌をやる」というコンセプトに無理があるからなんじゃないのかな。

第一歌集の『植物祭』にあった口語性を捨てながら、佐美雄は、『大和』の半ば以降の、前衛短歌の基になっていくような文体を作っていったと思うんですよね。そこで捨てたものが私は気になるというか、シンパシーを覚えたりするというのがあります。

水原　私も大好きで今日も『大和』の代表歌を引きましたが、佐美雄は現代短歌の源流ですよね。もっともっと論じられるべきだと思います。でも、戦争に持って行かれて不幸でしたね。塚本は、戦前のモダニズムにはできなかった、新しい闘いをしようとしたんじゃないですか？

穂村　絶望の前にまず憧れが塚本さんにはあって、先生である佐美雄や斎藤史や、先生の盟友である石川信雄のような戦前のモダニズムへの憧れから入って、その分、それらが戦争に対応できなかったことへの絶望が深くて『水葬物語』になる。

でも、永井さんのいう『植物祭』や石川信雄の口語性へのシンパシーとかぶるのか、またちょっと違うのかわからないけど、僕はそんなふうに傷つかなくて絶望しなかった能天気なままの塚本像というのをイメージすることがあってね（笑）、それは自分の興味に直結しているからなんだけど。

今日引いてきた最初期の「昏がらつきようの瓶の底にある今宵はリュリュと結婚しよう」とか。これはまだ傷つく前

「テーマにしたい五首と、自作一首」　永井祐・選

プリキュアになるならわたしはキュアおでん　熱いハートのキュアおでんだよ　柴田葵『母の愛、僕のラブ』

ザハ案のように水たまりの油膜　輝いていて見ていたくなる　鈴木ちはね『予言』

人影のまつたく消えた街のなかでピエ・ド・ネエをするピエ・ド・ネエをする　石川信雄『シネマ』

薔薇のつる雪の重みに下りゐしなほくだりこむと椅子にゐておもふ　森岡貞香『九夜八日』

エスカレーターのなまあたたかき手摺にもおもひまうけず心のうごく　佐藤佐太郎『形影』

携帯のライトをつけるダンボールの角があらわれ廊下をすすむ　永井祐『広い世界と2や8や7』

の歌ですよね。戦前の石川信雄の「ポオリイのはじめてのてがみは夏のころ今日はあついわと書き出されあり」（『シネマ』）や松本良三の「花花の匂ひは村村にみちてゐるわれのルウシイよ野に眼を覚ませ」を思わせる。戦前のモダニズムが戦争でだめだったのは歴史が証明してしまうんだけど、僕は捨てかねるという気持ちがあって。

その一方で、最晩年の葛原の歌には、やや能天気性というか、ポップ感が出てくるのね。「かぎりなきせんたくの泡を立ててゐるうしろむきなる石鹼婆さん」とか。確かに葛原なんだけど微妙にユーモラスというか弾んでいる。誰かがまねをして作ったみたいな面白さ。「或る日かもゆめならずかもやはらかき赤ん坊を抱きてロボットきたる」とか。もうちょっと長く生きていたら、葛原は、もっと変な歌を、我々のリスペクトの外の歌を作ったはずだと思う。

東　この二首は、リスペクトできない歌ということで選んだんですか。

晩年、緩んだ塚本、葛原の歌は許せるか、惹かれるか

穂村　「すげえ」って圧がないところに逆に惹かれるの。やはり苦悩の密着度が強いほうがリスペクトされるでしょう。塚本だって、晩年は歌に余裕があって皮肉おじいさんみたいなところが出てくるけど。

水原　私が引いてきた歌は、「基督の　眞はだかにして血の肌（ハダヘ）　見つゝわらへり。雪の中より」（釈迢空）。やっぱり歌人は老いてもこうあってほしい。

穂村　紫苑さんは、ずっとリスペクトされるようなぎりぎりした感じでいてほしいの？　たまには能天気で弾んでたり、緩さがあってもいいとは思わない？

水原　塚本さんや山中さんにはぎりぎりでいてほしかったなあ。ここでちっぽけな自分を顧みて言うのも愚かだけど、もう自分自身はぐずぐずなのよ（笑）。それを、ここにいるみなさんやいろんな人たちが、自分のアンチテーゼになって、ずっと自分を鼓舞してくれると同時に打ちのめしてくれて、なんとかやっています。でも、本当の理想は、ギリシャ悲劇の主人公みたいに、人間の孤独な誇りで残酷な神々に立ち向かって斃れることなの（笑）。だから葛原さんは緩んだって言っても理想に近いですね。

東　私は、塚本さんとか葛原さんのちょっと緩めの歌も、面白いと思うんですよね。人間って、その人の中にいろんな層があって、自分自身のことを考えると、表面的に表れているる自分が一番面白くなくて、無意識の中にうまく潜り込んでいけば、ちょっと面白いものが出てくるんじゃないかという感覚です。そのときどきに絞り出されてくる何らかの地層の中のそれぞれの味わいってあるのかなと思って。たぶん一番深いところに触れたものが一番いろんな人に響くのかなとは思うんですけど。

川野　そう、東さんがおっしゃるみたいに、人には、いろんなものがあって、入れ替わりながら出てくるんだと思うんだけど、なぜそれが出てくるかというと、そのとき何かと向き合っているんだと思うんですよ。対話しているものによって

出てくる自分は違うと思います。戦争直後の時代と対話している時にはより厳しい層から意識を汲み上げるし、バブルの時代になればそういう時代と戯れるような意識も現れてきます。大きく見れば、それぞれの時代に向けての対話として作品が創られているのではないかと思います。

口語で怒りや強い感情は出せないのか？

大森　ちょっと話が戻ってしまうんですけど、さっきの怒りの話で、塚本にしても、山中智恵子にしても、葛原にしても、後期のちょっとほどけたあり方をどう捉えるかということがあると思うんですけど、自分で歌を作っているときの実感からして、特に新仮名の口語で怒りとか、ごつごつしたところ、口語で、一首の前に思索があるんじゃなくて一首の中で思索するようなことを、そういう苦しさみたいなのを出していくのは、すごく難しいということを最近感じているんです。最近の歌集だと北山あさひさんの『崖にて』は怒りがある歌集だと思うんですけど、歌の最後に、「り」が来たり「ぬ」が来たり、けっこう文語が入っています。完全に口語で怒りとか、何かに立ち向かう強い感情を出すことの難しさを感じていて、そのあたりをたとえば永井さんは、どういうふうに思うか、訊いてみたいです。

永井　思い浮かぶのは斉藤斎藤さんですかね。怒りという意味で、完全口語で。でも方法は結構込み入っているというか、直接怒っている感じでもないのかな。アイロニーとかが強く出ていて、それが感じられるという形になっている。

穂村　「のぞみて日本に生れしならず」だとかっこいいけど、「のぞんで日本に生まれたわけじゃない」と言うと全然だめな人みたいで、「何言ってんの、お前」みたいになるという、何かな、この感じ。

永井　口語のゆるゆる性って確かにあると思うんですけど。年取ってほどけたという意味じゃなくて、石川信雄や『植物祭』の佐美雄の場合は、何かへの反発や抵抗としてこういう文体が出てきてますよね。たぶん。そんなに能天気なわけじゃないと思うんです。「ピエ・ド・ネエをする」という言葉を、二回そのまま繰り返すという文体のねじれみたいなもの

「テーマにしたい五首と、自作一首」　穂村弘・選

輸出用蘭花の束を空港へ空港へ乞食夫妻がはこび
塚本邦雄『水葬物語』

唇がらつきようの瓶の底にある今宵はリュリュと結婚しよう
塚本邦雄『野いばら帖』

ポオリイのはじめてのてがみは夏のころ今日はあついわと書き出されあり
石川信雄『シネマ』

かぎりなきせんたくの泡を立ててゐるうしろむきなる石鹼婆さん
葛原妙子『をがたま』

或る日かもゆめならずかもやはらかき赤ん坊を抱きてロボットきたる
葛原妙子『をがたま』

超長期天気予報によれば我が一億年後の誕生日　曇り
穂村弘『水中翼船炎上中』

で、その抵抗とかいったことを表現しているのかなと。だから手法はやはり違う。ばしっと正面から戦うという感じじゃないですね。口語は確かに難しいといったら難しい。

穂村　「のぞんで日本に生まれたわけじゃない」は成立しなくても「日本の中でたのしく暮らす」は成立するのはどうしてなんだろう。

永井　成立しているんですかね。

穂村　この人は何かあるという感じになるじゃない？

水原　うん、感じるよね、何か。怖いものを感じる。

永井　アイロニーみたいなものになるんですかね。

穂村　アイロニーって、怒りにかなり近いでしょう。

永井　難しいですよね。人によってアイロニーだと思う人もいれば素直だと言う人もいる。主観的には「たのしく暮らす」しか出てこないです。

水原　そうですか。あと、東さんの歌がとても苦くなっていますよね、最近。歌が変わったって話題になっています。

東　私？　ああ、苦いかもしれない。『青卵』以降はけっこう苦い。能天気な作品も作ったりいろいろありますが。基本的にはいつも、こう見えて苦悩しているので（笑）。

とにかくいろんなことがうまく言えないまま来てるなという。うまく言えない事を何とか短歌なら言えるんじゃないかというのをずっと何十年もやってきている気はしますね。で、ほかの人のを読むと、すごく言い得ていると思って、はっとしながら読んでる感じです。

愛誦性というか、自分が好きで、折に触れて思い出すのは、永井陽子さんとか小池純代さんの、意味性のないような歌なんですよね。永井陽子さんは、前衛短歌とかニューウェーブに匹敵するような実験的なことをしてるんだけど、短歌史の歴史の上ではちょっと無視されがちなところがあって、それは何でなんだろうというのはずっと考えてる。たぶん川野さんの言われているようなこととどこか結びついていて、歴史的な、時代と向き合ってるようには見えないわけですよね。

永井陽子さんは、時代の気配とか、その時代に生きている人の苦悩とか、苦みとか、いろんなものが籠もっているんですけど、表面的な言葉遊びみたいな感じで流されてしまうところがあって。そのへんを歴史づけるのはすごく難しいなと思っているところなんですけど、どうでしょう。

「石川信雄」を、「荻原裕幸」の横に、ぽんと入れても

川野　今、東さんの言われたこと、よく分かります。加藤治郎さんが登場したときにすごくはっと思ったのは、彼が「スモール・トーク」と言ったでしょう（短歌研究新人賞受賞作「スモール・トーク」・86年）、口語で語ることを。そうだ、スモールトークで語れる世界観ってあるなって、衝撃を受けたんですよね。対比的に言えば文語は「ビッグ・トーク」だと思うんですよ。ちょっと構えた言葉遣いで、公のステージに上るような感じで。そういう意味では永井祐さんの歌は、「スモール・トーク」をどこまで純化していけるかという世界観のような気がするんですよね。

永井陽子さんの位置づけにくさは、彼女がスモール・トークだからかもしれない。それに対して、これまでの短歌史と言われるようなものは、ビッグ・トークの短歌史になっているからはみ出しちゃう。でも今はすっかりスモール・トークの短歌史が語られていると思いますが。

さっきの話にちょっと戻ると、昭和の初めのモダニズムがなぜ潰えたかという話だけど、私は、潰えたのではなく、あそこで芽生えたからこそ、戦後の、塚本や葛原や山中の登場があったと思っています。昭和の初めの壊れ方が、別の文脈を用意したという感じがするんですよね。

東　あの昭和の初めの頃の浮かれ方って、八〇年代後半のバブル経済下の浮かれ方に似ていますよね。昭和に戦争でだめになって再構築し直すという歴史が、九〇年代に繰り返されたのかもしれません。穂村さんが挙げた石川信雄の歌とかは、ニューウエーブ時代の、荻原裕幸さんの歌の横にぽんと入れても、そんなに時代が違うと感じないんじゃないかと。でももう今の若い人たちはこういう感じの歌を作らないですよね。

水原　東さんは文体的に言うと、東さんの影響を受けていない人が、その後ほとんどいないという感じだと思うんですよね。

東　影響を与えたのは、私だけじゃないとは思うんですけど、今の若い人たちの作風につながる流れのはじめの方にいるという自覚はありますね。結社にいたときには、私より年上の先輩からは、「面白いと言えば面白いけど、つまらないと言えばつまらないね」みたいに読まれていて。ちょうど時代のはざまにあったのかもしれないと、後から振り返って今思うんです。私は、穂村さんとか加藤さんとかのように、論理的な短歌史の流れの中で論じられたことはあまりなくて、今になって花山周子さんや瀬戸夏子さんが文体の影響として指摘してくださったりするようになりました。

私が影響を受けた永井陽子さんとか小池純代さんも、体の底に栄養になって受け継がれてきたものはあると思うんです。「ビッグ・トーク」と川野さんがおっしゃった、その表(ひょう)の引き方だとうまく言いづらいものなのかなと思っています。

大森　東さんの文体のしみ込み方は、すごくあるなと思うんですけど、それが目立たない形で来てるのだと思います。塚本邦雄にしても、ニューウエーブの穂村さんや加藤治郎さんにしても、けっこう名詞とかモチーフにすごく特色が強くて、いいなと思うけど、まねするといかにもまねしましたみたいになりますよね。今のお話にあった短歌史で表に出てこない、東さんとか、もっと前だと中城ふみ子とか、「女人短歌」の人たちの文体は、用言のほうにパワーがある。それと、東さんの歌でいうと「ぼくの落とした砂じゃないよね」といきなり心の内側からしゃべりかけるみたいな、声とか口調の使い方とかで、自然に今の人たちの文体にしみ渡っているという感じはしますね。

水原　大森さんの歌は、ある意味、「スモール・トーク」じゃないと思うんですよね。口語だけどスケール感があって、私が好きな古典悲劇みたいなことを歌えるというか。

東　大森さん以外の若い人でそういう大きい、ビッグ・トーク系な感じの人はあまりいないですね。

水原　あと文語だけど川野芽生さんとか。ちょっとタイプは違いますけど平岡直子さんとかもそうかな。

短歌の「怒り」が変質している

穂村　東さんや永井祐さんの歌は、どこがいいんだと何回も年上の歌人に聞かれたけど、大森さんや平岡さんや川野芽生さんの歌は聞かれたことがない。聞かなくても伝わるのか、何かが違うんだろうね。

　話がちょっと変わるけど、馬場あき子さんとの対談（『歌と芸』53ページ）で、紫苑さんが自分の世代の中途半端さを話してますね。春日井建さんたちのあの感じに憧れたけど、やはり自分たちには無理で様にならない。一方で、今の、みんなが怒っているものに、自分も等量の怒りを持って乗っていくこともできず、という。

水原　だって私たちは結局バブルの時代に気楽に生きてきたわけじゃない？　今になって断崖絶壁に生きている若い人たちの中に入って、同じくらい苦しい顔をしようったってそりゃ無理よ（笑）、社会的な基盤が全然違うんだもん。

穂村　里子さんは怒っているよ、でも。

川野　怒っています（笑）、というか、私は時代への違和感をずっと書いてきたつもりなんですよ。特に九〇年代的なものには違和感がある。それでも私もその世代の面も持っているわけで、自分が何に所属しているかというと、たった一つじゃないという感じでしょうか。極端なことを言えば地球市民でもあり、日本人であり、原爆の被害者のその仲間であり、東アジアに対しては加害者の歴史も負っている。未来の人からもいろいろ奪って生きています。もちろん女性という文脈も背負っています。いろんな文脈があってそれを固定することに私はあまり意味を感じないかな。

東　怒りって、それは個人的な怒りなんですか。

川野　怒りという感情の言葉で言うとすごく単純になっちゃうんだけど、もっと底のほうにある気がする。言葉を動かす熱源というか、人間とか時代への問いですね。スモール・トークの時代がずっと続いてきて私はそろそろハード・トークをしたいんです。今という時代と。

東　時代と語るって、どこを切り取って語ればいいのかということはありませんか。

　私はいま、新聞の投稿欄や、雑誌の新人賞の選考で、たくさんの人の歌を選ぶことが多くなってきたんですけど、作っている人たちと対等に向き合おうとしても、なかなか会話できる状態ではないので、今は耳を澄ますことしかできないかなという気がして。怒りというか、自分の喜怒哀楽にはもう興味がなくて、むしろそこにある、何か言いたいことがあるのではないかというのを掬い取りたいかなみたいな感じです。こっちが先に怒っちゃうと見えてこないものがあるんじゃないのかなと、思っているんです。

川野　それはよく分かります。「私」の感情としての怒りには私もあまり意味を感じないです。もっと普遍的なものに沁みてゆくものや、人間の深いところに根差したものとしての怒りが大事だと思います。たとえば大森さんが、かつての戦争とかを土台にしながらあらたな感情に変換していくじゃないですか。ああいう方法にもひとつ可能性を感じています。戦争に限らず、人間の体験としての時代の出来事に半ば乗り移りながら、言葉を充てて新しい感情を生んでいくような感じというんですか。

大森 自分ではあまりよくわからないんですけど、『カミーユ』のなかのチンギス・ハンの連作などのことでしょうか。今の自分を取り巻く社会は流動的に日々状況が変わっていって、把握の仕方に迷うところがあって、でも過去と今がひとつながりだっていうことにとても興味があるから、過去から照らすとか、そんなことがやりたいのかもしれない。

穂村 かつては中井さんにしろ、塚本さん、葛原さんにしろ、意識的もしくは無意識に、自分の在り方を固定していましたよね。中井さんは地球に追放された反世界の魂とか、塚本さんは戦争で青春を奪われて、愛した友は亡くなって、全ての間奏歌集を杉原一司に捧げるとか。強く殉じたからリスペクトも強いんだけど、日本的というか。でも長く生きると自然にほどけてくる感じもある。

水原 私はやっぱり、理想を貫いて死ぬというのに、憧れるなあ。日本的なのかな。文句ばっかり言ってても歌人なのね（笑）。でも去年、改めてカミュの『ペスト』を読んで、ヒロイズムは駄目だって言ってるのは刺さりましたね（笑）。

川野 ちょっと戻るんですけど、さっき東さんが言われた、自分のほうが先に怒りを持ってしまうとほかの声が聞こえないんじゃないかというのはとても大事な発言だと思うんです。「私」の怒りに囚われるとそういう危険はあると思います。だけど、短歌って公共の器みたいな定型だから、そこにいろんな自分以外のものが入ってくる余地がいっぱいある詩型だと思うんですよ。怒りの熱で他者の感情みたいなものとかも掬えるんじゃないかという気がするんですよね。それは八月号で田中優子さんとお話ししたこととも関わります。

東さんの文体は、そういう隙間がいっぱいある文体だと思うんですよ。東さんが意図した以上の感情の拡大とか、何かがいろいろ入ってきて、人が好きなように読んでいくんじゃないのかしら。だから広がりをもてる。

東 確かに、自分の喜怒哀楽ではない部分というか、自分じゃない人が主体になって詠んでることのほうがもしかして多いんじゃないかな。今日持ってきた自作の「ママン」の歌（「ママンあれはぼくの鳥だねママンママンぼくの落とした砂じゃないよね」）なんて、「ぼく」は誰なのか、私もわかりません。早坂類さんの「朝顔のつるはもつれてそのまんま僕らの夏の裏庭にある」を、今日持ってきたのも、「僕らの夏の裏庭にある」って、早坂さんは自分のことを自然にナチュラルに「僕」とも呼んでるけど、早坂類本人じゃない感じもありますよね。

水原 私には、川野さんのおっしゃる他者が入ってくるということについて疑問があって。「私」とは他者であると思うんです、そもそも。

川野 近代以降の短歌だけを考えると、違和感のある話になるかもしれませんが、和歌の時代のことから考えるとイメージできると思うんですが。典型的には、枕詞は自分の言葉ではないし、「かなし」とかと言ってもそれは自分だけの感情ではない感じがある。短歌という形式自体が、自分と他者である読者の、中間ぐらいにある感じで作るときが、実は短歌が一番生きる形式なんじゃないかと最近思い始めています。もちろん、だからこそ危険な詩型なのですが。

水原　私はそこに読者としての他者を巻き込むまやかしみたいなものを感じて嫌なんですよ、短歌という形式の。実はそれは「私」を拡大するために、古代から近代短歌が発見したもので、近代の神話なんじゃないかな。和歌って一口に言っても、古代と中世と近世とみんな意識が違うと思います。枕詞は現代歌人でも使えるけど、序詞や掛詞や本歌取りを駆使して、三十一音の中に、自分以外のもう一つの主体を意識的に入れて、情報量を極限まで累積したのが王朝和歌で、非常に高度な知的営為ですよね。私はむしろそっちは好きなんですけどね。山中さんの全盛期にはそういう面がありますね。歌集で言うと『紡錘』から『虚空日月』かな。この時期の山中さんは思想がそのまま韻律になってて物凄いです。誰にも真似できないですね。スタンスは全然違うけど、東さんにはちょっと共通するものを感じます。これは昔、穂村さんもおっしゃってたことで、口語だけど、王朝和歌的な感じがあるんですね。意識で無意識を書くと言うのかな。それがずっと現代短歌の最前線に流れて来てるような気がするんです。大森さんには山中さんが持ってた超越性とドラマティックな官能性がありますね。八月号の百首連作も大迫力でしたよね。

東　紫苑さんが言う自分は他者であるというのは、短歌の自我の違いということですか。

水原　元ネタはランボーですが（笑）、短歌の自我というか、短歌という器自体の特権性みたいなものを認めたくないというかな。いろんなものが入ってくる器であるとか、対話の器であるとか、そういうのを全部捨てたい。偶然性の恵みとか、天啓とか、全部嫌なのよ（笑）、最近そう決めたの。もう先がないからめちゃくちゃやってみるの（笑）。塚本さんは一行の詩だと言っていたでしょう。

穂村　相反することを、塚本さんは短歌に関して言っていますね。近代以降の短歌はぎりぎり成立していると言うことがある一方で、やはり黄金律だみたいに言うときもある。同じことの言い替えではなくて、両方あるということはやはりぐらぐらしていたのかなあ。

あと、東さんの文体の他者性というのか、万人に開かれてその隙間に入りやすい特性って、メロディーのある童謡とかポップスでは普通のことだから、短歌という形式のガードが特に堅いということもあるのでは。笹井宏之さんの歌なんかもそうだけど。東さんや笹井さんの柔らかい文体は、短歌のことを知らなくて、歌集を詩集、歌人を詩人と言うような人にも広く読まれてるんですよね。たぶん彼らにとっては、そのほうが馴染みのある言語の位相であって。ポップスの作詞家は自分の一人称で書くわけでもないし、童謡だってふだんそんな言葉で作詞家がしゃべるわけでもない。むしろ近代以降の短歌のほうが一人称の重力でそのゾーンが狭くなっているというイメージがあるんだけど。永井君、どうかな？

永井　うーん、難しいですね。皆さんがおっしゃることはすごくよくわかります。東さんの話もわかりました。じゃあいろんな話から噛めるところで言うと、塚本さん的な、短歌形式が呪われた詩型だという感覚と黄金律だという感覚が一緒に、裏表にあるという感覚は、自意識過剰という意味と同じだと思うんですけどね。私はそういう感覚にちょっと引くというか、そっちに行くのに躊躇があり、受刑者みたいな感覚にもなりたくないし、選ばれた人にもなりたくないというか。

短歌への「ヘイト」を内面化して歌人、というマイナスの合意

穂村　分かるけど、さっきの相反しているという感覚というのは、黄金律でも呪われた詩型でもなくて、単にぐらぐらしているという感じなんだけど、塚本さんにもそれはあったっぽいのね。だから、自分を鼓舞するためなのか、地獄の門をくぐれみたいな言説のほうが表に出ているけど。

川野　第二芸術論以後にあのすごい否定論に応える形でいろんなものが出てきたという経緯を考えると、現代短歌の条件というのは否定論を自ずから抱え込んでいるという。そこは最低限、条件なんじゃないのかなという気がするんですよ。

穂村　僕はあとから遡っていって第二芸術論に当たっただけで、短歌を始めたときは全然そんなことを知らなかったけど。

川野　でも、最近の歌会でも「短歌的ですね」とかと言うと「いやあ、ちょっと……」ってすごく引いちゃうとか。あらかじめ「短歌的なるもの」に対する抵抗感から入っていくというのは、かなり正門の入り口になっていないですか。

永井　ちょうどいま川野さんがおっしゃったような意識は、私もすごく感じています。短歌に対するヘイトを内面化した人こそが歌人だというようなモデルってあるんですよね。これってどうなのかなあみたいにけっこう思ったりする。

　だから歌人のモデルを拡張するというか、ちょっと変えるべきなんじゃないかな。第二芸術論以降的な、塚本さんを典型とする、短歌に対するヘイトを内面化することによって歌人としての主体が立つというモデルに問題があるような気がする。

穂村　短歌に関するヘイトを内面化したものが歌人だというのは面白い意見で、実際にはヘイトを内面化せずに歌を作っている人もたくさんいるのに、短歌の共同性の中では、そういう人は歌人じゃないという空気はあるよね。ヘイトというか、形式についての自己批判ってことかな。そして、歌人同士ではそういうマイナスの合意が成立するんだけど、外に出たときに、なぜそんなに自分のジャンルを悪く言うんですか、みたいになって説明が難しい。

東　「結局、俺のかわいそうなところを知ってくれみたいな詩型でしょう」みたいに言われたり、全部演歌みたいで嫌だと言われたりすると、すごくむっとする（笑）。そういうところはあると思うけど、それを十把一からげに言うとは、と思ってしまってけっこう頭に来るというのは何だろうね。

川野　外の人から見たら「じゃあ何で続けてるの」という話になるよね（笑）。

　言葉が放たれる空間が内向きになればなるほど、否定論を

抱え持っていないと立たないという感じはありますよね。前衛短歌の時代には、外の分野との語り合いの中で短歌が相対化されていったということがすごく大きいと思うんですよ。

昭和三十年代の大岡信さんと塚本の論争もそうだし、評論家とか詩人、俳人、作家とか、いろんな人が短歌というものの語りの中に入っていったでしょう。いま危ういなと思うのは、短歌の中だけで語っている感じがどんどん濃密になっていくときに、プロ好み、玄人好みの歌だけが、どんどん選ばれて表に出ていく。じゃあその選ばれた玄人好みの歌は何かというと我々が抱え込んでいる短歌ヘイトみたいなものが選んだ何かというものになっていくことがある。

水原　プロ好みの歌は、短歌ヘイトじゃないですよ。そっちが王道でしょう。

東　王道的なものにしても、ヘイトにしても、批評がマニアックで先鋭的になっていくということですよね。

水原　コップの中の嵐ですよね。

東　ええ。どんどん先鋭化するとジャンルが閉じて閉じてだめになっていくというのは確かにある気はしますね。どこかでお笑い芸人が、お笑いの批評がすごく先鋭的になって、お笑い芸人のための、マニアのためのお笑いになってしまったら、お笑いはだめになるんだみたいなことを言っていて、それはちょっと短歌にも言えると思いました。短歌のための、マニアのための短歌になっていって、先鋭的な面白さは研ぎ澄まされていくけど、失う部分もあるのかなと。

川野　和歌と言われた頃までは、そういう否定論は抱え込んでいないんじゃないのかしら。もっと素直に和歌リスペクトがあって敷島の道とか言われてたし。正岡子規が和歌を短歌と言ったときあたりからやはり短歌への嫌悪が抱え込まれていて、それが革新のエネルギーになってきた感じがした。否定論って悪いことじゃなくて、革新のエネルギーでもあるとは思う。

穂村　大森さん、いまの話、どう思いますか。

大森　短歌定型への恐怖というか、不安みたいなものはわかるんですけど、ヘイトというほどの強い感覚はないですね。

永井　このモデルをがっと構築したのは塚本さんだと思う。だんだん弱まっているとは思うんですよね、それが。だから若い人ほどそういうモデルの歌人主体になっていないと思います。ヘイトというほど強いこだわりもないし。

水原　そうですよね、睦月都さんと対談したときに、短歌が大好きだと言われて、驚いたことがありました。私は何をやってもだめで短歌を始めたと言ったら、短歌形式ごめんなさいみたいな感じになったんですけど（笑）。

穂村　「のぞみて歌人に生れしならず」だね（笑）。

水原　永井陽子さんも今だったらもっと生きやすかったと思うなあ。生まれたのが早すぎたのね。

川野　いつからか、短歌って、言いたいことがかなり簡便におしゃれに言える素敵な形式になったところもあるんじゃないのかな。

穂村　そういう短歌がツイッターとかでバズると、違う！みたいに思わずなるときがあるよね（笑）。本当は違う、みたいに。

東　でもそれは、何だろう。今この座談会に参加しているメンバーは、短歌の読者は短歌の作者であるということがずっと続いていく前提で考えていますよね。でもツイッターでバズらせているのは、未知の読者ですよね。そういうのを読む人を傘の中に入れてもいいはずですよね。

塚本さんが、石川啄木は、心なき読者の心を打っただけではないかと言ったということがありますが。

穂村　啄木は、いい歌を落として歌集に入れていないというのが塚本さんの主張なのね。わざわざだめな歌を集めて歌集を編んで、それで今日があるんだけど、それは心なき読者の心を打っただけだという。

川野　でも逆に言えば、そこも抱え込めるというか、そこが裾野にあることが短歌の奇妙さというか、特徴のような気がするんですよね。極北みたいな葛原とか塚本とか山中とかの歌がありつつ、裾野にそういうところまであって、そこまで視野に入れたときに定型詩としての短歌って言えるような気がする。良くも悪しくも。

短歌は「歌人」だけのものではないと気づくこと

永井　自分も、歌集の出版に協力したりということがあるんですけど、近年は、いわゆる歌壇とかの人たちにあまり歌を知られていない人でも、歌集が千部以上売れるというようなことが、以前に比べると多く出てきていると思いますね。当然、短歌って歌人と呼ばれる人たちだけのものではないし、「裾野」という比喩すらちょっと違和感があるぐらいです。裾って下のほうに広がってるものじゃないですか。

そのくらいの感覚なんです。

ただ何となく思うのは、歌を取り上げられたり論じられたりしている人のほうが幸せそうな感じがするというかな。

水原　え？　幸せそう？

永井　はい。歌を熱く論じたりしている歌人空間みたいなところに歌が流通しているほうが幸せそうに見えるというのかな。売れてるとかバズる以上の何かがあるのかなあって、何となくそう思う。それってなんなのかなとも思います。

穂村　熱い空間のほうが、不遇感というか本当は違うみたいな気持ちになりやすいような気もするんだけど。

東　歌人の中でポピュラーなのと、一般的にポピュラーなのと、けっこう違いがあるのではないですか。

永井　けっこう違いがありますよね。でも一般書店などで売れると言っても一万部とかもいかない範囲だったりするし。だから、歌人の中でポピュラーだったり、論じられていたり、リスペクトされたりするのって、作者本人にとっては幸せなことなんだなと、人を見てそう思うという。

穂村　この座談会にしても、ばらばらに人を六人も集めているようだけれど、最初の問題意識は共有されていることが話の前提になっているでしょう。冒頭で設定されたテーマを見ても、たぶん人名からなにから一般の人にはまったく意味不明だよね。

水原　馬場さんともお話ししたけど、短歌はやはり芸能に近いですよね。歌舞伎とか能とかに近い。あの型が出たらこうなって、こうなって、こうなってというのが、みんなわかるというか。

穂村　同じ演目を長年演じ続けているわけでもなく、型が同じというだけで作品そのものはフローでどんどん流れているのにね。

水原　短歌が世界文学になる可能性について、八月号で堀田季何さんがとてもいい文章を書いて下さったように、俳句は世界にも開かれているし、それに短歌と違って自己肯定の文学じゃないという感じがするんです。

東　俳句の世界は、よくわからないけど、短歌ほど共通のストリームが一本あるというのではなく、伝統俳句とか新興俳句系とか、系列が分かれているのかな。短歌もこれから分かれそうな感じはしますけどね。例えば永井君や大森さんのようなごりごりの大学短歌会からスタートした人と、ネットの歌会に軽やかに参加して始めた人とでは、意識が違ったりする感じはありませんか。

穂村　ペンネームとかから全然違うものね（笑）。

永井　学生短歌ももちろんいろいろですけど、新人賞選考をしたり新しい人の作品を見ていると、学生短歌がほんとに強いなと自覚を持ったりすることはある。二〇〇〇年ぐらいって、学生短歌は少なくて、ネット系という謎カテゴリーがあったんです。

「作者と読者」が切り離される時、短歌は生きるか、死ぬか

東　そうですね。ネット系歌人みたいな言い方をされていましたね。

永井　ネット系という謎カテゴリーから毛色の変わったものが出てくるという感覚があって。斉藤斎藤さんとかも、まあ結社での経験の裏づけがあると思うんですけど、元はそういうイメージなんですよね。当時のネット系みたいなものがまた強くならないかなあという気持ちが少しありますね。特に、新しいほうは何がいい歌だかわからないぐらいのほうが、いいような気がする。

東　笹井宏之賞の選考会で長嶋有さんが選考委員に入ったときに、差異がわからないみたいなことをおっしゃっていて、外から見たらそう見えるだろうなと思ったんですけど。

川野　短歌って、大学短歌とかネット短歌とかも、歌壇という組織もそうなんだけど、読む人と作者が近いですよね。同じメンバーで読んで作り合っているので、その中でぐるぐる循環して了解されていくもの、進化していく独特のものがありますよね。

たとえば小説だったら、いいものだったらすぐ翻訳されて世界で読まれますよね。最近は、川上未映子さんの『夏物語』が、たちまち同時翻訳ぐらいの勢いで出ていろんな世界で読まれる。読まれるということは試練でもあって、そういう目を意識しながらまた書くということの循環ができていくんだけど、短歌の場合だとどうしても翻訳されるものは少なくて、読者と作者が密着した中で再生産されていくという、そこの危うさというのはないのかなと思ってるんですよね。

穂村　そうせざるを得なかったという面もあるよね、短歌が生き延びるためには。

水原　でもフェーズが変わった感じですね、永井さんがおっしゃったみたいに。歌集って絶対売れないものだったけど売れるようにもなってるし、いろんなところが参戦してきて市場というのが意識されているでしょう。

東　確かに歌集を扱う出版社が徐々に増えてきましたね。それが千部とか二千部とか、市場にある程度出回るようになってきた。だから純粋読者はいるということだよね。

水原　東さんや穂村さんは別のジャンルでもいろんなことをなさっているわけで、それでもなおかつ歌人として生きることのレゾンデートルというか、その動機はどういうものなのかそれも伺いたいです。

東　あまりそんなに深い考えでやっているわけではなくて、依頼があって書いたらまた依頼があって、運よく場を与えていただいたような感じなんです。歌人が歌人以外の仕事をするなんてという考えの人もいるんですけども。

　私が小説を書いたころはあまり歌人で小説を書く人はいなかったんですけど、今はすごく増えましたよね。そんな感じで自然に広がっていくんじゃないかと。いろいろやって、数え役満みたいになればいいかなみたいな感じですね（笑）。

穂村　僕たちが所属している「かばん」という集団には、もともとそういう傾向はあったんだよね。井辻朱美さんが翻訳家で、林あまりさんが劇評、西崎憲さんが音楽や小説や翻訳とか、他ジャンルから来たり、逆に向こうに行ったりする人たちも。べつにそういうことを謳っているわけじゃないけど、無意識の選択で「かばん」に来る人にはそういう志向があるのかも。

　僕らが始めた頃の歌壇のシステムというのも、さすがに緩やかに変化しつつあるという印象はあるよね。その外に永井さんが言ったような新しいゾーンが広がっている。そこにいる人は、歌壇的な価値観からはかなり距離があると思う。石川美南や永井祐といった人たちは、その全景を把握できそうな立ち位置にいるので、そういう人が増えれば新旧のゾーンがつながるのかなと思うけど、そうでなければ二極化、三極化みたいになっていくのかも。

永井　すごく拡散していくという状況はやはりあると思うし。それこそ、短歌の人のコミュニティーの中で認知もされないまま二千部とか三千部とか売れるということがあると思いますよね。

　でも、壁の外に楽園が広がってるとか、自由な世界があるとか、そういうわけでは全然ないから、夢想しすぎないほうがいいと思うし、歌人は内側ばかりでしゃべっていて、自己完結してけしからんみたいな話にも、そう簡単にならないのではとも思います。

東　自分のことで思ったのが、職業として確立して、経済的に自立したいという部分がすごくありましたね、小説を書いたときに。実際、経済的に、子供の受験料を稼がなきゃならないというところに小説の依頼が来て、現実的な問題で書き始めた部分もあるんですよ。

　それで思うのは、歌人って、職業として成り立つことは少ないという意識で私もやってきたんですけど、でももうちょっと、職人としての歌人というのかな、職業として確立した存在であってもよいいんじゃないかなと。これは若い人にもあるんじゃないかと思っているんですけど。

穂村　大森さん、どうですか？　書いていく場の問題は。

大森　そうですね、そんなに過去を知らないから比較のしようがないんですけど、「文學界」や「文藝」などの文芸誌に、歌人が作品やエッセイ、書評などを書いているのを最近わりとよく見かけます。自分でもいろいろ書いていきたいけど、やっぱり作品かな。短歌を自分で作らないという人にも読んでもらえるのは純粋にうれしいですよね。

穂村　では最後に、未来の展望でもいいし、今関心のある話でもいいから、何かあったらお願いします。自分から気になってることを言うと、最初に塚本がもし無傷だったらみたいな話をしたけど、実際には戦争はあって、無傷ではなかったから塚本は塚本になった。

　そして、中井英夫さんは「成心のない歌が好き」という言い方をしていた。正確に引用すると、「とりわけ私は〝成心のない歌〟が好きだった。無防備な、鎧ったところのない、その代わり無知な輩からは、思い切り罵られ足蹴にされ、汚い唾を受けるかもしれない無垢な作品」「ハッタリを見せなかったばかりに、好きなだけ加えられた暴行」みたいに極端な言い方なんだけど、でも、塚本さんはこうじゃなかったじゃない？　特に第三歌集ぐらいからはやられたらやりかえすみたいな、権力に言葉で挑む、芸術で挑むみたいな、志がくっきり見える武器としての短歌。そこで道が分かれたと思うのね。

　でも、その一方で、これも有名だけど「歌は志のみにあらず」と、山中さんの『みずかありなむ』を批判したときの塚本の言葉だと思うけど。塚本さんは山中さんの『紡錘』が好きで、その次に村上一郎と作った『みずかありなむ』には批判的で、そのときの否定の仕方が「歌は志のみにあらず」。ここもよくわからないところで、「歌は志のみにあらず」とは、むしろ中井さんの価値観に近くて、塚本さん本人は武器として言語美のようなものを志を立てて目指したんじゃなかったのか。僕は『みずかありなむ』もいい歌集だと思うから、『紡錘』だけがいいというのには同意できないんだけど。

　また、そこから、さっきの歴史化されたときに女性が入らないというのは、志の暗示ではなく明示がないと消されやすいということもあるのか。でも、その明示されない感覚を沼空は、歌の美質として捉えていたのでは、とか。ばらばら喋っちゃったけど、川野さん、どうでしょう？

川野　前衛短歌の始まりは「私」のことだけじゃなく政治や思想についても語りましょうということですよね。前衛という言葉がそもそも政治の言葉だし。政治について短歌が乗り出す「ビッグ・トーク」をしましょうというノリで始まったものがメインストリームになっていった感じだと思うんですね。

　だけど本当は、短歌の王道って政治じゃないところに近代以前からずっとあったわけで、前衛がメインストリームになるときに陰になった部分が実は短歌の本流なんじゃないかという気持ちがしてるんです。そういうところで女の作者が、特に近代に歴史の中に埋もれちゃっているので、いま葛原や山中が注目され始めた文脈は大きいと思うんですよね。まだ出切ってないんじゃないかという気がするくらい大きな鉱脈があると思っています。
　あと、今の短歌を見ていて思うのが、今ここという瞬間に張り付けになっている気がするんですよ。今という瞬間がこんなに絶対化された時代もないんじゃないかと。水原さんが迢空の歌を引いておられるけど、古代への想像力をたっぷりと太らせることによって言葉の沃野を示唆していますよね。そういう古代幻想と言っていいと思うんですけれども、それがなければ山中さんだって生まれてこなかったと思うんです。そういう、言葉の背後にある別世界の沃野への想像力というんですか、そういうものが枯渇しているような気がして。
　いま、口語で自分の表現ができるということで、短歌がすごく簡便なツールになった部分があって、そこから面白いものが出て豊穣な収穫なんだけれども、そこだけに注目してしまうと、口語というのがスモール・トークであるばかりに、今ここに張り付けになっちゃう、そういう歌がすごく多くて今という時代のアンソロジーになってきている。もうちょっと、全然別の言葉の鉱脈やら主題やら、層の違ういろいろな言葉がいろんな作者によって抱えられていてもいいんじゃないかなと思っています。

短歌における前衛性の「枠組みの更新」を

大森　葛原が再評価されたり、森岡貞香も全歌集が再版されたり、塚本邦雄も全歌集文庫が刊行中ですよね。伝説というところからどんどん自由になって、読まれていく時期に来ているのだと思います。今日はあまり触れられませんでしたが、渡辺松男さん、笹井宏之さん、井上法子さんといった鉱脈のなかで、生きていることへの祈りと呪いみたいなひとつながりの鉱脈のなかで、山中智恵子の存在ももっと注目されていいと思います。山中は、「斎宮」のことだとか晩年の両性具有への憧れといった性に関わるテーマの歌も、いまの観点で読み解くと面白いかもしれません。あと、平井弘さんや平岡直子さんの怖い文体にも興味があります。
　葛原の話でひとつ思ったのは、「巫女」や「女王」という言い方がだんだん忌避されて生身の人間としてというふうになっていっているんですけど、そもそも「幻想的な作風」ということ自体、男性はあまり言われない気がするんですよね。「幻想的」とか「ファンタジック」とかって、女性の作品に対して使われる傾向が何となく強い。「幻想」と言うと、そこに何の苦しみもなく、方法論もなく、ただ夢見心地で出てきた言葉というニュアンスが付随すると思うから、何か新しい言葉があるといいんじゃないかということを考えています。

穂村　永井さんは佐藤佐太郎や土屋文明のほうに行ってるんだよね？　最近。

永井　最近行ってる（笑）、はい。佐太郎は好きです。今日持ってきた佐太郎の歌（「エスカレーターのなまあたたかき手摺にもおもひまうけず心のうごく」）も、川野さんがおっしゃったような「今ここ」しかない歌にも見えますけど。
　これは言うと怒られるかもですが、佐太郎って、歴史を否定するモダニストみたいな側面がけっこうあると思うんですよね。今日のテーマにつなげれば、前衛短歌中心史観みたいなものはやはり強くて、隠喩や幻視、私性の拡大、定型の虐使といった、もう定式化されたテーマが短歌における前衛性というふうになってしまうと、佐藤佐太郎みたいな人は単に保守反動になっちゃうんですよね。

でも彼の作品に先進性があるのは確かで、いまでもよく読まれているし。短歌における革新性の語られ方というのが実相に合ってない気がするというのを普通に思います。私は佐藤佐太郎とか、森岡貞香に興味がありますが、この人たちの新しさを見るためには、短歌における前衛性の枠組みをアップデートというか、変えていくべきなんじゃないかと考えます。

穂村　自然に期限が切れつつあるような面もあるんだけど、説得されるものじゃなくて魅力がつくる磁場だからどんどん変化するでしょうね。

東　前衛の作品に対する神格化がすごく強かったので、その意識を変えてみるところから見えてくるものはありますね。葛原さんの話になると、佐藤佐太郎が出てきて、またそこに光が当たるという感じで、ひもづけ方が今までにない形でできてきているのかなと。そこには期待したいと思います。

伝説化されて神のような存在になる部分と、フラットになる部分とあって、ニューウエーブの時代も同じように、ニューウエーブだけではなくてもっとフラットに削られていける部分もあると思うし、長いスパンでいろいろまた改めて考え直したいと思います。ありがとうございます。

編集部　今日の座談会は、何年か後に振り返って、これだけの方々が集まって、あの節目の時代にこんなことを未来の展望として言っていたという、時代の証言になればいいなと思っております。

水原　妄想だけど、やなせたかしがすごく年取ってから「アンパンマン」出したみたいに、全然違うステージに行きたいなあ。

東　「アンパンマン」は、五十代ぐらいから書いてて、七十代くらいで大ヒットしたんですよね。

水原　今日、短歌についてめちゃくちゃ言ったけど、結局、自分がどれほど囚われてるかってことなんですよね。短歌にも日本にも。だからそこを脱却したいです。葛原妙子にしても山中智恵子にしてもまだ作品自体も一般的に知られていない状況なので、みんなに読んでほしいし、自分自身もう一度読み直します。

東　未来のことで言うとやはり、コロナがいつ終息するのかも含めてこの先が全くわからなくて。歌人はよく集まって、だいたいみんなの顔と名前をみんな知ってるという世界が、コロナの影響で拡散しかけていますよね、

穂村　結社は大丈夫なのかなあ。歌会とかで会えないと。

東　でもそれぞれ工夫して続けていますよね。結社という存在も変わるんだろうとは、二十年ぐらい前から思っていますし、言われていますよね。

結社は存続していくし、必要なんだろうなと思いつつ、組織に守られて歌人が活動していた時代はだんだん外側から解けるようになって、それぞれフリーでも活躍していける時代になるのかなと予測しています。

（了）

大森静佳（おおもり・しずか）　1989年岡山市生まれ。「塔」編集委員。10年「硝子の駒（五十首）」で角川短歌賞受賞。歌集に『てのひらを燃やす』（KADOKAWA）、『カミーユ』（書肆侃侃房）、論考集に『この世の息　歌人・河野裕子論』（KADOKAWA）がある。京都市在住。

川野里子（かわの・さとこ）　1959年大分県竹田市生まれ。歌人。東京大学大学院総合文化研究科博士課程単位取得退学。歌誌「かりん」編集委員。01年『王者の道』で若山牧水賞受賞。18年『硝子の島』で小野市詩歌文学賞受賞。19年「Place to be」で短歌研究賞受賞、19年『歓待』で読売文学賞受賞。

永井 祐（ながい・ゆう）　1981年東京生まれ。早稲田大学在学中に早稲田短歌会に所属。02年北溟短歌賞次席。12年『日本の中でたのしく暮らす』刊行（20年より短歌研究社から再刊）。21年『広い世界と2や8や7』で第2回塚本邦雄賞受賞。

東直子（ひがし・なおこ）　1963年広島県生まれ。小説『いとの森の家』で第31回坪田譲治賞受賞。第一歌集『春原さんのリコーダー』を原作とする映画「春原さんのうた」が本年マルセイユ映画祭グランプリとなる。歌集『青卵』『十階』など。

穂村弘（ほむら・ひろし）　1962年北海道生まれ。90年歌集『シンジケート』でデビュー。08年『短歌の友人』で伊藤整文学賞、「楽しい一日」で短歌研究賞受賞。17年『鳥肌が』で講談社エッセイ賞受賞。18年『水中翼船炎上中』で若山牧水賞受賞。21年『シンジケート』が講談社から新装版で刊行。

編者
水原紫苑（みずはら・しおん）
一九五九年横浜市生まれ。早稲田大学第一文学部仏文科修士課程修了。春日井建に師事。九〇年第一歌集『びあんか』で、第三十四回現代歌人協会賞受賞。九九年『くわんおん』で第十回河野愛子賞受賞。『あかるたへ』で、第五回山本健吉文学賞・第十回若山牧水賞受賞。二〇一七年「極光」（三十首）で第五十三回短歌研究賞受賞。一八年『えぴすとれー』で第二十八回紫式部文学賞受賞。二〇年『如何なる花束にも無き花を』で第六十二回毎日芸術賞受賞。そのほか、『歌舞伎ものがたり』『桜は本当に美しいのか―欲望が生んだ文化装置』『春日井建「若い定家」は鮮やかにそのいのちを生きた』『百人一首 うたものがたり』など著書多数。二一年には『水原紫苑の世界』（深夜叢書）が出版された。

この書籍は、「短歌研究」二〇二一年八月号を中心に、
七月号・十月号・十一月号の作品、座談会、
そして書き下ろしの評論を増補したものです。

イラストレーション　イオクサツキ
ブックデザイン　鈴木成一デザイン室

女性とジェンダーと短歌

書籍版「女性が作る短歌研究」

初版発行　二〇二三年一月十一日

編者　水原紫苑
発行者　國兼秀二
発行所　短歌研究社
郵便番号一一二-八六五二
東京都文京区音羽一-一七-一四　音羽ＹＫビル
電話〇三-三九四四-四八二二・四八三三
振替〇〇一九〇-九-二四三七五
印刷・製本　大日本印刷株式会社

ISBN 978-4-86272-698-8 C0095